약사의 혼잣말

2

휴우가 나츠

일러스트
시노 토우코

"열심히
돈을 벌어 오렴."

메이메이 는 마오마오에게
커다란 보자기에 싼 옷과
화장 도구 일습을 건네며
배웅했다.

"호복
멋지지
않아?"

느릿한 말투는 구이위엔 이었다.

"그런 옷은
아무나 못 입거든."

날씬한 몸매의 아이란 이 말했다.
마오마오는 귀찮다고 생각하면서도
"네, 맞아요." 하고 고개를 끄덕여 주었다.

주방에서는 일을 일단락지은 시녀들이 수다를 떨고 있었다.

"그나저나
그 복장은
정말 말도
안 돼."

입 안 가득 과자를 베어 문,
비취궁 시녀 삼인방 중 하나인 잉화 .

리수비 는
약간 겁을
먹고 있었다.

그리고 마지막 비.
마오마오가 처음 보는 얼굴이다.
세 숙비의 이름은
러우란 이라고 하는데,
마오마오와 동갑인 소녀였다.

교쿠요 비 는 여전히
아름다웠다.

리화 비 는
온화한 얼굴로
마오마오를 보고
있었다.

"강사를 맡게 된
마오마오라고 합니다."

마오마오는 강당 중앙으로 가서 선 뒤
천천히 고개를 숙였다.

마오마오는 단 한 벌의 좋은 옷을 입고, 기억 속 한구석에 묻혀 있던 무용의
첫 걸음을 내디뎠다. 머리를 풀고, 대신 장미 한 송이를 귀에 꽂았다.
어깨천이 춤추고, 치마가 춤추고, 소매가 춤추고, 머리카락이 춤춘다.
어깨천이 하늘로 날아오르던 그 순간이었다.

"……"

뜻밖에도 달갑잖은 자와
눈이 마주쳤다.

약사의 혼잣말

INTRODUCTION

명탐정 탄생

중세의 궁중에서 하녀가
어려운 사건을 해결해 나가는
『약사의 혼잣말』.
대호평을 얻어 벌써 제2권이 발매되었습니다.
전작에서 이 이야기의 주인공 마오마오는
후궁 하녀 자리에서 해고되었지만,
이번 편에서는 새로운 직장을 찾아
또다시 어려운 문제에 도전합니다.
통쾌함, 캐릭터의 츤데레도는
300% 파워 업!!
아름다운 환관 진시와의
뭐라 설명하기 힘든 관계도 궁금하고,
페이지를 넘기는 손이
점점 더 빨라지게 되지 않을까요.
대망의 제2권이 드디어 막을 올립니다!!

약사의 혼잣말

2

휴우가 나츠 지음
시노 토우코 일러스트

Carnival

약사의 혼잣말

서장		013
1화	외정(外廷) 근무	025
2화	담뱃대	045
3화	후궁 교실	063
4화	초무침	077
5화	납	109
6화	화장	127
7화	거리 산책	145
8화	매독	161
9화	라칸	175
10화	스이레이	187

11화	우연인가, 필연인가	203
12화	중사(中祀)	217
13화	만다라화	235
14화	가오순	255
15화	다시 후궁으로	269
16화	종이	277
17화	낙적 작전	295
18화	파란 장미	331
19화	손톱물	355
20화	봉선화와 괭이밥	369
종장		401

KUSURIYA NO HITORIGOTO 2

©Natsu Hyuuga 2015
All rights reserved.
Originally published in Japan by Shufunotomo Co., Ltd.
Translation rights arranged with Shufunotomo Co., Ltd.
korean Translation rights©2018 by HAKSAN PUBLISHING CO., LTD.

서 장

"진심이십니까?"

진시가 물었다. 눈앞에는 사내 하나가 긴 의자에 기대어 누워 있었다. 아름다운 수염을 늘어뜨린 장년의 황제는 천천히 고개를 끄덕였다.

장소는 궁정 내의 어느 작은 궁. 작은 건물이지만 어느 곳이든 잘 보여 쥐새끼 한 마리 숨어들 틈이 없다.

황제는 유리잔에 포도주를 자작으로 따라 들고, 상아 장식이 달린 긴 의자에 천천히 누웠다. 이 나라에서 그 누구보다 고귀한 분과 동석한 상황이었지만 진시는 아주 느긋하고 태평하게 있었다. 방금 전까지는….

황제는 아름다운 수염을 쓰다듬으며 씩 웃었다. '얄미운 인간'이라고 표현하는 건 너무 무례한 일일까. 하지만 그 말이 너무나 잘 어울리는, 결코 이길 수 없는 분이었다.

"자, 그럼 이제 어떻게 하겠느냐? 짐의 화원을 손질하는 정원사가 아니냐, 너는?"

마치 도발하는 듯한 그 말에 진시는 쓴웃음을 짓고 싶어졌다. 하지만 그 얼굴에 떠오른 것은 누구나가 넋을 잃고 홀릴 법한 천녀의 미소였다. 스스로 말하기는 조금 멋쩍은 일이지만 진시는 자신의 용모만큼은 자신이 있었다.

참 얄궂은 일이다. 자신이 정말로 원하는 것은 좀처럼 손에 넣을 수가 없는데 말이다. 그렇다, 아무리 노력해도 '우'는 될 수 있지만 '수'까지는 될 수 없는 수준, 결국은 보통 사람보다 아주 조금 나은 정도에 불과하다. 그런데도 오로지 외견만으로 '수'라는 평판이 붙고 말았다.

예전에는 그것이 마음에 들지 않았지만 지금은 어느 정도 받아들였다. 지식도 무예도 '우'의 영역을 벗어날 수가 없다면 그 외에 '수'가 붙는 다른 것을 이용하면 되는 일이라고 말이다. 결과적으로 진시는 아름다운 후궁後宮 관리인으로 지내고 있다. 달콤한 눈빛, 달콤한 목소리. 남자로서는 지나칠 정도로 달콤한 그것들을 얼마든지 이용할 생각이다.

"분부대로 하겠사옵니다."

우아하면서도 당당한 미소를 지으며 진시는 황제 앞에서 예를 갖췄다.

할 수 있으면 어디 한 번 해 보라는 듯, 황제는 포도주를 입에

머금으며 웃고 있었다.

알고 있다. 진시 따위는 어차피 어린애에 불과하며, 황제의 커다란 손바닥 위에서 놀아나고 있을 뿐이다.

뭐든 다 할 생각이다.

진시는 황제의 기막힌 부탁을 들어주어야만 한다. 그것이 진시가 할 일이며, 동시에 황제와의 내기이기도 했다.

내기에서는 이겨야만 했다. 그것이 진시가 자신의 길을 선택하는 유일한 방법이다. 그 외에도 방법이 있을지도 모르지만, 평범한 사람인 진시로서는 그 방법밖에 떠오르지 않았다.

따라서 지금의 길을 선택했다.

진시는 잔의 내용물을 입에 머금고 달콤한 과일주로 목구멍을 적셨다.

그 얼굴에는 아름다운 천녀의 미소가 떠올라 있었다.

○●○

"자, 자. 이것도, 이것도. 아, 이것도 가져가."

계속해서 날아오는 짐 때문에 마오마오는 정신이 하나도 없었다.

연지와 백분, 옷 등을 계속 집어 던지는 사람은 기녀인 메이메이다. 이곳은 녹청관에 있는 메이메이의 방이었다.

"언니, 이렇게 많이는 다 필요 없어."

마오마오는 날아오는 화장품들을 받아 들고 도로 방 선반 위에 올려놓았다. 메이메이는 어이없는 표정으로 마오마오를 바라보며 그 모습을 비난했다.

"필요 없다니, 그게 무슨 소리야? 그쪽에 가면 더 좋은 것들을 쓰는 애들이 우글우글할 테니까 그래도 좀 멀쩡한 행색을 하고 가야지."

"기녀도 아닌데 누가 일하러 갈 때 멋을 부리고 가?"

집에 가서 어제 캐 온 약초나 조합하고 싶다는 생각에 마오마오가 엉뚱한 곳을 쳐다보고 있는데 목간이 날아왔다. 남 챙겨 주기는 잘하지만 다소 성질이 급한 언니다.

"기왕 그렇게 좋은 일자리를 얻었는데 그 자리에 걸맞은 인간이 되겠다는 생각은 안 해? 세상에는 네 자리가 부러워서 죽을 것 같은 사람들이 너무나도 많아. 그런 점을 감사하면서 살아가지 않으면 아무리 좋은 손님이 와도 금방 도망쳐 버릴걸?"

"…알았어."

할멈도 그렇고 메이메이도 그렇고 녹청관 사람들은 하나같이 난폭하게 사람을 가르친다. 하지만 메이메이의 말에는 설득력이 있었다.

마오마오는 살짝 머쓱한 표정으로 목간을 주워 들었다. 목간은 여러 번 썼다 깎은 흔적이 있었고 시커멓게 빛이 바래 있었지만, 그 위에는 수려한 글씨로 시가 적혀 있었다. 메이메이는 기녀로서 이제 은퇴를 고려할 나이였지만 아직까지도 인기가 식지 않는 것은 그 지성 때문이다. 시를 짓고 장기와 바둑을 두어 손님을 즐겁게 해 주는, 색이 아니라 기예를 파는 기녀였다.

"기왕 그렇게 좋은 데서 일하게 됐으니 열심히 돈을 벌어 오렴."

방금 전 그 목간을 집어 던지던 난폭한 언니가 아니라 상냥하고 늘 마오마오를 보살펴 주던 좋은 언니가 눈앞에 있었다. 메이메이는 손톱을 붉게 물들인 손가락으로 마오마오의 뺨을 쓰다듬으며 흐트러진 옆머리를 귀에 걸어 주었다.

마오마오는 열 달쯤 전 납치범들에게 잡혀 후궁에 하녀로 팔려 갔다. 그 후 이런저런 일이 있어 다시 유곽으로 돌아왔지만, 다시 궁에 출사出仕하게 되리라고는 생각지도 못했다.

주위에서 보면 말도 안 되는 행운이다. 그러니 메이메이의 눈빛이 엄격해지는 것도 당연한 일이다.

"…응."

마오마오가 고분고분 대답하자 메이메이는 온화하게 생긋 웃었다.

"그리고 좋은 남편감을 꼭 찾아내서 데려오도록 해. 부자들도 많이 있을 것 아니야? 아, 겸사겸사 괜찮은 손님도 데려와 주면 좋고."

방금 전까지의 상냥한 미소와는 다른, 다소 뱃속 시커먼 웃음이 섞여 있었다.

　큭큭 웃는 메이메이 언니는 어딘가 모르게 할멈을 닮았다고 마오마오는 생각했다. 기녀는 뻔뻔하고 당당하지 않으면 살아갈 수가 없으니 자연히 그렇게 되는 모양이었다.

　결국 마오마오는 커다란 보자기에 바리바리 싼 옷과 화장 도구 일습을 가지고 집으로 돌아갈 수밖에 없게 되었다. 마오마오는 무거운 짐을 껴안고 휘청휘청 걸어 초라한 오두막으로 향했다.

　후궁을 나오고 보름 후, 아름다운 귀인이 유곽에 나타났던 일은 아직도 잊을 수가 없다.

　성격 특이한 그 환관은 농담처럼 흘렸던 마오마오의 말을 곧이곧대로 들어주었다. 빚을 대신 갚아 주고도 남을 정도로 어마어마한 금을 할멈 앞에 펼쳐 보여 주고, 선물로 귀중한 약초까지 챙겨 오는 배려심까지 보여 주었다. 마오마오가 계약서에 도장을 찍기까지는 반 시간도 걸리지 않았다.

　이리하여 마오마오는 귀한 분들이 사시는 곳으로 돌아가 일을 하게 되었다.

　아버지를 내버려 두고 또다시 궁에 들어가서 먹고 자며 일해도 좋을지 조금 망설여지긴 했지만, 계약서를 보아하니 예전보다 규칙이 많이 느슨해진 듯했다.

예전처럼 자신이 어디 있는지도 모르는 행방불명 상태도 아니고, 아버지도 "하고 싶은 대로 하렴."이라고 온화한 미소를 지으며 말해 주었다. 하지만 계약서를 봤을 때 한순간 표정이 흐려지는 모습을, 마오마오는 틀림없이 보았다.

"뭘 그렇게 많이 받아 왔니?"

아버지가 커다란 냄비에 약초를 끓이며 느긋한 말투로 물었다. 마오마오는 보따리를 쿵 내려놓고 어깨를 돌렸다.

벽 틈새로 바람이 숭숭 들어오는 초가삼간 오두막은 아궁이에 불을 조금 붙여 놓은 것 가지고는 추위를 몰아낼 수가 없었기에, 마오마오와 아버지는 늘 옷을 몇 겹씩 입고 지내곤 했다. 아버지가 계속 무릎을 문지르는 걸 보니 예전에 육형을 당한 곳이 시리고 아픈 모양이었다.

"그렇다고 너무 많은 짐을 가져갈 수는 없어."

마오마오는 미리 준비해 놓았던 짐 쪽을 쳐다보았다.

'막자사발과 약연은 꼭 필요하고, 공책도 가져가야 해. 하지만 속옷을 이 이상 줄일 수도….'

마오마오가 미간에 주름을 잡고 끙끙거리고 있는데 아버지가 아궁이에서 냄비를 내리고는 마오마오에게 다가왔다.

"마오마오, 아마 이건 가져가서는 안 될 거다."

짐 보따리 속에서 약 조제 도구를 꺼내는 아버지를 보고 마오마오가 의아한 표정을 지었다.

"의관도 아닌데 이런 걸 가져가면 독살이라도 꾸미고 있는 게 아닌가 의심을 받을 가능성이 있으니 말이지. …요 녀석, 그런 표정 짓지 말거라. 네가 정한 일이니 이제 와서 그만두라고는 하지 않아."

"정말?"

마오마오는 힘없이 토방에 주저앉았다. 아버지는 그 얼굴을 보고 무슨 말을 하고 싶은 건지 한눈에 알아차린 모양이었다.

"자, 자. 어서 준비하고 자려무나. 조금씩 허가를 받으면 가지고 들어갈 수 있는 게 있을지도 모르지. 첫날부터 졸려서 멍하니 있으면 안 되잖니."

"…알았어."

마오마오는 떨떠름한 표정으로 얌전히 조제 도구를 선반 위에 되돌려 놓고, 받아 온 전별 선물 중에서 쓸 만한 것을 몇 개 골라 보따리 속에 집어넣었다. 연지를 담은 조가비와 백분을 보고는 눈살을 찌푸렸지만, 일단 부피가 크지 않은 연지만 보따리에 쌌다.

받아 온 것 중에는 꽤 품질이 괜찮은 솜옷도 들어 있었다. 손님이 깜박 잊고 놓고 간 옷일까, 기녀가 입을 만한 무늬는 아니었다.

마오마오는 냄비를 치우고 화롯불에 장작을 지피는 아버지를 바라보았다. 아버지는 장작을 다 피우고 난 뒤 위태로운 걸음걸이로 거적에 얇은 천 하나 달랑 씌워 놓은 요 위에 누웠다. 덮는 이불 역시 거적에 변변찮은 옷가지를 덧대 만든 물건이었다.

"자, 다 끝났으면 그만 불 끈다."

생선 기름 냄새가 나는 등불을 들고 아버지가 말했다.

마오마오는 짐 꾸리기를 끝내자 방 반대편에 있던 침상에 들어가려 했다. 그러나 문득 무언가를 떠올리고는 거적을 질질 끌며 다가왔다.

"왜 그러니? 참 오랜만이구나. 이젠 어린애가 아니라면서 같이 안 자려 하더니."

"뭐, 추우니까."

마오마오는 조금 멋쩍은 표정을 지으며 시선을 돌렸다. 그리고 끌고 온 이불을 아버지 침상 옆에 깔았다. 그러고 보면 열 살을 넘었을 무렵부터 혼자 잤던 것 같다. 도대체 몇 년 만일까.

마오마오는 선물로 받은 고급 솜옷을 아버지와 자신의 이불에 걸쳐 덮고 천천히 눈을 감았다. 몸을 웅크리고 마치 태아 같은 자세로 누운 채.

"다시 쓸쓸해지겠구나."

여전히 태평한 어조의 아버지의 말에,

"별로. 이번에는 아무 때나 돌아올 수 있는걸."

마오마오는 쌀쌀맞게 대꾸했다.

하지만 마오마오의 등은 아버지의 팔에 닿은 채, 그 희미한 온기를 느끼고 있었다.

"그러게. 언제든지 돌아오려무나."

아버지는 주름투성이인 손으로 마오마오의 머리를 쓰다듬었다. 아버지, 아버지 하고 부르고는 있지만 그 용모는 노파에 가깝다. 그리고 성격도 주위에서 보면 마치 어머니 같다고 한다.

마오마오에게는 어머니가 없다. 본인이 없다고 하니 없는 모양이다. 하지만 다정한 아버지가 있고, 잔소리쟁이 할멈이 있고, 시끌벅적한 언니들이 잔뜩 있다.

'언제든 돌아올 수 있는걸.'

마오마오는 머리를 쓰다듬는 고목 같은 손의 따스함을 느끼다, 금세 고른 숨소리를 내며 잠이 들었다.

약사의 혼잣말

1 화 ⦂ 외정(外廷) 근무

"전 당연히 후궁으로 돌아갈 줄로만 알았는데요."

마오마오는 마가 아니라 목면으로 된 옷을 입고 있었다. 후궁 하녀 시절에는 마 옷을 입었던 걸 생각하면 갑자기 대우가 좋아진 셈이다.

"아뇨, 그만둔 지 얼마 되지도 않은 곳에 그리 쉽게 되돌아갈 수는 없습니다. 앞으로는 이곳에서 일하게 됩니다."

궁전 안을 안내해 주고 있던 사람은 진시의 심복인 가오슌이었다. 가오슌은 건물 이름과 부서를 마오마오에게 하나하나 가르쳐 주었다. 궁전 넓이를 생각하면 그 숫자는 손가락에 발가락까지 다 합쳐도 셀 수가 없을 것이다.

앞으로의 일터는 후궁이 아니라 외정外廷이 될 모양이었다. 간단히 말하면 관청들이 모여 있는 관리들의 직장이다.

후궁은 황족이 사는 장소에 위치하는 내정內廷에 해당한다.

"여기서부터 동측은 무관들이 많이 있으니 가급적이면 넘어가지 마십시오."

마오마오는 고개를 끄덕이며 정원의 식생을 눈으로 대충 확인했다.

'역시 후궁만큼 재료가 될 만한 게 많진 않네.'

옛날에 아버지인 뤄먼이 후궁에 있을 때 쓸 만한 식물들을 그 안에 많이 심어 놓았던 모양인지, 한정된 공간 안인데도 후궁에는 다양한 약초들이 자라고 있었다.

가오슌이 차례차례 설명해 나가는 사이 마오마오는 목덜미에 따끔따끔한 무언가를 느꼈다. 시선만 돌려 대각선 뒤를 돌아보니 외정에서 일하는 여자들이 마오마오를 보고 있었다. 아니, 정확히 말하면 마오마오를 노려보고 있었다.

남자들끼리만 알 수 있는 감각이 있듯이, 여자들끼리만 알 수 있는 감각이 있다. 남자는 상대를 공격할 때 육체를 노리지만, 여자의 경우 정신을 공격하는 자가 많다.

신입을 관찰하러 나온 모양이다.

'왠지 찜찜한 느낌이 드는걸.'

마오마오는 혀를 날름 내밀며 다음 부서로 걸어가는 가오슌의 뒤를 따라갔다.

마오마오의 일은 후궁 하녀와 크게 다를 바가 없었다. 지정받은 부서 안을 청소하고, 가끔 잔심부름을 하는 정도다.

사실은 진시가 다른 일을 맡길 예정이었던 듯했지만 그것은 이루어지지 못했다. 마오마오가 그 시험에 떨어졌기 때문이다.

"도대체 왜 떨어진 거야?"

'도대체 왜 붙을 거라고 생각한 거지?'

진시도 가오슌도 놀랐다. 마오마오가 쉽게 합격할 거라고 생각한 모양이었다.

마오마오는 유곽에서 자랐기 때문에 글을 쓸 줄 알고, 시가 짓기와 얼후 연주에 대해서도 최소한의 교육을 받았다. 시험이라고는 해도 과거처럼 어렵지 않으니 조금만 공부하면 금방 붙을 거라고 생각했던 듯했다.

'미안하게 됐네요, 떨어져서.'

마오마오는 창틀을 북북 문질러 닦았다. 장소는 진시의 집무실 복도였다. 구조는 후궁에 비하면 간소하지만 다소 높은 곳에 지어져 있다. 벽은 선명한 붉은색으로 칠해져 있었고, 매년 새로 덧칠한다는 사실을 알 수 있었다.

사실 마오마오는 공부를 좋아하지 않는다. 관심이 없는 분야에 대해서는 보통 사람보다도 암기력이 떨어진다. 약학과 그에 관한 지식이라면 몰라도, 역사 따위는 도대체 배워서 어디다 써먹는단 말인가. 법률 같은 건 언제 바뀔지 모르는데 외우고 있어 봤자 의미가 없다.

안타깝게도 마오마오에게는 그쪽 방면으로 노력하는 재능이 전혀 없었다. 떨어지는 것도 당연한 일이다.

그래도 사전에 받은 서적을 읽으려고 펼쳐 보긴 했다. 그러나 정신을 차리고 보면 아침이 되어 있었다. 그런 일이 계속 반복되었다.

그러니 어쩔 수 없다고 마오마오는 혼자 고개를 끄덕이며 일을 계속했다.

'생각보다 꽤 더럽네.'

뭐, 이렇게 넓은 곳이니 청소의 손길이 미처 닿지 못하는 부분도 있을 것이다. 하지만 한편으로는 성의 없이 대충 하는 게 아닐까 하는 생각도 들었다.

관녀官女들은 자격을 갖고 이곳에 소속되어 있다. 후궁으로 잡혀 온 어중이떠중이 궁녀들과는 천지차이다. 집안도 괜찮고 교양도 있기 때문에 그만큼 자존심도 세다. 아마 자신들은 하녀들이나 하는 일을 해서는 안 된다고 생각하고 있을 것이다. 그러니 설령 먼지가 잔뜩 쌓여 있어도 닦을 생각조차 하지 않겠지.

'뭐, 그건 그 사람들 일이 아니니까.'

관녀는 말하자면 서기관이나 다름없는 직함이다. 확실히 청소는 일에 포함되어 있지 않다. 할 필요도 없다. 그렇다고 아무도 안 해도 된다는 말은 아니다. 관노비, 즉 노비 제도는 선대 황제 이래 폐지되었기 때문에 잡일은 관리 개인이 하인을 고용해서 시켜야 한다.

지금의 마오마오는 진시 직속 하녀였다.

다른 곳은 어떨지 모르지만 마오마오는 후궁에서 일하는 여자들을 궁녀, 외정에서 일하는 여자들을 관녀라고 구분해 부르고 있었다. 진짜 명칭인지 아닌지는 모르지만 마오마오가 듣자하니 진시를 비롯한 다른 사람들도 이 방식대로 부르는 듯했다.

'자, 그럼 다음은….'

마오마오는 진시의 집무실로 향했다. 넓지만 호화롭지 않고 군더더기 없는 구조의 방이다. 방 주인은 굉장히 바쁜 몸인지 한 번 외출하면 좀처럼 집무실에 돌아오는 일이 없다. 덕분에 마오마오는 청소하기 편했지만, 한 가지 문제가 있었다.

"넌 도대체 뭐야?"

정신을 차리고 보니 모르는 관녀들이 시비를 걸고 있었다. 관녀들은 하나같이 마오마오보다 키가 컸고, 그중에는 머리통 하나 정도 더 큰 자도 있었다.

'먹이가 좋아서 쑥쑥 잘 크나?'

마오마오는 저도 모르게 그 키와 함께 가슴에도 시선을 주고 말았다. 마오마오에게 말을 건 인물은 키도 크고, 그만큼 발육도 좋았다.

"내 말 듣고 있는 거야?"

다소 불경한 생각을 하는 사이 관녀들이 더욱 화를 냈다.

요컨대 이 관녀들은 왜 마오마오가 진시 직속으로 일하고 있는 건지 이해할 수가 없어 화를 내고 있었다. 하지만 고용된 몸으로서는 뭐라 대답하기 힘든 노릇이다.

만일 마오마오가 교쿠요 비처럼 이국적인 정서를 지닌 이민족의 공주였거나, 리화 비처럼 풍만한 육체와 바이링 언니 같은 요염함이 있는 절세미인이었다면 아무도 불평하지 않았을 테고 불만을 가질 수도 없었을 것이다.

하지만 마오마오는 비쩍 마르고 빈티 나는 인상에 얼굴은 온통 주근깨투성이인, 살을 다 발라낸 닭뼈 같은 생물이었다.

그것이 관녀들로서는 불쾌한 모양이었다. 마오마오가 아름다운 환관님의 곁에 있는 것이 눈에 거슬려 견딜 수가 없고, 여차하면 자신이 그 자리를 꿰어 찰 수 있지 않을까 안달이 난 듯했다.

'으음, 어쩌지.'

마오마오는 말주변이 대단히 좋지도 못하고, 머릿속으로 생각은 해도 그것이 입 밖으로 나오지 않는 경우가 많다. 하지만 입을 다물고 있으면 오히려 상대의 비위를 더욱 거스르기만 할 뿐이다.

"그러니까 여러분은 저를 질투하는 건가요?"

마오마오의 단도직입적인 말은 관녀들을 더 화나게 만들기에 충분했다. 따귀를 철썩 얻어맞고 나서야 마오마오는 역시 자신이 말실수를 했다는 사실을 깨달았다.

마오마오를 둘러싼 관녀들은 총 다섯 명이었다. 끌려가서 폭행을 당하는 것만은 피하고 싶었다. 하지만 이미 자신은 주위에서 잘 보이지 않는 복도 안쪽으로 점점 쫓겨 들어가고 있었다.

할 수 없으니 변명 한두 마디 정도는 해 둬야겠다고 마오마오는 생각했다.

"설마 제가 특별 취급을 받고 있는 거라고 생각하는 건가요?"

관녀들의 얼굴이 더욱 일그러졌다. 한 대 더 맞기 전에 마오마오는 말을 이었다.

"그럴 리가 있겠어요? 이런 추녀를 그 천녀 같은 분이 상대하시다니 말도 안 되죠."

마오마오가 고개를 숙이고 중얼거리는 말에, 분노로 가득하던 관녀들의 얼굴에 움찔 경련이 일었다.

통할지도 모른다는 생각에 마오마오는 말을 이었다.

"여러분은 그 귀인께서 그런 희한한 취향을 갖고 있다고 생각하세요? 그분은 눈앞에 전복과 멧돼지고기가 있는데 일부러 살점이 다 떨어진 닭뼈를 먹고 싶어 하는 분인가요? 세상에, 그게 무슨 특수 취향이란 말인가요?"

'특수 취향'이란 말을 강조한 탓인지 관녀들은 그 부분에서 한층 몸을 부르르 떨었다.

"저는 잘 모르겠는데, 그토록 아름다운 천상의 미소와 미모를

지니신 분이 그런 특수 취향을 갖고 계신단 말인가요? 정말인가요, **특수 취향**이라는 게?"

"그, 그럴 리 없잖아!"

"그래, 맞아."

관녀들이 술렁거리기 시작했다. 마오마오는 성공했다고 생각했지만, 그중 한 사람은 아직 마오마오를 의심의 눈길로 쳐다보고 있었다.

"그렇다면 당신은 왜 고용된 거죠?"

비교적 냉정한 한 관녀가 물었다. 그들 중에서 가장 키가 크고 시원스러운 생김새를 지닌 자였다. 그러고 보니 아까부터 이 관녀만 계속 차분한 태도를 유지하고 있었다. 반걸음 물러난 위치에서 다른 관녀들 사이에 섞여 있는 듯했지만, 잘 보니 상황을 관찰하고 있었던 것 같기도 했다.

귀찮긴 하지만 일단 무리에는 끼어 있어야겠다고 생각하는 유형의 인간인 모양이었다.

'뭐, 여기서 얼버무릴 수 없다면….'

"이유는 이겁니다."

마오마오는 왼팔을 들고 소매를 걷었다. 그리고 손목에서 팔꿈치에 걸쳐 감겨 있던 붕대를 풀었다. 관녀들 중 하나가 "헉!" 하고 소리를 질렀다. 끔찍한 상처 자국이 남아 있었다. 다른 관녀들도 넋이 나간 표정을 지었다.

'요전에 화상 약 실험을 하다가 엉망진창이 된 흔적이긴 한데.'

귀한 집 출신의 아가씨들에게는 굉장히 역겹고 끔찍한 광경일 터였다.

"아름다운 천녀 같은 그분께서는 마음씨까지도 천녀처럼 고우시거든요. 저 같은 자도 밥벌이를 할 수 있도록 도와주신 것이지요."

붕대를 다시 감으며 마오마오가 말했다. 살며시 눈을 내리깔고 몸을 바들바들 떠는 것도 잊지 않았다.

"…그만 가자."

흥이 식었다는 듯 관녀들은 발걸음을 돌려 사라졌다. 하지만 키가 큰 그 관녀만큼은 마오마오를 흘끗 한 번 쳐다본 후, 곧 자기 자리로 돌아갔다.

'겨우 끝났네.'

마오마오는 목 관절을 우둑우둑 꺾으며 걸레를 고쳐 쥐었다. 그리고 다음 장소로 옮겨 가서 청소를 재개하려 하는데 벽에 머리를 짚은 채 우두커니 서 있는 아름다운 환관을 발견했다.

"뭐 하고 계시는 거죠, 진시 님?"

"…아무것도 아니다. 그보다 항상 그렇게 시비가 붙는 건가? 저런 자들과. 아니, 그런데 왼팔은 왜 걷고 있는 거지?"

"괜찮습니다. 후궁의 궁녀들보다는 수가 적으니까요. 그런데 왜 그런 자세로 서 계시는 건가요?"

왼팔에 대한 질문은 무시했다. 진시가 있던 위치에서는 보이지 않았던 모양이다.

그나저나 귀인이 취할 만한 자세는 아닌 것 같다고 마오마오는 생각했다. 실제로 뒤에서 따르고 있던 가오슌은 양손으로 자신의 머리를 움켜잡고 있었다.

"그럼 저는 다음 청소할 곳으로 가 보도록 하겠습니다."

진시가 돌아오면 집무실 청소를 할 수가 없기에 마오마오는 다른 곳으로 향했다.

들통을 들고 마오마오가 자리를 뜨는 도중 진시가 아름다운 목소리로 "특수 취향…."이라고 중얼거리는 소리가 들렸다.

'딱히 나쁜 말은 안 한 것 같은데.'

설령 방금 전 소동을 진시가 처음부터 끝까지 다 지켜봤다고 한들 자신은 무엇 하나 잘못한 일이 없다고 생각하며, 마오마오는 청소 작업에만 매진했다.

'겨울엔 역시 얼마 안 되는구나.'

마오마오는 자기 방에서 책상다리를 하고 앉아 팔짱을 낀 채 끙끙거리고 있었다. 낮에 일하는 틈틈이 긁어모은 약초는 얼마 되지 않아, 조제를 하기에는 양이 너무 적었다. 그래서 할 수 없이 깨끗이 닦고 물기를 제거한 뒤 방 벽에 걸어 두었다.

외정에 온 후로 매일같이 그런 일을 하고 있었으니 마오마오의 방 상태는 누가 봐도 상당히 수상해 보이는 꼬락서니였다. 온 방 안에 마른 풀들이 잔뜩 매달려 있으니 말이다.

숙식하며 일하는 하녀에게 주어지는 방치고는 꽤 괜찮은 곳이었지만 그래도 좁긴 좁다. 후궁에서 지내던 방과 그리 다르지 않은 크기였다.

그래도 비취궁에서는 허락을 받으면 취사장을 사용할 수 있었고, 재료도 풍부했기 때문에 금방 약제를 조제할 수 있어서 지금 방처럼 어지럽고 정신없지는 않았다.

'자, 이제 어떻게 할까.'

마오마오는 고리짝 위에 소중하게 모셔 놓은 오동나무 상자를 바라보았다. 비단 끈으로 묶여 있는 그 안에는 벌레를 씨앗 삼아 돋아난 풀이 들어 있었다. 진시가 유곽에 왔을 때, 빚을 대신 갚아 줄 금과 함께 가져온 진귀한 물건으로 이름은 동충하초라 했다.

마오마오는 이것을 보자마자 두말할 것 없이 서류에 서명했지만, 지금 생각해 보면 경솔한 행동이었는지도 모른다. 그럼에도 불구하고 이 형용하기 힘든 오싹한 풀에 대한 욕구를 이길 수는 없었다.

마오마오는 뚜껑을 열고 속에 든 동충하초를 바라보며 저도 모르게 얼굴에 웃음을 떠올렸다. 히죽거리는 웃음 때문에 얼굴이 음침하게 경련을 일으켰다.

'안 되지, 안 돼.'

지난번엔 이러다 혼자 소리를 지르는 바람에 두 칸 옆방에 사는 사람이 문을 발로 걷어차며 항의하러 온 적이 있었다. 한밤중에 괴성을 지르면 잠을 못 자지 않느냐는 이유였다.

마오마오는 헤실거리는 뺨을 손으로 문질러 푼 뒤 침대에 드러누웠다. 하녀의 일과는 아침 일찍부터 시작된다. 닭이 울기 전에 일어나야만 한다. 모시는 분은 소중한 것을 잃었다고는 하나 아름답고 고귀한 신분의 사람이다. 기분을 상하게 해서는 안 된다.

마오마오는 얇은 이불 위로 옷을 여러 겹 겹쳐 덮고 눈을 감았다.

"지금 쓰는 방은 너무 좁지 않은가?"

아침 식사로 나온 죽을 뜨면서 아름다운 환관이 물었다. 진시의 말에 마오마오는 눈만 한 번 깜빡였다.

"저 같은 하녀에게는 충분히 넓은 방을 주셨습니다."

본심으로는 '네, 좁습니다. 가능하면 우물이 근처에 있고 아궁이가 있는 방으로 이사 가서 살고 싶습니다'라고 말하고 싶지만 그럴 수는 없다. 마오마오도 그 정도는 안다.

"진심인가?"

"……."

일어난 지 얼마 안 되는 환관은 다소 흐트러진 차림새로 아침 식사를 즐기고 있었다. 대충 묶는 바람에 헝클어진 머리카락에서도 쓸데없는 요염함이 뿜어져 나오고 있었기에 난감한 노릇이었다.

마오마오는 이 환관의 방에 왜 자신과 가오슌, 그리고 초로의 시녀 한 사람밖에 들어오지 못하는지 그 이유를 아주 잘 알고 있었다.

여자라면 그 색기를 마주하자마자 취해서 졸도할 것이고, 남자라면 성별 문제 따위는 무시하고 냅다 덮쳐 쓰러뜨릴 것이다. 실로 죄 많은 성질이라 하겠다.

'왠지 발정기의 벌레 같네.'

벌레 암컷 중에는 수컷을 끌어들이는 신기한 냄새를 발하는 종류가 있다. 거기에 꼬여 암컷 한 마리에게 수컷 수십, 수백 마리가 모여든다. 마오마오도 약 재료가 되는 벌레를 모으기 위해 그 성질을 이용하여 잡은 적이 있었다.

그렇게 생각하니 실로 흥미로운 성질이라고 느껴지기도 했다.

'냄새를 모아서 향을 만들어 팔면 잘 팔릴 수도 있겠다.'

마오마오는 마치 사랑의 미약 재료라도 보는 듯한 눈길로 진시를 바라보았다. 딴생각에 잠기면 의식이 엉뚱한 곳으로 날아가 버리는 일은 나쁜 버릇이다. 주위 이야기를 놓치는 경우도 자주 있다. 이야기를 안 듣고 있는 주제에 고개는 마치 듣고 있는 것처럼 제멋대로 끄덕이곤 하니 더욱 골치가 아프다.

"너만 괜찮다면 새 방을 준비해 주마."

'응?'

왠지 만족스러운 표정의 진시가 스이렌水蓮에게 죽 한 그릇을 더 달라고 하고 있었다. 스이렌은 진시를 모시는 몇 안 되는 시녀이며, 생김새로 볼 때 나이는 쉰을 진작 넘긴 것으로 추정된다. 스이렌은 온화한 표정으로 새 접시에 죽을 퍼서 담고 흑초를 끼얹어서 건넸다.

잘은 모르겠지만 더 좋은 방을 준비해 주려는가 보다, 하고 납득하던 마오마오는 문득 머리를 부둥켜안고 있는 가오슌과 눈이 마주쳤다. 항상 고생이 많고 피로에 절어 있는 보좌관은 마오마오에게 뭔가 하고 싶은 말이 있는 눈치였지만, 마오마오는 그저 눈살만 찌푸릴 뿐이었다.

'하고 싶은 말이 있으면 똑바로 말을 해 주면 좋을 텐데.'

마오마오는 그렇게 생각했지만, 자신에게도 표현이 부족하다는 큰 단점이 있다는 사실을 알고 있었기에 아무 말도 하지 못했다.

"그럼 우물이 가까이 있는 마구간이라도 좋습니다."

마오마오는 저도 모르게 진심 어린 욕망을 내뱉고 말았다.

"…마구간이라고?"

"네, 마구간."

그곳이라면 그 누구에게도 방해받지 않고 마음대로 끓이고 삶을 수 있을 거라고 생각했지만, 가오슌은 고개를 가로저으며 양손으로 가위표를 그려 보였다. 생김새와 다르게 장난기 많은 아저씨라고 마오마오는 생각했다.

"마구간은 안 된다."

"⋯⋯."

뭐, 그렇겠지. 마오마오는 납득하면서 "알겠습니다." 하고 대답했다.

진시는 아침 식사를 마친 뒤 조정에 출사했다. 오전 중에 진시는 집무실에 있는 경우가 많기 때문에 주로 이쪽 건물 청소는 마오마오 담당이다.

"네가 와 줘서 정말 도움이 많이 됐단다. 이 나이에 이 넓은 곳을 혼자 청소하려니 얼마나 힘들었는지."

스이렌은 명랑하게 웃으며 마오마오에게 말했다. 마오마오가 오기 전에는 이 넓은 건물을 스이렌 혼자서 도맡아 보살폈다고 한다. 심지어 나이가 쉰이 넘으면 슬슬 몸 이곳저곳이 삐거덕거리기 시작한다.

"새로운 아이를 몇 번 들여 봤는데, 뭐, 여러 가지 일이 있어서 통 오래가질 못하더구나. 그런 점에서 샤오마오라면 괜찮아 보이네."

가오슌이 마오마오를 그렇게 부르고 있었기에, 이 사람 좋아 보이는 시녀 역시 마찬가지 호칭을 사용하고 있었다.

스이렌은 언변도 좋고, 일에 숙달되어 있었기에 손놀림도 매우 빨랐으며 일하는 손을 멈추는 일이 없었다. 은 식기를 눈 깜짝할 사이 반짝반짝 닦아 놓은 뒤 그것이 끝나면 다음은 바닥 청소 차례. 아무리 봐도 하녀가 할 일이었기에 마오마오가 말리려 하자,

"아마 그럼 낮에 할 일이 밀리게 될 거야."

라고 대꾸할 뿐이었다. 예전에 들어왔던 하녀나 시녀들이 사고를 친 뒤로 방 청소는 전부 스이렌 혼자서 하고 있다고 했다.

'절도인가?'

아마 금전 목적의 절도가 아닐 거라는 사실은 마오마오도 쉽게 상상할 수 있었다.

스이렌의 말에 따르면 가끔은 물건이 없어지는 게 아니라 오히려 늘어나는 일도 있다고 했다.

"아무리 그래도 한 번도 본 적 없는 속옷이 장롱 속에서 나오면 좋아할 사람이 없지 않겠니?"

심지어 거기엔 실이 아니라 사람의 체모가 꿰매져 있었다고 했다. 한 땀 한 땀 자수로 이름을 놓아서.

예상보다 훨씬 엄청난 대답에 마오마오는 온몸에 소름이 돋

았다.

"…고생이 많으셨네요."

"그래, 정말 고생스러웠어."

마오마오는 열심히 창틀을 닦으면서 그 환관은 그냥 가면을 쓰고 사는 편이 낫지 않을까 생각했다.

진시의 개인 방을 청소하고 나서 늦은 식사를 한 뒤, 다음은 집무실 청소를 할 차례. 사실 집무실은 개인 방보다 구조가 단순하기 때문에 청소도 쉽다. 하지만 높은 분 앞에서 걸레질을 할 수는 없는 노릇이기 때문에 그만큼 주위에 신경을 써야만 한다.

'오늘은 뭘 할까?'

진시의 집무실에 손님이 왔을 때는 마오마오도 한가했다. 그럴 때는 일하는 척하면서 외정 안을 산책하는 일이 많았다.

'서측은 대부분 다 둘러본 것 같은데.'

마오마오의 머릿속에 지도가 펼쳐졌다. 가능하면 동측도 가보고 싶었지만 왠지 모르게 망설여졌다. 동측에는 군부軍部가 있다. 무관이 많은 그쪽 방면에 하녀가 슬그머니 들어가 풀 뽑기를 하면 어떻게 될까. 밀정으로 오해받아 구속되는 건 아닐까. 가오순도 절대 들어가지 말라고 못을 박아 놓았었다.

'게다가 군부라고 하면….'

마오마오는 저도 모르게 얼굴 근육이 잔뜩 굳어지는 것을 느꼈다. 그만큼 싫은 이유가 있긴 했지만, 한편으로는 아직 산책을 나가 보지 않은 장소에 신기한 약초가 있을지도 모른다는 기대감도 있었다.

팔짱을 끼고 끙끙 생각에 잠겨 있는데 갑자기 뒤통수에 충격이 느껴졌다.

'뭐야?'

뒤통수를 누르며 의아한 표정으로 뒤를 돌아보자 키 큰 관녀가 차분한 표정으로 서 있었다.

'어디서 본 적이 있는 것 같은데.'

마오마오는 며칠 전 자신에게 시비를 걸었던 관녀들의 얼굴을 떠올렸다. 그중 한 명이었다.

최소한의 화장밖에 하지 않았지만 눈썹을 또렷하게 그린 것이 특징적이었다. 입술은 도톰한데도 연지로는 선을 그리듯 가늘게만 칠해 놓았다. 예쁘지만 뭔가 아쉬운 얼굴이었다.

'화장을 제대로 하면 좋을 텐데.'

골격과 기본 생김새는 우아하고 고상한데도 화장이 세련되지 못했다. 만약 눈썹을 조금 더 가늘고 옅게 그리고, 입술에 옅은 연지를 넉넉히 바르고, 머리를 화려하게 묶어 올리면 후궁의 꽃 중 하나로 들어가도 괜찮을 정도로 아름다워질 것이다.

꾀죄죄한 어린 소녀가 한밤의 나비로 피어나는 모습을 여러 번 봐 온 마오마오의 심미안이기 때문에 꿰뚫어 볼 수 있는 부분이지만, 대부분의 사람들 눈에는 이 관녀가 미녀가 될 재목으로 보이진 않을 것이다.

"이 너머는 당신이 들어갈 수 있는 장소가 아닐 텐데요."

관녀는 다소 무기력한 목소리로 지극히 당연한 말을 했다. 그럼 때리기 전에 말을 먼저 해 주지 그랬느냐고, 마오마오는 속으로 생각했다.

관녀는 이 이상 하녀에게 할 말은 없다는 태도로 쌀쌀맞게 옆을 스쳐 지나갔다. 관녀는 천으로 싼 무슨 보퉁이 같은 것을 소중히 들고 있었다.

'응?'

마오마오는 코를 킁킁거렸다. 백단 향기 외에 무슨 독특한 쓴 냄새 같은 것이 났다.

마오마오는 고개를 갸웃거리며 관녀가 왔던 방향을 바라보았다.

'무관의 시종인가?'

관녀는 군부 쪽에서 왔다. 하기야 군부에 드나들어야 한다면 수수한 화장을 하는 편이 현명하다. 유곽 뒷골목만큼은 아니겠지만 혈기 왕성한 무관들 주위를 미녀가 왔다 갔다 하는 일은 피하는 편이 좋다.

그나저나 그 냄새는 뭘까, 하고 마오마오가 생각에 잠겨 있는

데 어딘가에서 종소리가 울려 퍼졌다.

'오늘은 그냥 포기해야겠다.'

마오마오는 몸을 돌려 진시의 집무실로 돌아가기로 했다. 주인이 외출한 상태라면 좋겠다고 생각하면서.

2 화 : 담뱃대

아름다운 귀인, 즉 진시는 마오마오가 생각했던 것보다 훨씬 더 바쁜 사람이었다. 환관이니 후궁 일만 하는 줄 알았더니 외정 일도 하고 있는 모양이었다.

진시는 복잡한 표정으로 서류를 노려보고 있었다. 마오마오는 방 한구석에서 휴지들을 쓸어 모았다. 진시가 오늘 하루 종일 집무실에 틀어박혀 있을 거라고 했기에, 할 수 없이 안을 청소하는 중이었다.

비싼 고급 종이였지만 시시껄렁한 안건이 적혀 있었기에, 볼 가치도 없어 전부 쓰레기가 되어 버렸다. 그러나 아무리 하잘것없는 법안이라 해도 그것이 적힌 종이를 재사용할 수는 없으므로 결국은 불태워야만 했다.

'팔면 용돈벌이 정도는 할 수 있을 텐데.'

마오마오는 못된 생각을 하면서도 일이라고 스스로를 타이르며 종이를 태우러 갔다. 진시의 집무실을 나와 광대한 궁정 한 구석, 군부 훈련소와 창고가 있는 부근에 쓰레기 태우는 곳이 있다.

'군부라….'

솔직히 별로 가고 싶진 않았지만 어쩔 수 없었다. 일이라고 스스로를 계속 독려하며 마오마오가 몸을 일으키는데 어깨에 무언가가 걸쳐졌다.

"밖은 추우니 이것을 입고 가십시오."

성실하고 눈치 빠른 가오슌이 마오마오에게 솜옷을 입혀 준 것이다. 밖에는 작은 눈송이가 희끗희끗 날리고 있었고, 앙상한 나뭇가지에 바람 스치는 소리도 들려왔다. 화로가 여러 개 놓여 있는 따뜻한 방 안이었기 때문에 잊고 있었으나 아직 새해가 된 지 한 달도 채 지나지 않았다. 1년 중 가장 추운 계절이다.

"감사합니다."

진심으로 고마웠다. 환관으로 내버려 두기엔 너무나 아까운 인재다. 옷 한 벌을 걸치고 안 걸치고에 따라 느껴지는 추위는 완전히 다르다. 소박한 옷소매에 팔을 꿰고 있는데 진시가 이쪽을 물끄러미 쳐다보고 있는 모습이 눈에 띄었다. 아니, 쳐다보고 있는 게 아니라 째려보고 있었다.

'뭐 마음에 안 드는 일이라도 있나?'

마오마오는 고개를 갸웃거렸지만, 아무래도 진시가 노려보는 상대는 마오마오가 아니라 가오슌이었던 듯했다. 가오슌은 시선을 느꼈는지 어깨를 움찔했다.

"…이것은 진시 님께서 주시는 물건입니다. 저는 그냥 전해 드렸을 뿐입니다."

가오슌은 어째서인지 손짓 발짓까지 동원하며 필사적으로 말했다. 왠지 유난히 변명처럼 들렸다.

'쓸데없는 짓을 하지 말라는 뜻인가?'

나 같은 하녀에게 솜옷 한 장 주는 데에도 허가가 필요한 걸까.

가오슌도 참 힘들겠다.

"그렇군요."

마오마오는 진시에게도 우선 감사 인사를 하고, 폐휴지가 가득한 쓰레기통을 들고 쓰레기장으로 향했다.

'아버지, 이쪽에도 뭘 좀 심어 놓지 그랬어.'

마오마오는 한숨을 내쉬었다.

외정은 후궁보다 몇 배는 넓지만 재료가 될 만한 약초는 별로 없었다. 간신히 찾아낸 것도 민들레, 쑥 등 어디에나 있는 풀들뿐이었다.

그리고 꽃무릇도 찾았다. 마오마오는 그 구근을 물에 씻어 먹는 걸 좋아했다. 하지만 구근에는 독이 있기 때문에 독을 제대로 빼내지 못하면 복통에 시달리게 된다. 일부러 그런 걸 찾아 먹는다고 녹청관 할멈에게 종종 야단을 맞곤 했지만 타고난 성격이니 어쩔 수가 없다.

'아마 이게 다인 것 같네.'

겨울이라 더 찾기 힘들다는 이유도 있겠지만, 아무튼 이 이상 캐내긴 어려울 듯했다. 마오마오는 남몰래 씨라도 뿌려 둬야겠다고 생각했다.

쓰레기장을 향해 걷는 사이 낯익은 인물을 발견했다. 집무실들이 늘어선 쪽에서 조금 떨어진, 벽에 회반죽을 바른 창고가 잔뜩 있는 구역이었다.

사나운 표정을 짓고 있는 젊은 무관이었다. 대형 견을 연상시키는, 왠지 모르게 사람 좋게 생긴 얼굴. 그렇다, 리하쿠였다. 허리띠 색이 예전과 다른 걸 보니 출세한 모양이라고 마오마오는 생각했다.

리하쿠는 옆에 서 있던 부하로 보이는 남자와 무슨 대화를 나누고 있었다.

'열심히 살고 있나 보다.'

쉬는 날마다 녹청관에 와서는 여동과 마주 앉아 차를 마신다는 이야기를 들었다. 물론 진짜 목적은 바이링 언니겠지만, 바이링 언니를 부르려면 평민이 반년은 일해서 벌어야 하는 은이 필요하다.

가엾게도 천상의 꿀맛을 알아 버린 남자는 높디높은 곳에 피어 있는 꽃의 얼굴을 장막 틈새로라도 들여다보기 위해 녹청관에 드나들고 있었다.

마오마오의 연민 어린 시선이 느껴졌는지 리하쿠가 손을 흔들며 달려왔다. 그야말로 대형 견 같은 모습이었다. 꼬리 대신 두건 사이로 삐져나온 머리카락 한 묶음이 좌우로 흔들렸다.

"여어, 오늘은 비전하 시중 들 일이 없어? 밖에 나오다니 별일이 다 있는걸."

마오마오가 후궁에서 해고되었다는 사실을 모르는 리하쿠는 그렇게 물었다. 유곽으로 돌아가 있었던 시기가 짧았기 때문에 마오마오는 유곽에서 리하쿠와 얼굴을 마주친 적이 없었다.

"아뇨, 후궁 소속에서 어떤 분의 개인 하녀로 바뀌었습니다."

마오마오는 해고 이야기까지 하기는 귀찮았기에 이야기를 대충 자르고 그렇게 말했다.

"개인 하녀? 누구야, 그런 희한한 인간은?"

"네, 상당히 희한한 사람이죠."

리하쿠는 상당히 실례되는 소리를 했지만 사실 그것이 평범한 반응이다. 주근깨투성이에 비쩍 마른 소녀를 자기 개인 하녀로 굳이 들이는 사람은 웬만해선 없으니 말이다. 새삼스레 따로 주근깨를 그리고 다닐 생각은 없었는데, 주인이 시키면 따를 수밖에 없다. 진시는 어째서인지 마오마오에게 아직까지도 얼굴에 주근깨를 그리고 다니라고 지시하고 있다.

'도대체 그 남잔 뭘 하고 싶은 건지 알 수가 없단 말이야.'

귀인들의 생각은 도무지 모르겠다고, 마오마오는 생각했다.

"그러고 보니 최근 들어 어떤 고관이 너희 가게 기녀를 낙적해서 데려왔다던데."

"그랬다나 봐요."

'다들 그렇게 생각해도 어쩔 수 없지.'

고용 계약이 결정되어 진시의 집무실로 가게 되었을 때, 언니들은 의욕에 차 덤벼들어서는 마오마오의 온몸을 깨끗이 씻겨 주고, 숨겨 두었던 예쁜 옷을 입히고, 머리를 묶어 올리고, 화장까지 곱게 해 주었다. 도저히 신입 하녀로는 보이지 않는 모습이었다.

아버지는 어째서인지 팔려 가는 송아지라도 보는 듯한 눈으로 마오마오를 지켜보고 있었다.

기녀 모습의 소녀가 궁전에 들어가는 일도 기이했지만, 진시는 그보다 더 눈에 띄는 존재였기 때문에 유난히 주목을 받아 마오마오는 영 불편했다. 금방 옷을 갈아입긴 했지만 꽤 많은 사람들이 자신을 목격한 건 사실이다.

'그나저나….'

이 남자는 소문의 본인을 코앞에 두고 있으면서 알아보지도 못하고 제멋대로 떠들어 대고 있다. 역시 똥개다.

"그런데 바쁘신 것 같던데 괜찮으신가요?"

"아, 좀."

리하쿠의 눈치를 살피며 부하가 다가왔다. 여자 볼 일이 별로 없는 박봉의 무관은 여자가 있는 모습을 보고 좋아하는 표정을 지었으나, 마오마오를 본 순간 노골적으로 낙담한 기색을 보였다. 충분히 예상할 수 있는 반응이었지만 하여간 상사나 부하나 똑같다.

"불이 났어. 이 계절에는 별로 놀라운 일도 아니지만."

리하쿠가 엄지를 세워 작은 창고 쪽을 가리켰다. 검게 그을린 창고에 마구 물이 끼얹어진 흔적이 있었다.

보아하니 리하쿠는 불이 난 이유를 조사하고 있는 모양이었다.

'원인 불명이라….'

이런 이야기를 듣고도 끼어들지 말라고 한다면 정말 너무한 일이다. 마오마오는 무관 두 사람 사이를 쏘옥 빠져나가 그 창고 쪽으로 다가갔다.

"이봐, 너무 가까이 다가가면 안 돼."

"알고 있어요."

리하쿠에게는 대충 대꾸하면서 마오마오는 건물 주위를 가만히 관찰했다. 갈라진 회반죽벽에 숯 검댕이 묻어 있었다. 주위 창고에 불이 옮겨 붙지 않은 게 그나마 다행이었다.

'흐응.'

이게 만일 화재라면 이상한 점이 몇 가지 있었다.

정말로 단순한 화재라면 왜 리하쿠가 굳이 여기까지 나와 본 걸까. 말단 관리로 충분하지 않을까.

또 화재치고는 건물 파편이 너무 엉망으로 널려 있다. 오히려 폭발에 가깝다. 다친 사람은 없었을까.

'방화일 가능성이 있다고 봐도 되겠지?'

웬만한 창고에 불이 났다면 모를까 그것이 궁전 안이라면 이야기가 다르다.

이 나라는 보통은 평화롭긴 하지만 그렇다고 모든 사람이 아무 불만도 없는 건 아니다. 이민족이 가끔 습격하기도 하고, 기근과 가뭄도 더러 찾아온다. 타국과 사이가 좋은 듯 보이지만 그것이 언제까지 이어질지도 알 수 없다. 속국 가운데에도 불만을 품은 자가 적지 않다.

특히 선제 시대에 매년 이루어졌던 궁녀 사냥 때문에 농촌 지역의 신붓감 부족은 심각한 상황에 처해 있었다. 선황제가 세상을 떠난 지는 아직 5년 정도밖에 되지 않았다. 선제의 치세가 기억 속에 남아 있는 자는 매우 많다.

최근 들어서는 현 황제의 즉위와 함께 노비 제도가 폐지되었는데, 이를 업으로 삼고 있던 상인도 많다.

"이봐, 뭐 하는 거야? 가까이 다가가지 말라고 했잖아."

리하쿠가 입을 삐죽거리며 마오마오의 어깨를 움켜쥐었다.

"앗, 조금 신경 쓰이는 부분이 있어서요."

마오마오는 부서진 창을 통해 안을 들여다보았다. 그리고 리하쿠의 손을 스르륵 빠져나가 안으로 들어갔다. 불타서 검게 그을린 짐들이 쌓여 있었다. 바닥에 감자가 굴러다니는 것을 보니 식량 창고였던 모양이다. 감자가 시커멓게 타서 바닥을 굴러다니는 모습이 아깝기 그지없었다.

또 뭐가 떨어져 있는지 둘러보던 마오마오는 바닥에 놓여 있던 긴 봉 같은 것을 주워 들었다. 봉은 손에 닿자마자 부스스 무너져 내리고 끄트머리의 세공 부분만이 남았다.

'상아 세공품? 담뱃대 같은데.'

마오마오는 세공품을 수건으로 닦아 물끄러미 들여다보았다.

"혼자서 돌아다니지 말란 말이야."

슬슬 짜증이 난 투로 리하쿠가 말했다. 하지만 마오마오는 한번 마음에 걸린 무언가를 그냥 방치해 둘 수 있는 성격이 아니었다. 마오마오는 팔짱을 끼고 머릿속으로 가설을 세워 보았다.

폭발. 식량 창고. 떨어져 있는 담뱃대.

"내 말 듣고 있는 거야?"

"들려요."

들리긴 하지만 들으려 하지 않을 뿐이다. 마오마오도 스스로 잘 알고 있으니 더 문제다.

마오마오는 창고를 나와 반대편 창고 쪽으로 향했다. 화재에서 피해를 입지 않은 짐들이 이쪽으로 옮겨져 있었다.

"불탄 창고와 이쪽 창고에는 같은 것들이 보관되어 있었나요?"

마오마오가 하급 무관에게 물었다.

"응, 같은 거야. 안쪽일수록 더 오래된 게 놓여 있었다던데."

촘촘하게 짜인 천 자루를 두들겨 보자 하얀 가루가 흩날렸다. 속에 밀가루가 꽉 차 있는 모양이었다.

"이거 제가 써도 될까요?"

마오마오는 사용하지 않는 나무 상자 하나를 가리켰다. 과일 같은 것을 넣어 두는 상자인 듯했다. 만듦새가 탄탄하고 밀폐성이 높다.

"뭐 괜찮지 않겠어? 그런데 그런 걸 갖다 어디다 쓰게?"

리하쿠가 다소 불쾌한 표정으로 고개를 갸웃하며 물었다.

"나중에 설명해 드릴게요. 이것도 좀 쓰겠습니다."

마오마오는 나무 상자의 뚜껑이 될 만한 판자를 하나 찾아내서는 가지고 왔다. 이런 식으로 필요한 재료를 하나하나 모아 나갔다.

"망치랑 톱 있나요? 못도 필요한데요."

"뭐 하려고?"

“실험을 좀 해 보려고요.”

“실험?”

리하쿠는 고개를 갸웃거렸지만 호기심이 이긴 모양이었다. 아직 짜증이 좀 남아 있긴 한 듯했지만 협력해 주었다.

이 꼬마 계집애는 뭐야, 하는 표정으로 내려다보던 하급 무관도 상사가 마오마오 앞에서 고개를 못 드는 처지라는 사실을 눈치챘는지 도와주었다.

마오마오는 준비된 재료들을 이용하여 솜씨 좋게 착착 작업을 해 나갔다. 톱으로 판자에 구멍을 내고, 그것을 빈 나무 상자 뚜껑으로 삼아 못으로 박아 고정시켰다.

“많이 해 본 솜씬데.”

옆에서 쳐다보는 리하쿠는 마치 장난감 공을 찾아낸 개 같은 표정이었다.

“출신이 가난한지라 없는 걸 만드는 게 특기거든요.”

아버지도 가끔 신기한 걸 만들어 주곤 했다. 젊은 시절 서방의 국가에서 유학을 했다던 양부는 옛 기억을 더듬어 이 나라의 그 누구도 모르는 도구를 만들어 냈다.

“이걸로 끝입니다. 그리고 이것도 좀 빌릴게요.”

마지막으로 창고에 쌓여 있던 자루에서 밀가루를 꺼내 나무 상자 속에 부었다.

“죄송한데 불씨 있나요?”

마오마오가 묻자 리하쿠의 부하 중 하나가 준비해 주겠다고 나섰다. 그러는 사이 마오마오는 우물에서 물을 길어 왔다. 리하쿠는 영문을 모르겠다는 얼굴로 나무 상자 위에 걸터앉아 턱을 괴고 지켜보고 있었다.

"감사합니다."

마오마오는 연기가 폴폴 나는 굵은 새끼줄을 받아 들고 리하쿠의 부하에게 고개를 숙였다. 부하도 결국은 마오마오가 무엇을 하는 건지 관심이 있는 듯 조금 떨어진 곳에 앉아서 마오마오를 지켜보고 있었다.

마오마오는 불씨를 들고 뚜껑을 덮은 나무 상자 옆에 섰다. 어째서인지 리하쿠가 옆에 나란히 서 있었다.

"리하쿠 님, 위험하니 조금 떨어진 곳으로 가 계십시오."

미오마오가 다소 날카로운 표정으로 리하쿠를 보며 말했다.

"뭐가 위험하다는 거지? 아가씨가 하는 일인데 무관인 내가 위험할 일이 뭐가 있겠어?"

가슴을 당당하게 펴고 으름장을 놓기에 마오마오는 할 수 없다며 한숨을 내쉬었다. 이런 유형의 인간은 실제로 체험을 해보지 않으면 모른다.

"알겠습니다. 위험하니 부디 조심하십시오. 바로 도망치셔야 합니다."

"도망치다니, 대체 뭘?"

마오마오는 의아해하는 표정의 리하쿠를 흘끔 쳐다보고는, 앉아 있던 하급 무관의 소매를 끌어당기며 자기 쪽으로 오도록 유도한 뒤 창고 뒤에서 지켜보라고 말했다.

그리고 아까 그 나무 상자 앞으로 돌아와 불씨를 집어 던진 뒤 머리를 가리며 뛰어갔다. 리하쿠는 의아한 표정으로 마오마오의 움직임을 지켜보고 있었다.

'도망치라고 했잖아.'

다음 순간 상자에서 불꽃이 피어오르고 격렬한 불길이 타올랐다.

"으아아아아악!"

타오르는 불기둥이 리하쿠의 코앞으로 솟구쳤다. 다행히 피하긴 했지만, 움직이는 바람에 너풀거린 머리카락 한 줌에 불이 붙었다.

"꺼 줘!"

머리에 불이 붙는 바람에 당황해 어쩔 줄 모르는 리하쿠에게 마오마오가 미리 준비해 놓았던 물통의 물을 끼얹었다. 머리카락 타는 냄새와 연기를 남기고 불은 꺼졌다.

"도망치라고 말씀드렸잖아요."

이제 위험하다는 게 무슨 뜻인지 알았겠지, 하고 생각하며 마오마오는 리하쿠를 쳐다보았다.

"……."

콧물을 흘리는 리하쿠에게 부하가 다급히 모포를 가져다 덮어 주었다. 리하쿠는 뭔가 하고 싶은 말이 있지만 도저히 할 수가 없다는 듯한 표정을 짓고 있었다.

"식량 창고 담당자분께 식량 창고 앞에서는 담배를 피우지 마시라고 전해 주십시오."

마오마오가 화재의 원인을 알려 주었다. 억측이긴 하지만 자신을 갖고 진실이라고 말할 수 있었다.

"…그래."

리하쿠는 넋 나간 표정으로 대답했다. 얼굴이 새파랬다. 아무리 몸을 단련한 무관이라고는 해도 빨리 몸을 덥히지 않으면 감기에 걸릴 것이다. 어서 방으로 돌아가 불을 쬐어야 할 텐데, 리하쿠는 마오마오를 물끄러미 쳐다보았다.

"뭐가 어떻게 된 거야?"

물음표가 떠오른 얼굴은 마오마오에게 도대체 폭발이 왜 일어난 건지 묻고 있었다. 리하쿠의 부하도 똑같은 표정이었다.

"이게 원인입니다."

마오마오는 밀가루를 꺼내 보여 주었다. 하얀 가루는 바람을 타고 사방으로 퍼져 나갔다.

"불타기 쉬운 가루, 밀가루나 메밀가루가 공중에 떠다니고 있으면 거기에 불이 붙기 쉽습니다."

그것이 폭발했다. 진상은 그게 전부였다. 알고 있으면 누구나

금방 깨달을 수 있는 일이다. 리하쿠는 그것을 몰랐을 뿐이다.

세상의 신기하다는 일들은 대부분 몰라서 벌어지는 일이다. 신기하게 느껴진다면, 그것은 자신의 지식이 아직 부족하기 때문이다.

"그런 걸 용케 알고 있군."

"네, 자주 저질렀거든요."

"자주 저질러?"

리하쿠도 부하도 영문을 모르겠다는 표정으로 서로 얼굴을 마주 보았다. 그도 그럴 것이다. 좁은 방 안에서 가루투성이가 되어 일을 하는 상황은 그들과 평생 인연이 없을 테니 말이다. 마오마오도 녹청관에서 빌려 쓰던 방이 날아간 후에야 신경을 쓰게 되었을 정도니까.

'그때의 할멈은 정말 무서웠어.'

생각만 해도 몸이 부들부들 떨렸다. 녹청관 꼭대기 층에 거꾸로 대롱대롱 매달릴 뻔했으니 말이다.

"감기에 걸리지 않도록 조심하십시오. 만일 감기에 걸렸다면 유곽의 뤄먼이라는 사내의 약이 잘 들을 겁니다."

영업 활동도 잊지 않았다. 바이링을 만나러 갈 때 겸사겸사 사 줄지도 모른다. 아버지는 장사에 재능이 없으니 마오마오가 이 정도는 해 두지 않으면 끼니를 거를 가능성도 있었다.

'생각보다 시간을 많이 잡아먹었네.'

마오마오는 버리는 종이가 가득 든 쓰레기통을 집어 들고 쓰레기장으로 향했다. 바로 옆이었기에 쓰레기장 담당 하인에게 쓰레기통을 넘겨주고 빨리 돌아가야겠다고 생각했다.

'이걸 가지고 와 버렸네.'

마오마오는 옷깃에 아까 주웠던 것을 넣어 두었다는 사실을 뒤늦게 깨달았다. 담뱃대였다. 담배를 피우지 말라고 말했던 이유는 이것을 창고 안에서 찾아냈기 때문이다. 조금 그을리긴 했지만 상당히 고급스러워 보였다. 고작 식량 창고 문지기 따위가 갖고 있기에는 너무 질이 좋은 물건이다.

'어쩌면 중요한 물건일지도 몰라.'

세공된 부분을 깨끗이 닦고, 입에 무는 부분을 새로 달면 원래대로 고칠 수 있을 것이다. 다친 사람은 있어도 죽은 사람은 없다고 들었으니 담뱃대 주인도 다쳐서 요양을 하고 있음이 분명했다. 화재의 원인이 된 물건이니 끔찍하게 여겨야 할지 모르지만 그래도 팔면 제법 큰돈이 되지 않을까.

마오마오는 일단 검댕으로 더럽혀진 상아 세공품을 품에 다시 넣었다. 그리고 오늘 밤은 밤새 일하지 않으면 안 되겠다고 생각하면서, 하인에게 종이로 가득한 쓰레기통을 건넸다.

약사의 혼잣말

3 화 · 후궁 교실

"도대체 무슨 일이 일어난 걸까요?"

"나도 모르지."

진시는 가오슌의 질문에 쌀쌀맞게 대답했다.

장소는 후궁 안의 강당 앞.

비로서의 책무를 다하기 위해, 현재 상급 비들은 배움을 구하고 있는 중이다.

주위에는 쫓겨난 환관과 궁녀들이 진시와 같은 표정을 짓고 있었다.

비밀로 이루어지고 있는 내부 사정이 궁금한지, 문에 귀를 대고 엿듣는 자도 있었다.

도대체 무슨 일이….

사람들이 이렇게 호기심을 자극당한 데에는, 어째서인지 강사가 얼굴에 주근깨가 가득한 젊은 궁녀라는 이유가 있었다.

시작은 열흘쯤 전으로 거슬러 올라간다.

○ ● ○

오늘도 열심히 하루 일과를 처리해 볼까, 하고 마오마오가 청소를 하고 있자니 잠옷 차림의 진시가 그 모습을 물끄러미 지켜보고 있었다.

"아침 식사는 스이렌 님이 준비해 두셨어요."

아침 식사 준비는 스이렌 한 사람만으로 충분하기 때문에 마오마오는 먼저 방 청소를 하고 있었다. 시간을 낭비하면 오전 중에 이쪽 건물 일을 다 끝내지 못하기 때문이다. 초로의 시녀는 상당히 사람을 부려 먹는 편이었다.

'내가 혹시 무슨 짓이라도 저질렀나?'

저질러 놓은 일이라면 정원에 몰래 약초 씨앗을 뿌린 일 정도지만, 설마 그걸 아직 들키진 않았을 텐데. 마오마오는 가슴이 두근두근했다. 그때 진시가 입을 열었다.

"새로운 숙비가 들어와서, 후궁에서 비 교육을 하고 싶어 하던데."

숙비란 네 명의 상급 비들 중 하나로 작년 말 공석이 된 자리다.

"그렇군요."

마오마오는 무관심한 표정으로 대꾸하며 마룻바닥 비질을 계속했다. 마치 부모의 원수라도 되는 듯 힘을 주어 벅벅 쓸어 내고 있었다. 그것이 진시의 개인 하녀가 된 마오마오의 일과였다.

다른 일이 있는 것 같긴 했지만, 지금껏 하녀로서의 일밖에 하지 않았던 마오마오로서는 솔직히 무엇을 해야 좋을지 생각이 나질 않았다. 그래서 일단 청소를 해 두면 좋을 거라는 생각에 그냥 청소부터 열심히 하고 있다. 가끔 진시가 불만스러운 표정을 짓긴 했지만 무슨 일을 하라고 직접 지시를 내리지 않는 이상 할 필요는 없을 거라고 마오마오는 생각했다.

그런 마오마오와 시선을 맞추려는 듯 진시가 쪼그리고 앉았다. 손에는 두루마리 같은 것이 들려 있었다.

"강사를 하라더군."

"그렇군요, 누가 말인가요?"

"너다."

마오마오는 저도 모르게 실눈을 뜨고 진시를 쳐다보았다. 직속 하녀가 되었다고 벌레 보는 듯 차가운 눈길로 진시를 쳐다보는 일이 완전히 없어진 건 아니었다. 진시가 그 모습을 보더니 뭐라 형언하기 힘든 표정을 지었다.

"농담이시죠?"

"농담이겠어?"

진시는 들고 있던 서류를 보였다.

마오마오가 의심스런 눈길로 그것을 보니 온통 자신에게 불리한 내용이 적혀 있었다. 이것 참, 웬만하면 없었던 일로 하고 싶은데 말이다.

"이봐, 눈 돌리지 마."

"무슨 말씀이신가요?"

"지금 똑똑히 봤잖아?"

"착각하신 게 아닐까요?"

진시는 서류를 펼치고 마오마오에게 불리한 내용이 적혀 있는 부분을 가리켰다. 보란 듯이 계속 들이대는 게 굉장히 짜증스러웠다.

"여기에 추천인 이름이 적혀 있잖아."

"……."

진시가 가리킨 곳에는 '현비 리화'라고 적혀 있었다.

일 쳤구나. 마오마오는 생각했다.

"모르는 일입니다."

그 말만을 남기고 그날은 하루 종일 시치미를 뚝 뗐지만….

다음 날 같은 내용의 문서가 도착했다. 이번 추천인은 교쿠요 비였다.

리화 비에 이어 교쿠요 비의 이름까지 날아들었으니 무시할 수가 없었다. 붉은 머리카락의 비가 생글생글 즐겁게 웃고 있을 모습을 쉽게 상상할 수 있었다. 친절하게도 보상 액수까지 제시되어 있다.

단념한 마오마오는 한숨을 내쉬면서도 고향 집에 편지를 보내기로 했다. 지시받은 일의 준비를 하기 위해서였다. 고향 집이라고는 해도 아버지 뤄먼 앞이 아니라, 부모나 다름없이 자신을 돌봐 준 기루 쪽이다.

며칠 후 시킨 물건들과 함께 할멈이 적은 필요 경비 청구서가 날아들었다. 엄청나게 바가지를 씌웠다고 마오마오는 생각했지만, 자기도 슬그머니 거기다 선을 하나 추가해서 진시에게 건넸다. 진시는 의아해하면서도 원래 이런 건가 하는 표정을 지었으나 스이렌이 옆에서 나타나 마오마오가 제시한 액수를 보았다.

"우후후, 왠지 여기만 먹 색깔이 다른걸."

스이렌은 진시에게서 청구서를 빼앗아 마오마오에게 돌려주었다.

'제법인데.'

할멈이 있는 한 세상 물정 모르는 도련님을 봉으로 삼기란 어려운 일일 듯했다.

마오마오는 할 수 없이 원래 금액을 보여 주었다. 여기서도 퇴짜를 맞으면 이젠 마오마오가 사비를 털어야 할 처지였지만,

다행히 그 액수는 흔쾌히 내주었다.

기루에서 물건이 도착하자 마오마오는 가오슌을 밀쳐 내고 그것을 받아 들었다. 진시는 마치 기르는 개처럼 어쩔 줄 몰라 하며 그 모습을 지켜보고 있었으나 마오마오는 결코 밀봉한 짐을 뜯지 않고, 수레를 가져와서 직접 날랐다.

"도와드릴까요?"

마오마오는 다가온 가오슌의 제안을 정중히 거절하고 물건들을 방으로 가지고 돌아갔다.

진시가 보여 달라고 했지만 마오마오가 눈에 힘을 주고 부릅뜬 채 가만히 마주 보자 말없이 물러났다.

소중한 교재를 보여 줄 수는 없었다. 일단 하기로 한 이상 철저히 준비해서 하기로, 마오마오는 결심했다.

그리고 당일, 마오마오는 오랜만에 내정에 있는 후궁에 발을 들였다. 신기하게도 여인들의 향기가 가득한 이 공간은 마음이 편해지는 느낌이 들었다.

준비된 강당은 상당히 넓었다. 몇 백 명은 들어갈 수 있을 듯했다. 선대 시절 후궁의 궁녀 수가 급격히 불어났을 때 방을 미처 준비하지 못한 하녀들을 재우는 데 사용되었다고 하며, 지금은 거의 쓸 일이 없었다. 아깝긴 하지만 부수는 건 더 아까운 모양이다. 이곳엔 그런 건물이 많이 있다.

'이렇게 넓을 필요도 없는데.'

별로 대단한 걸 가르치려는 것도 아닌데 왜 이렇게 사람이 우글우글 몰려든 걸까. 멀찌감치 구경 온 하녀들도 잔뜩 보였다. 강당 주위에 모여 있는 것은 주로 중급 비, 하급 비와 그 측근들이었다.

이번 수업은 비들에게도 상당히 중요한 행사인 모양이었다. 어느 의미에서는 나라의 장래가 걸려 있는 교육이라고 할 수도 있겠지만, 마오마오로서는 한숨이 나오는 내용일 뿐이었다.

"말해 두겠는데, 수업을 들을 수 있는 건 상급 비들뿐이다."

진시의 말을 듣고 중급 비, 하급 비와 궁녀들은 아쉬워하는 듯하면서도, 수업은 어떻게 되든 상관없이 사실은 진시를 본 것만으로도 만족스러운 듯한 표정을 지었다.

절반 정도는 그냥 진시를 보는 게 목적이었는지 목소리만 듣고도 만족해서 비틀비틀 기둥에 몸을 기대는 자도 있었다. 너무 연극적이고 과장된 몸짓으로 보였지만 한두 명이 아닌 걸 보니 원래 그런가 보다 여길 수밖에 없었다.

마오마오는 때때로 이 환관이 혹시 무슨 이상한 기운을 내뿜는 요괴가 아닐까 생각한 적도 있었다.

시간이 되었기에 마오마오가 강당에 들어가려 하자 진시가 뒤따라왔다.

마오마오는 저도 모르게 입을 반쯤 벌리고 사나운 눈빛으로 진시를 쳐다보았다.

"뭐지?"

마오마오는 진시의 등을 밀어 방향을 돌린 뒤 강당에서 쫓아냈다. 생김새는 우아하고 나긋나긋해 보이지만 몸은 탄탄했기에 밀어내는 것도 중노동이었다.

"왜 이래?"

"이 이후로는 다른 곳에 결코 알려 줄 수 없는 비술祕術입니다. 저는 비전하들께 수업을 하라는 지시는 받았지만 진시 님에게까지 알려 드리라는 지시는 받지 않았습니다."

마오마오는 문을 닫고 막대를 끼워 잠갔다.

그리고 후, 하고 한숨을 내쉰 뒤 강당 안을 둘러보니 안에 있는 사람은 마오마오를 포함해 총 아홉 명이었다. 상급 비 네 명과 그 시녀 한 명씩이 있었다.

문 너머에서는 왠지 시끌벅적 소란스러운 소리가 들렸다. 진시를 쫓아냈기 때문인 듯했다. 왠지 누군가가 귀를 대고 서 있는 것 같은 느낌이 들었다.

마오마오는 짐을 실은 수레를 끌고 강당 중앙으로 가서 선 뒤 천천히 고개를 숙였다.

"오늘 강사를 맡게 된 마오마오라고 합니다."

교쿠요 비는 여전히 아름다웠고, 소탈한 태도로 소맷자락에서 손을 빼내 가볍게 흔들어 주었다. 그런 교쿠요 비 옆에 붙어 있는 시녀인 홍냥이 의심스런 눈으로 이쪽을 보고 있었다.

리화 비는 거의 예전과 다름없는 풍만한 몸매로 돌아와 온화한 얼굴로 마오마오를 보고 있었다. 따라온 시녀가 마오마오를 보자마자 얼굴이 일그러지는 걸 보니 재미있었다.

리슈 비는 여전히 약간 겁을 먹고 어쩔 줄 몰라 하는 눈치였다. 상급 비가 자기 말고 세 명이나 더 있으니 신경이 쓰이는 것도 당연한 일이다. 따라온 시녀가 마찬가지로 바들바들 떨면서도 어떻게든 비를 지키려 하는 모습이 묘하게 흐뭇해 보였다.

그리고 마지막 비.

마오마오가 처음 보는 얼굴이다.

궁을 나간 상급 비의 자리에 새로 들어온 사람은 마오마오와 동갑인 소녀였다. 새 숙비의 이름은 러우란楼蘭이라고 했다. 새까만 머리카락을 정수리로 틀어 올리고, 남국 새의 깃털이 달린 비녀를 꽂고 있었다. 복장을 보아하니 남국에서 온 공주인 듯했지만, 생김새는 북쪽에 가까운 곳 출신으로 보였다. 따라온 시녀도 마찬가지였기에 복장은 그냥 취향인가 보다 하고 마오마오는 생각했다.

교쿠요 비만큼 화려하지도 않고, 리화 비만큼 현란하지도 않다.

리슈 비와 다르게 나이로 볼 때 황제가 손을 댈 거라는 사실은 정해져 있었지만, 아직까지 후궁의 조화를 깨뜨릴 만한 인재로는 보이지 않았다.

하지만 차림새만큼은 비들 중에서 혼자 붕 떠 보일 정도로 화려했다. 특히 원래 눈 모양을 알 수 없을 정도로 눈매를 아주 강렬하게 강조해 놓았다. 원래 얼굴이 어떻게 생겼는지 상상도 되지 않는다.

'그런 건 뭐 내 알 바 아니고.'

마오마오는 자기소개를 간단히 마친 뒤 짐 속에서 교본을 꺼내 비들에게 한 권씩 나누어 주었다.

비들은 그것을 받아 들고 각각 눈을 크게 뜨거나, 즐거운 듯 미소를 짓거나, 얼굴을 새빨갛게 붉히거나, 미간에 주름을 잡는 등의 반응을 보였다.

'응, 뭐 그렇겠지.'

마오마오는 계속해서 도구를 꺼냈다. 그게 뭘까 고개를 갸웃거리는 자가 절반, 사용법을 알고 있는 자가 나머지 중 절반, 왠지 모르게 감을 잡고 얼굴을 붉힌 자가 나머지 정도 되는 비율이었다.

"이제부터 가르쳐 드릴 일은 여자의 화원 안에만 전해지는 비술이니, 결코 밖에 발설해서는 안 됩니다."

마오마오는 그렇게 말하고 나서 교재의 세 번째 장을 펼쳐 달라고 부탁했다.

마오마오가 수업을 끝낸 것은 그로부터 두 시간 후의 일이었다.

'좀 지나치게 많은 것을 가르쳐 줬나?'

가르친 마오마오도 지쳐서 늘어질 지경이었다. 마오마오는 힘없이 비틀비틀 걸어가서 강당 문을 막느라 끼워 놓았던 막대를 치웠다.

"…오래 걸렸네."

차분하고 침착한 태도로 아름다운 환관이 들어왔다. 살짝 불쾌한 표정이었고 어째서인지 왼쪽 귀와 뺨이 새빨개져 있었다. 이 자식 엿들었군, 하고 이야기하지 않은 것만으로도 마오마오는 친절한 사람이라고 할 수 있겠다.

진시는 강당에 들어오자마자 아연실색했다.

"왜 그러시죠?"

"그건 내가 묻고 싶은 말이다."

진시는 마오마오를 빤히 쳐다보았다.

"저도 뭐라고 딱히 드릴 말씀이…."

마오마오는 위에서 시키는 대로 후궁의 비들에게 필요한 지식을 가르쳐 줬을 뿐이다. 그러나 그 지식을 배운 비들의 반응은 다음과 같았다.

교쿠요 비는 한껏 들뜬 얼굴로 '신선미 보충'이라느니 하며 잔뜩 흥분해 있었다. 시녀장 홍냥은 평소와 마찬가지로 지친 표정으로 옆에서 시중을 들고 있었다. 때때로 마오마오를 노려보는 것 같기도 했지만 신경 쓰진 않았다.

리화 비는 얼굴을 살짝 붉히면서도 수업 내용을 반추하듯 손가락을 움직이고 있었다. 왠지 만족스러운 표정이었다. 따라온 시녀는 얼굴이 새빨개진 채 고개를 숙이고 부들부들 떨고 있었다.

리슈 비는 강당 한구석에서 벽에 이마를 짓누르며 "무리야, 난 죽어도 못 해." 하고 새파란 얼굴로 중얼거리고 있었다. 옆에서는 최근 막 시녀장이 된 시녀가 걱정스러운 표정으로 등을 쓸어내려 주고 있었다. 예전에 독 시식 담당이었던 여자다.

러우란 비는 멍한 표정으로 허공을 바라보고 있었다. 무슨 생각을 하는지 마오마오는 알 수가 없었다. 따라온 시녀는 그냥 내팽개쳐 놓은 교본을 어떻게 해야 좋을지 고민하다 부끄러운 듯 보퉁이에 챙겨 넣었다.

'마음대로들 하라지.'

마오마오는 짐을 정리한 뒤 물 한 잔을 마시며 숨을 돌렸다. 피곤하긴 하지만, 나중에 받을 금일봉이 기대되는 바였다.

비들은 각자 교재로 받은 꾸러미를 갖고 있었다. 어떤 자는 소중히 품에 안고, 어떤 자는 징그럽다는 듯 만지고 있었다. 모든 꾸러미가 다 보자기로 정성껏 싸여 있어 안을 들여다볼 수도 없고, 마오마오도 절대 남에게 보이지 말라고 신신당부했다.

그것을 진시를 포함하여 강당에 들어오지 못했던 자들이 신기하다는 눈빛으로 지켜보고 있었다.

"이봐, 도대체 어떤 수업을 한 거야?"

진시가 묻자 마오마오는 아득한 눈빛으로,

"후일 황제께 직접 감상을 물어보소서."

하고 대답했다.

무슨 수업이었는지는 그냥 상상에 맡기는 편이 좋을 것 같다.

약사의 혼잣말

4 화 : 초무침

"샤오마오, 잠깐 괜찮을까요?"

일을 끝내고 자기 방으로 돌아가려는 마오마오를 가오슌이 불러 세웠다. 그의 주인인 진시는 오늘 일 때문에 지쳤는지 식사를 마치고 목욕을 하고 있었다.

"왜 그러시죠?"

마오마오가 묻자 가오슌은 다소 망설이는 듯 턱을 어루만지다 한 박자 쉬고 말했다.

"좀 봐 줬으면 하는 게 있습니다."

오늘의 종자는 이마에 평소보다 훨씬 더 깊은 주름을 잡고 있었다.

가오슌이 보여 준 것은 목간에 적혀 있는 자료였다. 가오슌은 탁자 위에 나뭇조각 여러 개가 겹쳐 있는 그것을 펼쳐 보였다.

마오마오는 목간을 보고 눈을 가늘게 떴다.

"오래된 사건의 자료로군요."

벌써 10년은 지난, 어느 상인 가문에서 일어난 식중독 사건에 대해 적혀 있었다. 복어를 먹고 병이 난 일인 듯했다.

마오마오는 저도 모르게 마른침을 꿀꺽 삼켰다.

'아, 먹고 싶다.'

가오슌은 어처구니가 없다는 표정으로 마오마오를 바라보고 있었다. 마오마오는 고개를 절레절레 저으며 자꾸 히죽히죽 웃음이 나려는 얼굴을 무표정으로 되돌려 놓았다.

"다음에 그런 요리를 내는 요릿집에 데려가 드리겠습니다."

가오슌의 눈에는 '하지만, 간은 안 나옵니다'라고 쓰여 있었다.

그 짜릿짜릿한 감각을 즐기는 인간들도 있을 텐데, 하고 생각하면서도 마오마오는 맛있는 밥집에서 한턱 얻어먹을 수 있다는 생각에 의욕을 얻어 열심히 자료를 확인했다.

"이게 뭐가 어쨌다는 건가요?"

"옛날 제가 이 사건과 관련된 일을 한 적이 있었습니다. 이것과 유사한 사건이 최근 일어났다는 이유로 예전 동료가 제게 상담을 하더군요."

예전 동료란 가오슌이 환관이 되기 전에 함께 일했던 사이라는 걸까. 역시 무관이나 그 비슷한 게 아니었을까, 마오마오는 생각했다.

"비슷한 사건이라니, 어떤 사건인가요?"

마오마오는 솔직히 가오슌의 과거보다 지금 벌어졌다는 독이야기가 더 궁금했다. 그래서 방금 전 떠올렸던 일을 전부 제쳐 놓고 이야기를 재촉했다.

"어떤 관료가 복어 초무침을 먹고 혼수상태에 빠졌습니다."

'혼수상태?'

마오마오는 왠지 안 좋은 예감이 들었다. 이 과묵한 남자가 왜 이렇게 재잘재잘 수다를 떨고 있는 걸까.

마오마오는 흘끔 가오슌의 얼굴을 살폈다.

평소와 마찬가지로 이마에 주름을 잡고 있는 고생 많은 사람의 얼굴이지만, 상대방 역시 마찬가지로 마오마오의 눈치를 살피는 것 같기도 했다.

"죄송합니다만, 가오슌 님. 그 이상은 정말로 제가 들어도 되는 이야기인가요?"

단도직입적으로 물어보았지만 가오슌의 표정은 변하지 않았다. 가오슌은 소맷자락 속에 양손을 집어넣은 채 천천히 고개를 끄덕였다.

"네, 문제없습니다. 샤오마오는 자신의 입장을 잘 알고 있을 테니까요."

엄청난 소리를 아무렇지도 않게 한다. 즉, 함구하라고 으름장을 놓는 거나 마찬가지였다.

그리고….

"게다가 이제 와서 이 이야기를 중간에 끊어도 정말 괜찮겠습니까?"

치사한 방식이다. 여기까지 이야기를 들어 놓고 마오마오의 호기심이 멈출 수 있을 리가 없다.

"…계속 이야기해 주시죠."

뜸을 들이는 가오슌을 보고 살짝 얼굴을 찌푸리며 마오마오가 말했다.

가오슌은 목간을 가리키며 말을 이었다.

"문제의 초무침에는 끓는 물에 살짝 데친 복어 껍질과 살이 사용되었습니다. 그것을 먹고 혼수상태에 빠졌다더군요."

"복어 살이요? 내장이 아니라?"

"그렇습니다."

복어의 독은 가열로 사라지지 않는다. 하지만 독이 많은 부분은 내장 중에서도 간 부위이며, 살에는 비교적 독이 별로 없다. 그러므로 마오마오는 혼수상태에 빠질 만한 독이라는 말을 듣고 당연히 간이라고 생각했다.

'그렇게 독이 잔뜩 들어 있었나?'

아니면 복어의 종류나 자란 환경에 따라 살에 독이 있는 경우가 있을지도 모른다.

이렇다 저렇다 딱 잘라 말할 수는 없으니 그런 경우였을 수도 있다.

마오마오가 주로 먹은 것은 독이 옅은 부위였다. 어쩌다가 근거 없는 자신감에 차올라 간을 입에 댄 적이 있었는데 그때는 상당히 위험했다. 녹청관 할멈이 위장이 뒤집어지도록 물을 먹였던 일이 떠올랐다.

"그렇다면 딱히 이상한 점은 없지 않나요?"

마오마오의 물음에 가오슌은 천천히 고개를 가로저었다.

"그게 실은…."

가오슌은 뒷목을 긁으며 말을 이었다.

"요리사는 조리에 복어를 사용하지 않았다고 주장하고 있습니다. 이번 사건 때도, 지난번 사건 때도."

도대체 어떻게 된 일인지 모르겠다며 얼굴을 찌푸리는 가오슌은 신경도 쓰지 않고 마오마오는 혀를 날름 내밀었다.

무척이나 재미있어 보이는 이야기였다.

이번 사건과 지난번 사건 사이에는 몇 가지 공통점이 있었다.

이번 사건에서 쓰러진 관리도, 지난번 사건 때 쓰러진 상인도 모두 미식가이며 특이한 음식을 상당히 좋아했다. 이번에는 초무침에 데친 생선 살이 들어갔지만 평소에는 날생선도 먹었다고 한다. 신선하다고는 해도 날생선에는 아무래도 기생충이 있기 마련이다. 보통 사람들은 썩 즐겨 먹지 않는 음식이고, 지방에 따라서는 취식이 금지된 곳도 있다.

그런 미식가들이기 때문에 복어 같은 위험한 생선도 즐겨 먹곤 했다. 다들 부정하지만 미식가들 중에는 일부러 독이 살짝 남은 부위를 먹고 그 짜릿짜릿한 감촉을 즐기는 자도 있다.

'그 짜릿한 맛을 모르다니.'

마오마오는 인간들이 타인의 취향에 더 관대해져야만 한다고 생각한다.

두 사건의 요리사들은 모두 요리에 복어를 사용하지 않았다며 무죄를 주장하고 있다고 한다. 하지만 먹은 사람들은 모두 중독 증세를 일으켰다.

주방에서는 쓰레기통 속에서 복어 내장과 껍질이 발견되었고 그것이 증거로 제출되었다고 했다. 내장을 전부 버린 것을 보고, 그것을 먹지는 않았다고 판단할 수 있었던 모양이다.

'생각보다 꼼꼼히 조사했네.'

마오마오는 그런 부분에서 은근히 감탄했다. 세상에는 정황 증거나 꾸며 낸 증거만으로 범인을 억지로 만들어 내는 몹쓸 관리들도 많이 있다.

요리사들은 둘 다 전날 요리에는 복어를 사용했지만 당일은 쓰지 않았다고 증언했다. 한여름이라면 몰라도 아직 이렇게 얼어붙을 듯 추운 날이 이어지는 요즘 같은 계절에는 음식물 쓰레기를 며칠 정도 그냥 놔둬도 큰 문제는 되지 않는다.

초무침 재료로는 다른 생선을 썼다고 했다. 그 생선을 쓰고 남은 찌꺼기들도 역시 쓰레기통에서 발견되었다.

'관리가 조작한 정보도 아닌 것 같고, 그렇다고 요리사들이 진실을 말하고 있다는 확증도 없고.'

안타깝게도 증인이 되어 줄 사람이 없었다.

자꾸 특이한 음식만 찾아 먹는다고 부인에게 혼이 난다면서, 관리는 방에서 혼자 음식을 먹는 일이 많았다. 요리사가 초무침을 날라 오긴 했지만 그 내용물은 하인이 먼발치에서 봤을 뿐, 잘게 썬 그것이 무슨 생선인지는 알 수 없었다고 했다.

그리고 피해자가 쓰러진 것은 음식을 다 먹어 치운 후였다고 한다. 시간으로 따져 보면 먹고 나서 반시간쯤 후라고.

숨쉬기 힘든 듯 입술이 새파래져서 경련을 일으키고 있는 것을, 차를 가져온 하인이 발견했다고 한다.

'증상도 복어 독 같은데.'

아무튼 마오마오가 볼 때 가오순이 가져다준 정보만으로는 불충분했다. 생각을 늘어놓는 일은 잠시 중단하고 다시 한번 가오순에게 정보를 모아다 달라고 부탁하기로 했다.

'도대체 무슨 일이 있었을까?'

중얼중얼 혼잣말을 하며 생각에 잠겨 있는데 옆에서 아름다운 얼굴이 불쑥 나타났다.

마오마오는 저도 모르게 안면 신경이 몽땅 굳어지고 말았다.

"미안한데 아무리 그래도 그런 표정을 지으면 **나**라도 상처를 받거든?"

머리카락이 다 젖은 진시가 말했다. 물이 뚝뚝 떨어지는 그 머리카락을 스이렌이 "아유, 참." 하면서 닦아 주고 있었다.

마오마오는 원래 얼굴 표정을 겨우 되찾았다. 아무래도 자신은 턱이 빠질 만큼 공포에 전율하는 표정을 지었던 모양이다.

"가오슌 이야기를 유난히 열심히 듣는 것 같던데."

진시는 별로 달갑지 않다는 표정으로 말했다.

"재미있는 이야기라면 사람은 누구나 귀를 기울이기 마련이지요."

"잠깐만. 넌 내 얘기는 툭하면…."

진시는 어째서인지 큰 충격을 받은 표정으로 혼자 웅얼거렸다. 뒷말은 잘 들리지 않았으나, 아무튼 지금은 그런 걸 신경 쓸 때가 아니었다.

"그러면 시간이 늦었으니 그만 돌아가 보도록 하겠습니다."

마오마오는 진시의 머리카락을 닦아 주고 있는 스이렌에게 고개를 꾸벅 숙인 뒤 터벅터벅 걸어 방을 나섰다. 진시가 무슨 말을 하는 것 같았지만 스이렌이 "움직이지 마세요." 하고 야단을 쳤다.

마오마오는 사람의 죽음과 관련된 일에 이렇게 호기심을 이

기지 못하는 자신이 정말이지 구제 불능이라고 느꼈다. 그리고 아버지에게 꾸중을 듣겠지, 하고 생각하며 자기 방으로 돌아갔다.

다음 날 가오슌이 가지고 온 것은 조리법이었다.

"요리사가 만드는 요리 방법을 옮겨 적어 왔습니다. 주인에게 만들어 내는 요리는 대부분 이 안에 다 들어 있다고 하인들이 증언하더군요. 요리사도 이것을 만들었다고 합니다."

가오슌은 적은 것을 펼쳐서 탁자 위에 올려놓았다. 데친 생선 살로 만든 초무침 조리법이 적혀 있었다.

마오마오는 턱을 쓰다듬으며 생각에 잠겼다.

뜨거운 물에 데친 생선 살을 잘게 썬 후, 채소를 추가해서 초로 버무리는 음식. 초 만드는 법에 다소 독특한 배합법이 적혀 있긴 했지만 아주 희한한 요리는 아니다.

초 배합법이 여러 종류 적혀 있었고, 계절이나 입수할 수 있는 식재료에 따라 맛이 조금씩 다를 것으로 보였다. 재료도 어떤 생선과 채소를 쓸 것인지에 대해 자세히 적혀 있었다.

흠. 마오마오는 턱을 어루만졌다.

"여기에는 당시 요리에 무엇을 사용했는지는 안 적혀 있군요. 제일 중요한 부분인데."

"그렇습니다."

마오마오가 고개를 갸웃거리며 열심히 조리법을 보고 있는데 옆에서 썩 달갑지 않아 보이는 표정의 진시가 다가왔다. 손에는 용안 열매를 들고 있었는데, 그것을 잘라서 먹는 중이었다. 껍데기 속에는 검은색의 건조 과육이 들어 있었다.

용안은 여지* 열매를 작게 줄여 놓은 것 같은 열매로, 여름에 수확하는 과일이다. 건조시킨 것은 계원육이라고 불리며 한방약으로도 사용된다.

"모르겠나?"

진시는 왠지 모르게 근질근질한 표정으로 탁자에 팔꿈치를 괴며 마오마오의 얼굴을 쳐다보았다. 이야기에 끼고 싶은 모양이었다. 가오순이 미간에 주름을 잡긴 했지만 주의를 주진 않았다.

'그럴 땐 확실히 한마디 해 줘야지.'

마오마오가 버릇없는 자세를 하고 있는 진시를 싸늘한 눈으로 쳐다보고 있는데, 누군가가 손을 뻗어 진시의 손에서 부드럽게 용안을 빼앗아 갔다.

"버릇없는 아이에게는 간식을 줄 수 없지요."

스이렌이 후후후, 하고 명랑한 웃음을 지은 채 진시의 바로 뒤에 서 있었다. 도대체 이 분위기는 뭘까. 마오마오는 스이렌

※여지 : 리치.

의 등 뒤로 시커먼 먹구름이 뭉게뭉게 솟아오르는 모습이 보이는 것만 같았다. 스이렌이라는 시녀에게서 왠지 백전연마百戰練磨의 노장 같은 분위기가 느껴진다고 하면 이상하게 여겨질까.

"알았어."

진시는 눈썹을 축 늘어뜨리고, 괴고 있던 팔꿈치도 펴고 똑바른 자세를 취했다. 그러자 할멈은 "아주 좋아요." 하고 고개를 끄덕이고는 용안을 다시 진시의 손에 들려 주었다.

마냥 응석만 받아 주는 할멈인 줄 알았더니 예의범절에는 상당히 엄격한 일면도 있다.

이야기가 약간 탈선했지만 바로 본론으로 돌아왔다.

"사건이 일어난 건 최근 일이지요?"

"1주일쯤 전에 일어난 일입니다."

시기로 따지면 아직 추울 때의 일이다. 초무침에는 일반적으로 오이가 주로 사용되지만 이 시기라면 다른 채소를 넣었을 것이다.

"재료로는 무나 당근이 들어갔나요?"

겨울에 사용할 수 있는 채소는 뻔하다. 식재료에는 다 제철이 있고, 먹을 수 있는 시기도 한정되어 있다.

"그게, 해초를 넣었다고 하더군요."

가오슌의 말에 마오마오는 "아!" 하고 입을 반쯤 벌렸다.

"해초라고요?"

마오마오가 되물었다.

"네, 해초라고 합니다."

가오슌이 다시 한번 말했다.

해초는 식용으로도, 또 한방용으로도 사용된다. 초무침 재료로 들어가는 경우도 있다.

그 말을 듣고 마오마오는 저도 모르게 고개를 끄덕였다.

'다양한 산해진미를 즐겨 먹는다면….'

다소 특수한 해초를 손에 넣는 것도 가능했으리라.

입가가 히죽히죽 꿈틀거렸다. 반쯤 벌어진 입 안에서 덧니가 엿보이고 있을 것이다.

진시를 비롯한 사람들은 그 모습을 멍한 표정으로 보고 있었다.

마오마오는 눈을 가늘게 뜨고 가오슌을 쳐다보았다.

"혹시 괜찮다면, 그 집안의 주방 안을 좀 볼 수 있을까요?"

마오마오는 밑져야 본전이라고 생각하며 일단 가오슌에게 말해 보았다.

가오슌의 조처는 빨랐다. 다음 날이 되자 마오마오가 요리사가 썼다는 주방에 들어갈 수 있도록 모든 준비가 다 되어 있었다. 사건을 다루던 관리들은 이것이 이미 종결된 사건이라고 여겼는지, 쉽게 허가를 내려 주었다고 한다.

저택은 도성 북서쪽에 위치하고 있었다. 주위에는 하나같이 훌륭한 집들이 늘어서 있었다. 도성 북쪽은 주로 고위 관료들이 사는 곳이니 당연한 일이었다.

저택에 도착하자, 부인은 피로로 지쳐 앓아누워 있다면서 하인이 대신 마오마오를 주방으로 안내해 주었다. 부인의 허락은 이미 받았으니 별문제 없다고는 하지만.

'하인이라….'

마오마오는 의아하게 생각하면서 그 장소로 향했다.

동행으로는 가오순이 알선해 준 관리 하나가 따라왔지만, 마오마오에 대해서는 미심쩍게 여기는 눈치였다. 그리 달가워하지는 않았지만 가오순의 명령은 듣는 듯, 아직까지 딱히 문제는 없다.

마오마오로서도 굳이 사이좋게 지낼 생각은 없으니 그거면 충분하다.

무관일까, 아직 젊고 몸이 완전히 단련되진 않았지만 전체적으로 군더더기 없는 동작을 취하고 있었다. 미간에는 주름이 잡혀 있었고, 앳된 느낌이 남아 있긴 하지만 이목구비 자체는 날카로웠다. 누굴 닮은 것 같은데, 하고 마오마오는 생각했다.

운 좋게도 독이 들어간 음식을 만든 곳이라는 이유로, 주방은 그 사건 이후 사용되지 않았다고 했다.

마오마오가 성큼성큼 걸어가 주방 안으로 들어가려 할 때였다.

"뭐 하는 거야!"

눈을 세모꼴로 부릅뜬 남자가 마오마오 쪽으로 달려왔다. 고급스러운 옷을 입은, 서른쯤 되어 보이는 남자였다.

"누구 허락을 받고 저택에 들어온 거야? 당장 나가! 누구야, 이런 놈들을 끌고 들어온 게!"

남자는 일행을 안내해 준 하인의 멱살을 잡았다.

마오마오가 실눈을 뜨고 쳐다보고 있는데 함께 온 관리가 한 걸음 앞으로 나섰다.

"확실하게 부인의 허가를 받았습니다. 게다가 이것은 업무입니다."

폭력적인 남자 앞에서 늠름한 말투로 자기 할 말을 다 하는 관리에게 마오마오는 마음속으로 박수를 보냈다.

"그게 사실이야?"

남자는 하인의 멱살을 잡았던 손을 놓았다.

하인은 콜록콜록 기침하며 그 말을 긍정했다.

"들어가도 되겠습니까? 아니면 그래서는 안 되는 무슨 사정이라도 있습니까?"

관리의 물음에 남자는 혀를 차면서도 "마음대로 하쇼." 하고 내뱉었다.

혼수상태에 빠진 관리와 그 아내를 대신하여 관리의 남동생이 저택을 다스리고 있다고 했다. 그것이 방금 전의 남자라는 모양이었다. 하인이 미안해하는 얼굴로 나중에 설명해 주었다.

'그렇게 된 거로군.'

남의 집 가정 사정에 함부로 끼어드는 일은 무례한 짓이었기에, 마오마오는 그 이상 캐묻지 않기로 했다.

마오마오는 주방 안을 둘러보았다.

그래도 조리 도구만큼은 요리사가 설거지를 해 놓았는지 깨끗하게 정리되어 있었지만, 식재료는 생선 등 상하기 쉬운 날것 외에는 그대로 남아 있었다.

마오마오는 주방 안 전체를 샅샅이 뒤져 보았다.

그리고 찾던 물건은 선반 안쪽에서 금세 발견되었다.

작은 항아리 속에 소금에 절여져 담겨 있는 그것을 본 마오마오는 히죽 웃었다.

"이게 뭐죠?"

마오마오는 하인에게 물었다. 하인은 눈을 가늘게 뜨고 항아리 안을 들여다보았으나 잘 모르겠다는 표정이어서, 마오마오는 한 주먹을 꺼내 물병 속에 넣어서 보여 주었다.

"이렇게 하면 아실까요?"

"아, 이건 주인님께서 좋아하시는 건데."

하인은 언제든 꺼내 먹을 수 있는 음식이기 때문에 그 속에 독 따위가 들어 있을 리 없다고 알려 주었다. 부인도 신뢰하는 하인인 모양이니 거짓말을 하는 것 같지는 않았다.

"들었지? 빨리 돌아가."

짜증이 잔뜩 난 듯 남자가 말했다. 이 남자는 아까부터 마오마오 일행의 행동을 계속 쳐다보고 있었다. 그리고 지금은 마오마오가 들고 있는 항아리를 노려보고 있었다.

"그렇군요."

마오마오는 항아리를 원래 자리로 되돌려 놓으면서 슬며시 속에 든 것을 한 주먹 집어 소맷자락 속에 숨겼다.

"폐를 끼쳤습니다."

마오마오는 그렇게 말하고 주방을 물러났다. 그 후로도 뒤에서는 찌르는 듯한 시선이 한참 동안 따라다녔다.

"왜 그렇게 쉽게 물러났지?"

돌아오는 길, 마차 안에서 젊은 무관이 마오마오에게 물었다. 상대방이 먼저 말을 걸다니 별일이 다 있다고 마오마오는 생각했다.

"물러난 게 아닙니다."

마오마오는 소매에서 소금투성이 해초를 꺼내 수건에 쌌다. 소매가 소금으로 범벅이 되는 바람에 찝찝했지만, 여기서 탈탈 털었다가는 눈앞의 무관이 화를 낼 것이다.

"이게 신기하거든요. 이 해초를 딸 수 있는 계절이 되기는 아직 좀 이른데, 그렇다고 소금에 절여 놓는다고 해서 지금 시기까지 버틸 수 있는 것도 아닙니다."

상당히 계절과 안 맞는 식재료였다.

"그래서 이 부근에서 딴 게 아닌 것 같다는 생각이 들더군요. 예를 들면 교역을 통해 남쪽에서 사들인 물건일 수도 있죠. 어디서 사 온 물건인지 알아낼 방법이 없을까요?"

마오마오의 말에 무관이 눈을 커다랗게 떴다. 자신이 할 일이 무엇인지 깨달은 모양이었다.

그 뒤는 마오마오가 스스로 할 일이다.

다음 날 마오마오는 가오순에게 부탁해 괜찮은 주방을 하나 얻었다. 외정 안에 있는 어느 관리의 대기소인데, 밤에 숙식을 할 수 있는 구조라고 했다.

마오마오는 전날 밤 미리 준비해 놓았던 것을 그곳에서 조리했다. 조리라고는 해도 별로 대단한 건 아니고, 그냥 물에 담가 소금기를 뺀 것을 접시에 담아 놓았을 뿐이다.

간단한 작업이지만 사안이 워낙 중대한 만큼 진시의 방에 딸린 주방을 쓸 수는 없다는 생각에, 다른 곳을 이용하기로 했다.

그리고 지금, 두 개의 접시가 마오마오 앞에 놓여 있었다. 어제 몰래 훔쳐 온 해초를 둘로 나누어 물에 씻어 담아 놓은 접시였다. 해초는 신선한 녹색을 띠고 있었다.

마오마오 앞에는 가오슌과 사건에 대해 상담하러 왔다는 관리, 어제 마오마오를 안내해 줬던 무관, 그리고 어째서인지 진시가 있었다. 구경꾼 근성으로 돌아다니는 걸 보면 또 스이렌이 버릇없다고 야단을 칠 거라고 마오마오는 생각했다.

"조사해 봤더니 그 말이 맞았습니다."

젊은 무관이 담담하게 말했다. 어제 그 해초는 남방에서 사들인 것이라고 했다.

"그 후 한 번 더 하인에게 물어보았습니다. 그러고 보니 겨울에는 그 해초를 먹은 적이 없었다고 하더군요. 다른 고용인들에게도 물어보았지만, 대부분 비슷한 대답이었습니다."

그런 가운데, 사건을 상담하러 온 관리가 고개를 가로저었다.

"이 해초에 대해서는 이미 요리사에게 이야기를 다 들었다. 평소 사용하는 것과 똑같은 종류의 해초이기 때문에 독이 들어 있을 리가 없다더군."

마오마오도 그 말에는 동의한다. 같은 종류의 해초가 맞다.

하지만 다른 점이 있다.

"같은 해초라고 꼭 독이 안 들어 있다는 보장은 없지요."

마오마오는 접시에서 젓가락으로 해초를 집어 들며 말했다.

"어쩌면 남쪽에서는 이 해초를 먹는 습관이 없는 게 아닐까요? 미식가 관리분이 잘 드신다는 말을 듣고, 혹시 돈이 될 수 있겠다고 생각한 교역상이 일부러 그곳에서 해초를 소금에 절이게 했다면요?"

"…거기에 무슨 문제가 있지?"

진시가 물었다. 지금은 여러 사람 앞이기 때문인지 최근 보이는 격의 없는 분위기는 깨끗이 사라지고 없었다. 가오슌은 그렇다 치고 가까이 있는 다른 두 관리들은 어딘가 모르게 불편한 눈치로 미모의 환관을 지켜보고 있었다.

마오마오는 즐거운 표정으로 해초를 젓가락으로 헤집으며 말했다.

"세상에는 유독有毒을 무독無毒으로 만드는 방법이란 것이 있지요."

그 방법은 여러 가지다. 예컨대 장어는 원래 독이 있지만 피를 빼거나 가열하면 먹을 수 있다.

이 해초의 경우 석회에 절이는 과정이 필요하다고 마오마오는 기억하고 있었다.

그리고 마오마오가 두 개의 접시로 나눠 놓은 해초는 각각 석회에 절인 것과 그렇지 않은 것이었다. 지금 젓가락으로 집어 든 것은 어젯밤 준비해 달라고 부탁해서 얻은 석회에 절여 놓았던 해초였다.

마오마오는 그것을 날름 입에 넣었다. 주위에서 놀라서 무슨 짓이냐며 야단이었다.

"괜찮을 겁니다, 아마도."

실은 지식으로 들은 적이 있긴 했지만, 하룻밤 절인 것만으로 독이 사라질지 어떨지는 잘 모른다.

이것도 중요한 검증이다.

"아마, 라니, 무슨 소리야!"

"안심하시지요. 구토제도 잊지 않고 준비해 두었습니다."

마오마오는 가슴팍에서 미리 달여 놓았던 약을 꺼냈다.

"뭘 그렇게 자신만만한 태도로 선언하고 있어!"

결국 가오슌이 뒤에서 붙잡고 진시가 억지로 구토제를 먹이는 상황이 벌어졌다. 덕분에 마오마오는 남자 네 명 앞에서 쿨럭쿨럭 기침하며 토하는 꼴이 되고 말았다.

시집도 안 간 처녀한테 대체 무슨 짓이람.

참고로 이 구토제는 고약한 맛으로 위를 자극해서 토하게 만드는 약이기 때문에 엄청나게 맛이 없다.

'무독을 증명할 절호의 기회였는데.'

위액을 닦아 내고 정신을 차린 마오마오가 말했다.

"여기서 문제입니다. 교역상에게 소금에 절인 해초를 가져오도록 제안한 사람은 누구였을까요?"

해초를 먹는 풍습이 없는 지역에서 일부러 들여오도록 조치했으니, 위험성이 높다는 사실은 잘 알고 있었을 것이다.

"혼수상태에 빠진 당사자라면 뭐 자업자득이라고 할 수 있겠죠."

하지만 그렇지 않다면.

그리고 독이 될 가능성을 알고 있었다면.

'이건 어디까지나 추측이지만….'

10년 전에도 있었다는 식중독 사건. 그것이 실마리가 되어 누군가가 범행 방식을 떠올렸을 가능성도 부정할 수는 없다. 마오마오로서는 그 사건과 지금 사건이 관계가 있다고 단언할 수는 없었다. 하지만 이번 사건만큼은 마오마오의 추측이 맞아떨어졌을 것이다.

이 자리에 있는 사람들은 모두 똑똑하니 그 이상 말할 필요도 없을 것이고, 또 말할 생각도 없다. 마오마오는 하잘것없는 인간이다. 누군가의 죄를 어떻게 해 보겠다는 생각 따위는 깊이 하지도 않는다.

"알겠습니다."

가오슌은 마오마오가 무슨 말을 하려는지 알아차린 듯 천천히 고개를 끄덕였다.

마오마오는 한숨을 내쉬고, 눈앞에 있던 해초를 집어서 먹었다. 이번에는 다른 접시에 있던 해초였다.

그리고 다시 한번 얼굴이 새파래진 진시와 가오슌에 의해 억지로 토하는 꼴이 되고 말았다.

범인은 쓰러진 관리의 남동생이었다.

누가 매입했나 찾아보니, 당사자는 생각보다 싱겁게 자신이 샀다고 실토했다.

마오마오 일행이 주방에 들어가려 할 때 유난히 쳐다보는 게 이상하다고 생각하긴 했지만, 역시나 범인이었던 모양이다.

들키고 싶지 않은 게 있으니 그런 태도를 취하게 되는 거다.

흔한 이야기다. 장남이 건재하면 차남은 항상 소홀한 취급을 받게 되어 있다. 어이없을 만큼 간단한 이유였기에, 마오마오 일행은 솔직히 맥이 빠졌다.

하지만 문제가 한 가지 있었다.

그런 얄팍한 이유로 살인을 범하려 했던 자가 도대체 어떻게 해초의 독을 알았던 걸까. 술집에서 술을 마실 때 옆에 앉아 있던 다른 손님과 잡담을 하다 얻어 듣기라도 한 걸까.

그것이 우연인지 필연인지, 이때의 마오마오 일행으로서는 알 수 없었다.

결국 독이 든 해초를 먹지 못했던 마오마오는 혼자 투덜거리며 청소를 하고 있었다. 이미 지나간 것은 어쩔 수 없으니, 다른 생각을 하기로 했다.

'아, 그나저나 어디다 쓸까.'

마오마오의 머릿속에는 벌레에서 자라난 기묘한 풀 생각이 가득했다.

눈빛이 멍해지려던 찰나 마오마오는 안 되지, 안 돼, 하고 고개를 마구 내저었다. 지금은 일하는 중이다. 하지만 얼굴이 자꾸 히죽거리는 것은 멈출 수가 없었다.

바짝 말라붙은, 징그러운 벌레에서 자라난 낙엽 색깔의 버섯. 약주를 담글까, 아니면 환약을 만들까, 생각만으로도 즐거워졌다.

그러다 너무 즐거운 나머지 히죽거리는 얼굴 그대로 방 주인을 맞이하고 말았다.

입을 떡 벌린 진시를 보고 마오마오는 잽싸게 고개를 숙였다.

'상당히 기분 나쁜 표정이었나 보다.'

떨떠름한 기분으로 천천히 고개를 들자 갑자기 진시가 기둥에 머리를 부딪치기 시작했다. 쿵쿵거리는 것이 꼭 딱따구리 같은 움직임이었다.

그 소리를 듣고 가오슌과 스이렌이 무슨 일인가 싶어 뛰어 들어왔다.

영문은 모르겠지만 가오슌이 이쪽을 물끄러미 쳐다보고 있었다.

'지금 그건 내 잘못이 아닌데.'

이상한 건 당신 주인이잖아, 하고 마오마오는 생각하면서 마음속으로 투덜거렸다.

"다녀오셨나요?"

마오마오는 일단 형식적으로나마 제대로 인사를 했다.

최근 들어 진시는 일을 끝내고 돌아오는 시간이 늦곤 했다. 이유는 잔뜩 밀린 일을 처리해야 하기 때문이라고 한다.

일이 그렇게 밀려 있다면 지난번 사건 때도 굳이 구경꾼처럼 끼어들지 말고 가서 일이나 하면 될 것을.

"성격이 안 맞는다고 해야 하나, 아무래도 자꾸만 의견이 달라져서 말이야."

진시의 말에 따르면 그런 인물과 함께 일을 해야만 한다는 모양이었다.

진시는 스이렌에게서 과일주를 받아 들며 한숨을 내쉬었다. 이 자리에 있는 자들은 모두 진시의 모습에 내성이 있기 때문에 상관없지만, 여염집 아가씨가 그 모습을 봤다가는 휘청거리다 정신을 잃고 기절하고 말 정도로 요염한 동작이었다. 정말이지 이래저래 민폐만 끼치는 환관이다.

그런 인물과 의견을 대적할 수 있는 인간이 있다니, 오히려 대단한 사람이 아닐까 싶다.

"나한테도 거북한 사람이 있어."

군부의 고관이라고 하는데, 머리는 좋지만 괴짜로 유명하다는 듯하다.

툭하면 트집을 잡아서는 손님을 자기 방으로 끌고 들어가거나 갑자기 공격하거나 장기를 두거나 잡담을 하면서 안건에 도장 찍어 주는 일을 천년만년 미루곤 한다는 모양이다.

이번에 표적이 된 것은 진시였다.

덕분에 매일같이 집무실에 두 시간은 앉아 있어야만 하고, 그만큼 잔업이 발생한다.

마오마오의 얼굴에 왠지 떨떠름한 기색이 떠올랐다.

"나이가 많은 노인이신가요?"

"겨우 사십을 갓 넘었다. 자기 일은 먼저 끝내 놓으니 더 고약하지."

'사십이 넘었고 군부의 고관에 괴짜?'

어디서 많이 들은 단어들이었지만, 떠올려 봤자 별로 좋은 일은 없을 것 같았기에 마오마오는 잊어버리기로 했다.

하지만 잊었어도 늘 그렇듯 나쁜 예감은 잘 들어맞는 법이다.

"안건은 이미 통과되었을 텐데요."

불청객이 찾아오자 진시는 천녀의 미소를 지으며 말했다. 얼굴이 굳어지지 않도록 하기 위해서는 노력이 필요했다.

"아니, 그런 게 아닙니다. 겨울에는 꽃구경이 힘드니 이쪽으로 오는 편이 나을 것 같아서 말이지요."

다박수염에 외알 안경을 쓴, 표표한 분위기의 중년 남자였다.

무관복을 입고는 있지만 용모는 오히려 문관에 가까웠다. 여우처럼 가느다란 눈에는 이지의 빛과 함께 광기가 깃들어 있었다.

남자의 이름은 라칸羅漢, 군사軍師를 맡고 있다. 시대를 잘 만났더라면 태공망이라고 불렸을 수도 있겠지만 요즘 같은 세상에서는 단순한 괴짜에 불과하다.

출신은 좋지만 사십을 넘긴 나이에도 혼인을 하지 않았고, 조카를 양자로 들여 집안 관리를 맡기고 있었다.

라칸이 관심 있는 것은 장기와 바둑과 소문. 상대가 화제에 관심이 없어도 강제로 이야기에 끌어들이곤 한다.

최근 들어 진시에게 자꾸만 시비를 거는 이유는 녹청관과 인연이 있는 계집아이를 하녀로 들였다는 이야기 때문이었다.

거짓은 아니지만 창관에서 여자를 데려왔다는 사실은 아무래도 체면상 썩 좋진 않다.

하녀라는 형태를 취하기는 했으나 사람들이 그것을 어떻게 받아들일지는 또 다른 문제다.

그런데도 마치 젊은 처녀들처럼 소문을 좋아하는 이 아저씨가 있는 소리 없는 소리 다 불어넣는 바람에 군부에서는 진시가 기녀를 낙적해 데려온 것이 기정사실이 되어 버렸다. 아니, 아주 틀렸다고 말하기도 힘들지만.

이 아저씨가 도대체 어디서 솟아났는지 모를 이야기들을 한없이 늘어놓는 가운데 진시는 그 목소리를 한 귀로 듣고 한 귀

로 흘리며 가오슌이 가져온 서류에 도장을 찍었다.

"그러고 보니 옛날에 녹청관에 아는 사람이 있었는데 말이지요."

진시는 의외라고 생각했다.

여색에는 전혀 관심이 없는 줄 알았는데 말이다.

"어떤 기녀였습니까?"

문득 흥미가 생긴 진시는 묻고 말았다.

라칸은 히죽 웃으며 유리잔에 자기가 가져온 과일 음료를 따랐다. 긴 의자에 기대 반쯤 누운 자세만 보면 마치 자기 방에 드러누워 있는 사람 같았다.

"괜찮은 여자였습니다. 장기랑 바둑도 잘 뒀고, 저도 장기는 이겼지만 바둑은 지곤 했지요."

이 군사님을 이기다니, 어지간히도 강했던 모양이라고 진시는 생각했다.

"그렇게 재미있는 여자는 두 번 다시 못 만날 것 같아서 낙적도 생각했지만, 세상일이란 원하는 대로 풀리는 법이 아니니 말입니다. 취향 특이한 부자 둘이 경쟁 붙는 바람에 그만 가격이 하늘 높은 줄 모르고 치솟지 뭡니까."

"그것 참 안타깝군요."

가끔 기녀의 낙적료는 별궁 하나를 세울 수 있을 만큼의 액수까지 올라가곤 한다. 라칸은 손도 대지 못했다는 걸 보니 그쯤 되었던 모양이다.

그런데 이 사내는 도대체 그런 이야기를 왜 꺼낸 걸까.

"특이한 기녀여서 기예는 팔아도 몸은 팔지 않았지요. 뿐만 아니라 손님을 손님으로 취급하지도 않았습니다. 차를 따를 때도 주인을 접대한다기보다는 비천한 백성에게 자비의 손길을 내려 주는 것처럼 거만한 표정을 짓곤 했고요. 세상엔 특이한 것을 좋아하는 자도 많은 법이라 그런 기녀에게 혼을 다 빼 준 부류도 제법 있었습니다. 뭐, 그러는 저 역시 그런 자들 중 하나였지만요. 등골이 오싹오싹한 감각이 어찌나 짜릿하던지."

"……."

진시는 영 자리가 불편해지는 바람에 시선을 돌리고 말았다. 옆에 서 있던 가오슌도 입을 한일자로 꾹 다문 채 입술을 깨물고 있었다.

세상에는 비슷한 취향을 가진 인간이 제법 있는 모양이다.

진시의 속마음을 아는지 모르는지 라칸은 말을 이었다.

"언젠가는 덮치고 싶다고 생각한 적도 있었습니다."

히죽 웃는 남자의 눈에는 광기로 찬 불길이 엿보였다.

"결국 저는 그 기녀를 포기할 수가 없었고, 할 수 없이 다소 더러운 수법을 동원했습니다. 비싸서 손을 댈 수가 없다면 가격을 떨어뜨려 버리면 문제가 없을 테니까요."

그래서 희소가치를 떨어뜨렸다고 했다.

"어떤 방법을 썼는지 알고 싶으십니까?"

외알 안경 너머로 여우 같은 눈매에 웃음이 떠올랐다.

어느샌가 상대의 혼을 쏙 빼놓았다. 이러니 무서운 자라는 거다.

"여기까지 와서 뜸을 들이시는 겁니까?"

진시는 자신이 차가운 말투로 대꾸했다는 사실을 뒤늦게 깨달았다. 라칸은 히죽거리며 그 모습을 보고 있었다.

"그럼, 잠시만 기다려 주십시오. 그 전에 부탁드릴 게 한 가지 있으니까요."

라칸은 손가락을 깍지 끼고 크게 기지개를 켰다.

"도대체 무슨 부탁입니까?"

"최근 들어 그쪽에 새로 들어온 하녀가 제법 재미있는 아이라 더군요."

또 그 화제인가, 하고 진시는 한숨을 내쉴 뻔했으나 이어진 말의 내용은 뜻밖이었다.

"묘한 수수께끼 풀이를 잘한다던데요."

진시가 움찔하는 것을 놓치지 않은 듯, 라칸은 계속 말했다.

"제 지인 중에 궁정에 물건을 대는 금 조각 세공사가 있었습니다. 그런데 그자가 얼마 전에 갑자기 세상을 떠난 겁니다. 후계자를 제대로 지명하지도 않고 말이죠. 녀석에게는 제자가 셋 있었습니다."

지인 중에 직공이 있다니 별일이 다 있다고 진시는 생각하면서 "호오." 하고 맞장구를 쳤다.

　"비전이라 할 수 있는 비술을 제대로 전해 주지도 못한 채 죽어 버린 지인이 너무 안타깝더군요. 전해 줄 수 있는 형태로 비술을 남겨 뒀을 거라고 생각하고는 있는데, 그걸 어디서 찾아야 할지를 모르겠습니다."

　"무슨 말씀이 하고 싶으신 겁니까?"

　진시가 단도직입적으로 묻자 라칸은 외알 안경을 벗었다.

　"아니, 별것 아닙니다. 그저 그 비전의 기술을 알아낼 방법이 없을지 생각했을 뿐이지요. 예컨대 머리 회전이 빠른 하녀가 조사해 주면 되지 않을까 싶기도 하고요."

　"……."

　"그 죽은 남자라는 게 아주 기묘한 녀석이어서, 아주 은근하게 의미심장한 유언만을 남겼다고 하더이다. 그것이 왠지 자꾸만 마음에 걸리는군요."

　"……."

　진시는 말없이 눈을 감았다. 그리고 숨을 토했다.

　"일단 이야기만 들어 보도록 하겠습니다."

　거기까지 말하는 것만으로도 벅찼다.

약사의 혼잣말

5 화 : 납

　진시가 묘한 이야기를 가져온 것은 저녁 식사 때 일이었다.

　"조금 귀찮은 일이 생겼는데."

　항상 마오마오에게 승낙도 받지 않고 마음대로 귀찮은 일을 떠맡기는 진시로서는 드문 말이었다. 하지만 한편으로 마오마오는 흥미를 느꼈다.

　진시의 지인의 지인에게 일어난 문제라고 한다. 집안 소동이라고 할 정도까지는 아니지만, 어쨌든 직공 일가의 가주家主가 제자인 아들들에게 비술을 전부 승계해 주지 못한 채 죽어 버렸다고 한다.

　그중에는 외부에 전해지지 않는 기술도 들어 있다는 모양이었다.

　"즉, 금 조각 세공사의 비술을 알아내면 된다는 말씀이시지요?"

"그렇게 쉽게 말할 수도 없는 일이야. 게다가 왜 그렇게 의욕이 넘치는 거지?"

"그런가요?"

마오마오는 천장으로 시선을 피했다.

진시의 설명에 따르면 세공사에게는 제자가 셋 있다고 했다. 셋 다 친아들이며 모두 제법 실력이 좋은 직공이라고 한다. 궁정에 직접 물건을 대는 어용 직공이었던 아버지가 죽은 뒤, 셋 중 한 명이 그 자리를 물려받지 않을까 하고 다들 생각하고 있다는 듯했다.

아버지의 유언장에는 유품 분배에 대해 적혀 있었다고 했다.

첫째에게는 별채 작업장을, 둘째에게는 세공이 된 가구를, 셋째에게는 어항을 물려주었다.

그리고 말로는 한마디, '다들 옛날처럼 모여서 다도회라도 하도록 해라'라고 남겼다.

"굉장히 의미심장한 유언이네요."

말 그대로 받아들이면 되는 걸까, 아니면 다른 의미가 있는 걸까.

"그래. 유언을 받은 당사자들도 전혀 모르겠다고 하더군."

마오마오는 고개를 끄덕였다.

"그나저나 유품을 굉장히 차이 나게 나눠 줬는걸요."

본채에는 아직 형제들의 어머니가 살고 있으니 나눠 줄 수가 없었지만 작업장, 가구, 어항이라니 아무리 봐도 나이가 어릴수록 손해를 보는 구조다.

"어떤 물건인가요?"

"거기까지 자세히 듣지는 못했다. 하지만 궁금하다면 가 봐도 좋아. 주소는 듣고 왔으니."

처음부터 그럴 거라는 사실을 미리 알고 있었던 모양이다. 준비성이 상당히 좋다.

"내일 시간을 좀 얻을 수 있다면…."

마오마오는 은근슬쩍 스이렌 쪽을 쳐다보았다.

초로의 시녀는 잘 다녀오라는 듯 손을 흔들었으나, 나중에 일이 늘어날 거라는 각오는 해 두는 편이 좋겠다는 생각이 들었다.

세공사 삼형제가 사는 집은 도성의 큰길을 따라 내려간 곳에 있었다. 상점이 많은 중앙의 한 구획인데 정원에 커다란 밤나무가 있는, 상당히 훌륭한 저택이었다.

진시와 가오슌은 없고, 대신 바센馬閃이라는 무관이 따라왔다. 초무침 사건 때 같이 갔었던 젊은 관리였다.

'나를 별로 좋게 생각하는 것 같진 않은데.'

마오마오와 최소로 필요한 대화밖에 나누지 않는 걸 보면 과묵하다기보다는 상대를 싫어한다고 받아들여야 좋을 것 같았다. 딱히 이쪽에 해를 끼치지 않는다면 아무래도 상관없다고 마오마오는 생각했다. 어차피 이것도 다 일이라고 생각해 버리면 아무 문제없다.

"집안사람들과는 이미 이야기가 되어 있다. 하지만 표면상 이야기를 들으러 가는 사람은 나고, 너는 거기에 따라온 것뿐이야."

"알겠습니다."

마오마오도 그러는 편이 낫겠다고 생각했다. 마치 시종처럼 바센의 옆에 붙어서 현관문을 두드리자 집안사람이 나왔다. 스물쯤 되어 보이는 변변찮은 인상의 남자였다.

"이야기는 들었습니다."

변변찮은 인상의 남자는 두 사람을 집 안으로 데리고 들어갔다.

외부 분위기와 비슷하게, 구석구석 관리가 잘된 집안에서는 좋은 인상을 받을 수 있었다. 곳곳에 작은 꽃이 꽂혀 있었다. 그런 가운데 벽의 움푹 파인 곳에 묘한 무언가가 들어앉아 있었다. 금속이 붙은 돌덩어리 같았는데, 금속 부분은 푸르스름한 광택을 내뿜고 있었다.

"?"

마오마오가 그쪽을 가만히 바라보자 변변찮은 남자가 "아, 그건…." 하고 다가왔다.

"아버지가 재료를 사들일 때 함께 사 온 물건입니다. 이상한 걸 모으시는 취미가 있었거든요."

남자의 표정은 어딘가 모르게 즐거워 보였다.

본채를 빠져나간 세 사람은 외부로 난 복도를 걸어갔다.

작업장으로 보이는 장소가 나타났고, 그곳에는 남자 둘이 더 있었다. 생김새는 둘 다 마찬가지로 변변찮아 보였으나 한 명은 키가 크고, 다른 한 명은 키가 작고 몸집이 통통했다.

"형님들, 모셔 왔어."

맨 처음에 나왔던 변변찮은 남자가 말했다. 그렇다면 이자가 막내라는 뜻일까.

정중한 말투의 막내를 보고 형 둘은 부루퉁한 표정을 지었다. 그리고 뭐라 중얼중얼 혼잣말을 하는 듯했지만, 어쨌든 떨떠름한 표정으로나마 마오마오 일행을 작업장 안으로 안내했다.

안에는 도구들이 깔끔하게 정리되어 있었다. 듣자하니 실제로 작업하는 곳은 본채에 있고, 이곳은 예전에 쓰던 공간이라고 했다. 지금은 낡은 소도구들을 보관하거나 직공들이 차를 마시며 쉬는 곳으로 쓴다는 모양이었다.

"이거 구조가 특이한데."

바센이 방 안을 보며 말했다. 마오마오도 그 말에 동의했다.

방 한가운데에 장롱이 있었다. 이런 곳에 놔두면 거치적거리기만 할 것 같은 짐짝이었지만 잘 보니 정교한 세공이 되어 있는 물건이었다. 모양도 마오마오가 알던 장롱과는 약간 다르고, 왠지 세련된 분위기가 풍겼다.

그 때문인지 방 한가운데에 놓여 있어도 그렇게까지 미관을 해치진 않았다. 오히려 주위에 탁자가 배치되어 있어, 묘한 통일성이 느껴졌다.

마오마오는 그것을 가만히 바라보았다. 모서리는 깔끔하게 둥근 모양으로 깎여 있었고, 금 조각 세공도 되어 있었다. 맨 위에 있는 세 칸과 그 아래인 한가운데 서랍에는 열쇠 구멍이 있었고, 마치 강조라도 하듯 그곳만 다른 금속이 세공되어 있었다. 마오마오가 가만히 보고 있었더니 형들 중 하나인, 통통한 남자가 다가왔다.

"보는 건 상관없지만 만지면 안 돼."

통통한 남자는 낮은 목소리로 말했다.

마오마오가 살짝 고개를 숙이자 남자는 한 걸음 물러섰다.

그러고 보니 죽은 직공은 차남에게 유품으로 가구를 물려줬다고 했다. 이게 바로 그 물건일까. 그렇다면 저 통통한 남자가 차남이라는 뜻인 모양이었다.

그 생각을 뒷받침해 주듯 막내가 투명하고 둥그런 무언가를 안고 왔다.

"아버지가 남긴 게 무엇인지 정말 알아낼 수 있단 말입니까?"

키 큰 남자, 아마도 장남으로 보이는 사내가 바셴에게 물었다. 바셴은 마오마오 쪽을 흘끔 쳐다보았다. 마오마오는 일단 고개를 끄덕이고, 시선을 돌려 삼형제를 바라보았다. 바셴은 마오마오의 의도를 읽었는지 어땠는지 모르지만 마치 아무 일 없었다는 듯 삼형제 쪽을 돌아보았다.

"이야기를 더 자세히 들어 보기 전에는 뭐라고 말하기 힘든데."

바센은 의자에 앉으며 말했다.

마오마오는 그 뒤에 서서 방 안을 새삼 한 바퀴 둘러보았다.

'정말 독특한 구조네.'

창 위치도 특이했다. 서양식으로 지었는지 묘하게 세로로 긴 창으로는 햇살이 충분히 비쳐 들도록 되어 있었다. 하지만 밖에 있는 커다란 밤나무가 그 장점을 다 가리고 있었다.

방에 들어오는 빛은 나무 틈새로 비쳐 드는 한 움큼 정도였고, 빛이 창 가득 제대로 들어오는 곳은 딱 한 군데뿐이었다. 그곳만 벽에 달린 선반의 색이 바래 있었다. 하지만 네모난 모양으로 빛이 바래지 않은 부분이 있었기에, 오랫동안 그 자리에 무언가가 놓여 있었으리라는 사실을 추측할 수 있었다.

마오마오가 주위를 둘러보는 사이 키다리 장남이 이야기를 시작했다.

"다 들으신 대로입니다. 아버지는 비전의 기술을 알려 주지 않은 채 돌아가시고 말았죠. 그리고 제게 남은 건 이 작은 창고뿐입니다."

"난 이 장롱뿐이고."

차남은 방 한가운데에 놓여 있는 장롱을 두드렸다.

"저는 이겁니다."

막내는 투명하고 둥그런 무언가를 내밀었다. 잘 보니 얇은 유리로 되어 있고 바닥이 넓적한 물건이었다. 어항이라는 말을 듣긴 했지만 마오마오는 그게 유리로 되어 있을 거라고는 생각지도 못했다. 나무나, 기껏해야 도자기일 거라고만 여겼다.

그렇게 생각하니 세 사람이 받은 유품은 각각 가치가 있는 물건으로 보였다. 하지만 형 둘과 막내 사이에는 묘하게 차가운 거리가 있는 듯했다.

'왜 그럴까?'

마오마오는 세 사람을 흘끔흘끔 바라보았다. 다들 직공답게 손에 굳은살이 박여 있었으나 그중에서도 막내의 손이 특히 마음에 걸렸다. 붉게 물집이 잡힌 흔적이 묘하게 많았다. 화상 흔적일까.

차남이 한숨을 내쉬며 장롱을 쓰다듬었다.

"아버지가 도대체 무슨 생각이셨는지 모르겠어. 유품으로 남겨준 건 좋은데 열쇠도 하나밖에 없고, 열쇠 구멍에 맞지도 않아."

차남의 시선을 따라가 보니 장롱 바닥에는 고정된 쇠붙이가 붙어 있었다. 장롱은 아마도 바닥에 붙박이로 설치되어 있는 듯했다.

열쇠는 장롱의 한가운데 서랍에 딸린 물건인 듯했는데, 열쇠 구멍에 맞지 않는다니 그건 도대체 무슨 말일까. 나머지 세 개의 서랍은 전부 같은 열쇠로 열 수 있다는데 정작 열쇠는 없다고 했다.

"형님한테 창고를 줬으니, 나한테 장롱을 준다 한들 내가 이걸 가지고 나갈 수가 있어야지."

짜증스러운 말투로 차남이 말하자 장남도 동의하는 듯 고개를 끄덕였다. 그에 반해 막내만 울컥하는 표정을 짓고 있었다.

"아버지는 옛날처럼 다 같이 모여서 다도회를 열라고 하셨잖아."

막내의 말에 형 둘은 어처구니없는 표정을 지었다.

"넌 좋겠다. 후딱 돈으로 바꿀 수 있는 물건을 받아서."

"그러게 말이야. 그런 거라도 아마 한동안은 굶지 않고 살 수 있을 정도의 돈은 받을 수 있을걸."

마치 주변에 얼쩡거리는 개를 내쫓기라도 하는 듯한 말투였다.

마오마오는 생각에 잠겼다가, 바센을 살짝 찔러서 뭐라도 좀 물어보라고 채근했다. 바센은 미간을 찌푸렸으나 할 수 없다는 듯 삼형제를 향했다.

"그러고 보니 유언이란 게 어떤 내용이었지?"

바센은 다시 한번 확인차 물었다.

"아, 유언 말이죠. 아까 이 녀석이 말했던 그겁니다."

"옛날처럼 모여서 차라도 마시라지 뭡니까. 무슨 소린지 도통 모르겠다고요."

형제들끼리 사이좋게 지내라는 의미로 남긴 유언일까. 마오마오는 이해할 수 없었으나 부모라는 건 원래 그런 존재인 모양이다.

하지만 이 정도 재료만으로는 통 알아낼 수가 없었다. 어떻게 해야 좋을까 마오마오가 고개를 갸웃거리고 있는데 쟁반을 든 삼형제의 어머니가 나타났다. 어머니는 한가운데의 긴 탁자에 찻잔을 늘어놓았다.

"드시지요."

어머니는 그 말만 남기고 창고를 나가 버렸다. 긴 탁자 위에는 장롱 앞쪽으로 서로 간격을 두고 나란히 세 개의 찻잔이 늘어서고, 그 정면에 다시 찻잔 두 개가 놓여 있었다. 두 개는 마오마오와 바센의 몫인 모양이었다. 형제는 의자에 앉았다. 굳이 이동해서 자리를 차지하는 걸 보니 각자 지정된 좌석이 있는 모양이었다.

흠. 마오마오는 생각에 잠겼다.

길고 가느다란 창으로 빛이 비쳐 들었다. 장롱 앞까지가 빛이 닿는 자리였다. 다도회를 갖는 시간을 생각해 볼 때 빈자리에 앉으면 햇빛이 비쳐 눈이 부실 것이다. 빛이 더 길게 들어오면 장롱에도 빛이 닿겠지만, 그렇게까지 길게 늘어나진 않는지 장롱에 빛이 바랜 흔적은 없었다.

'빛이 닿은 흔적?'

마오마오는 의자에서 일어나 창을 바라보았다. 창밖에는 커다란 나무가 있기 때문에 빛이 들어오는 시간은 그리 길지 않았다.

창 앞에 선 마오마오는 장롱을 물끄러미 바라보았다. 장롱에 붙어 있는 열쇠 구멍의 위치가 묘하게 신경이 쓰였다. 맨 위에 있는 세 칸의 서랍의 열쇠 구멍이 아니라, 그 아래 한 칸에 있는 열쇠 구멍 말이다.

마오마오가 고개를 갸웃거리며 걸어 다니자 삼형제가 이상하다는 눈으로 쳐다보았다. 바센이 이마를 짚고 고개를 숙이고 있었다. 누굴 닮았나 싶었더니 이 녀석 가오순을 닮았군, 하고 마오마오는 혼자 납득했다.

바센은 어이가 없다는 듯 한숨을 내쉬고 짜증스러운 듯 마오마오를 바라보며,

"뭘 좀 알아냈나?"

하고 물었다.

"그 열쇠가 딸린 서랍은 안 열린다고 하셨죠?"

"옛날에는 열렸는데 아버지가 무슨 세공을 하는 사이 안 열리게 되어 버렸어."

차남이 대답했다.

"열쇠는 하나인가요?"

"이것밖에 없어. 아버지가 또 영문 모를 소리를 하지 뭐야. 장롱을 통째로 부수면 그 속에 있는 것까지 같이 망가지니까 함부로 부술 수는 없다고 말이야."

마오마오는 장롱 앞으로 다가가 열쇠 구멍을 빤히 관찰했다.

안에 뭔가가 꽉 차 있는 듯 보이는 이유가 뭘까.

'혹시 장롱이 고정되어 있는 건 다 까닭이 있는 걸까?'

마오마오는 그런 의문을 품으며 머릿속을 정리했다.

형제들에게 각각 주어진 유품. 작은 창고, 장롱, 어항.

장롱에는 열리지 않는 열쇠 구멍.

그리고….

마오마오는 막내가 가져온 어항을 바라보았다.

"죄송한데 그 어항은 원래 저 선반 위에 놓여 있던 물건이 아닌가요?"

마오마오가 막내에게 물었다.

"아, 네. 맞는데요."

막내는 어항을 들고 창가로 다가갔다. 그리고 수건을 접어서 햇살에 비쳐 빛바랜 자리에 깔고 그 위에 어항을 올려놓았다.

"옛날에는 여기 금붕어가 들어 있었지만 추워지면 다 죽어 버려서, 겨울에는 따스한 낮 동안에만 이곳에 놓아두곤 했지요. 요 몇 년 동안에는 딱히 금붕어를 새로 사 넣지도 않고 그냥 장식품처럼 내버려 두고 있었습니다."

막내는 조금 쓸쓸한 미소를 지으며 말했다.

'흐응….'

마오마오는 별 관심 없는 눈빛으로 그 모습을 보며 창고 밖으로 나갔다.

"어딜 가는 거야?!"

"잠깐 물 좀 받아 오겠습니다."

마오마오는 그렇게 말하고 저택 안쪽으로 들어가 물을 얻어와서 어항을 채웠다.

"옛날에는 이렇게 물이 들어 있었단 말씀이시죠?"

"네, 맞습니다. 그 무늬가 이쪽을 향하게 하고요."

역시 그랬군, 하고 생각하며 마오마오는 어항을 바라보았다. 창으로 빛이 비쳐 들고, 그것이 어항에 닿는다. 그리고 어항에 닿은 빛은 한 곳으로 모아진다.

빛이 장롱에 닿아, 한가운데 서랍의 열쇠 구멍 부근까지 반짝반짝 빛났다.

"딱 이 시간에 다도회를 가졌단 말이죠."

"자, 잠깐! 이게 뭐야!"

차남이 빛을 가로막으며 사이로 들어왔다.

"들어오지 마!"

마오마오가 저도 모르게 외쳤다. 차남은 그 소리에 놀라 커다란 덩치를 움츠렸다.

"죄송합니다. 이 빛이 눈에 들어가면 실명할 수 있거든요. 그리고 거치적거리니 좀 비켜 주세요. 안 그러면 서랍을 못 엽니다."

마오마오는 그렇게 으름장을 놓으며 열쇠 구멍과 빛을 물끄러미 응시했다.

어느 정도의 시간이 흘렀을까, 어항에서 모인 빛은 조금씩 이동하며 열쇠 구멍 주위를 비추고 있었다. 그리고 잠시 시간이 더 흐르자 밤나무 그림자에 가로막혔는지 비쳐 들던 빛이 사라졌다.

마오마오는 열쇠 구멍을 빤히 들여다보았다. 건드리면 쇠붙이가 뜨겁게 느껴지고 묘한 냄새도 풍기는 것 같았다.

"이봐, 도대체 무슨 의미가 있는 거야?"

누군가의 물음에 마오마오는,

"혹시 돌아가신 분은 빈혈이나 복통을 자주 일으키지 않았나요?"

하고 물었다.

"맞는데요."

"그 외에도 구토를 하거나 우울증에 빠진 적이 있지 않았나요?"

마오마오가 묻자 삼형제가 얼굴을 마주 보는 걸 보니 그렇다고 확신할 수 있었다. 그리고 마오마오는 현관에 장식품처럼 놓여 있던 금속 결정 덩어리를 떠올렸다.

"저는 세공에 대해서는 잘 모르지만, 여기서 혹시 땜납도 같이 사용하고 있지 않나요?"

"어, 맞아."

"그렇다면 열쇠로 이 서랍을 열어 주십시오."

"내가 분명 안 열린다고 말했을 텐데."

차남은 떨떠름한 표정을 지었지만 어쨌든 열쇠 구멍에 열쇠를 꽂았다. 그러자 지극히 자연스럽게 열쇠가 들어갔다. 차남이 놀라서 열쇠를 돌리자 달칵 소리가 났다.

"어, 어떻게 된 거야?"

장남이 전율하고 차남과 막내는 눈을 부릅떴다. 바센도 의아한 표정을 짓고 있었다.

"어떻게 된 거고 자시고, 그냥 유언을 따랐을 뿐입니다. 옛날과 마찬가지로 다 함께 다도회를 하라는 이야기죠."

마오마오는 서랍을 통째로 뽑아 사람들이 잘 볼 수 있도록 올려놓았다.

서랍 바닥에는 열쇠 모양의 거푸집이 둔한 빛을 내뿜고 있었다.

거푸집에는 신기하게도 아직 부드러운 금속이 들어 있었다.

마오마오는 손가락으로 쿡쿡 찔러 얼마나 부드러운지 보여 주었다.

"틀을 뽑아 봐도 괜찮을까요?"

"어, 으응."

허락을 얻은 마오마오는 열쇠를 거푸집에서 빼냈다. 아직 조금 따뜻한 그것은 장롱에 붙어 있던 다른 세 개의 열쇠구멍에 딱 맞았다. 서랍을 하나하나 열어서 보여 주니 삼형제는 또다시 기묘한 표정을 지었다.

"이, 이게 대체 뭐야?"

크기가 서로 다른 세 개의 서랍에는 각각 금속과 결정 같은 것이 하나씩 들어 있었다. 가장 큰 서랍에 들어 있던 것은 현관 앞에 놓여 있던 것과 같은 종류의 푸르스름한 결정이었다.

"저는 모르겠습니다. 그저 들은 대로 했을 뿐이죠."

마오마오는 세 개의 덩어리를 탁자 위에 올려놓고 고개를 가로저었다. 마오마오로서는 이 이상 말할 필요도 없었다.

"…제기랄, 사이좋게는 무슨 사이좋게! 결국 아버지의 마지막 장난에 휘둘리다 끝이잖아!"

"진짜 못 해 먹겠네!"

장남과 차남이 날뛰는 가운데 막내만이 가만히 세 개의 덩어리를 바라보고 있었다. 그리고 장롱 서랍을 교대로 훑어보았다.

장남과 차남의 손과는 다르게 막내만큼은 손에 붉은 화상 같은 흉터가 잔뜩 남아 있었다.

'기술은 어깨 너머로 보고 훔치는 법이랬던가.'

직공 기질을 갖고 있었던 어느 묘한 손님이 했던 말이 떠올랐다. 그 말을 있는 그대로 받아들인 마오마오가 아버지가 캐온 약초를 보며 흉내를 내서 달였다가 중독 증상을 일으키는 바람에, 우선 물어보고 하라고 야단을 맞았던 일도.

아마 죽은 직공의 의도를 이해할 수 있는 아들은 이 막내뿐이리라.

'땜납'은 여러 종류의 금속을 섞어, 본래 각각의 금속이 녹는 온도보다 훨씬 낮은 온도에서 녹게끔 만든 합금이다. 마오마오가 아는 것은 납과 주석을 섞어 만든 합금이었다. 왜 마오마오가 그런 것을 자세히 알고 있는가 하면, 납 또한 독이 되는 금속이기 때문이다. 납을 녹이다가 중독 증상을 일으켰던 직공을 한 번 본 적이 있었다. 그 외에도 예전에 후궁에서 유행했던 백분에 든 독, 그 또한 납의 일종이라고 아버지가 말한 적이 있다.

세 덩어리 중 두 개는 납과 주석이고, 거기에 나머지 한 덩어리를 합쳐서 새로운 금속이 만들어진다면?

심지어 어항에 의해 빛과 열이 집약되었다고는 하지만 그것이 비쳐 든 시간은 그리 길지 않았다. 그만큼 녹는 온도가 낮다는 뜻이다.

일부러 서랍의 크기를 다르게 만든 게 요점이었다.

마오마오 입장에서는 이 이상 말할 필요는 없다. 하지만 이것 만큼은 필요하다는 생각에 막내아들 앞으로 다가가 섰다.

"유곽의 녹청관이라는 가게에 뤄먼이라는 이름의 약사가 있습니다. 의술 실력은 확실하니 혹시 몸이 안 좋다면 그쪽을 방문해 주십시오."

"앗, 아, 네."

느닷없이 마오마오가 말을 거는 바람에 막내는 움찔 놀라며 대답했다.

마오마오는 천천히 고개를 숙인 뒤 정중하게 인사를 건네는 막내와 날뛰는 형 둘을 흘끗 쳐다보고는 금세 무시하고 돌아가기로 했다.

여전히 불쾌해 보이는 바센을 보고, 마오마오는 자신이 너무 나섰나 반성하면서 그 뒤에 가서 섰다.

뒷일은 이제 마오마오와는 아무 관계가 없다. 현명한 막내가 자비를 베풀 것인지, 아니면 기술을 독차지할 것인지, 그건 어찌 되든 상관없는 일이었다.

6 화 : 화장

　마오마오가 저녁 식사 준비를 하고 있는데 진시가 말을 걸었다.

　"혹시 화장에 대해 좀 아는 바가 있나?"

　갑자기 웬 뚱딴지같은 소리인지 모를 일이다.

　'무슨 뜻이지?'

　마오마오는 고개를 갸웃거렸다. 저도 모르게 오랜만에 애벌레를 관찰하는 눈으로 쳐다보게 될 뻔했다.

　집무를 마치고 자기 방으로 돌아왔나 싶더니 하는 소리가 그거다. 현재는 스이렌의 도움을 받아 옷을 갈아입고 있었다.

　하기야 유곽에서 자라다 보면 화장하는 방법은 싫어도 익힐 수밖에 없고, 약 말고 화장품을 만들 때도 있다. 그러니 잘 안다면 잘 안다고 할 수도 있겠다.

　"어떤 분께 선물을 드리려는 건가요?"

"아니, 그게 아니고 내가 필요해서."

"······."

마오마오는 바닥이 보이지 않는 구멍 속을 들여다보고 있는
듯한 눈빛을 띠었다. 그야말로 공허한 눈이었다. 벌레 사체나
진흙탕 같은 것조차 상상하지 않는다.

그 표정을 본 진시가,

"무슨 상상을 하는 거야?"

하고 어처구니없다는 표정으로 말했다. 하지만 마오마오로서
는 방금 들은 말을 가지고 상상할 수밖에 없었다.

'필요도 없을 텐데.'

마오마오는 진시가 화장을 한 모습을 떠올려 보았다. 지금 모
습조차도 천상인처럼 아름답다. 눈매에 붉은 선을 그리고 입술
에 연지를 칠한 뒤 이마에 장신구를 달면 그것만으로도 나라 하
나를 기우뚱하게 만들어 버릴 수 있을 것이다. 역사 속에는 시
시한 이유로 벌어진 싸움이 많은데 그중 몇 가지는 경국지색傾國
之色의 미녀에 의해 일어난 것도 있다.

그리고 이 남자에게는 성별의 울타리조차 뛰어넘게 만들어
버릴 수 있는 아름다움이 존재한다.

"나라를 멸망시킬 생각이신가요?"

"왜 얘기가 그렇게 되는데!"

진시는 상의 소매에 팔을 꿴 뒤 의자에 앉았다. 마오마오는

냄비에서 죽을 퍼 담았다. 소금 간을 한 전복죽은 독 시식을 위해 한입 맛을 보니 정말 맛있었다. 진시의 식사가 끝나면 스이렌이 마오마오에게도 음식을 나누어 주기 때문에, 웬만하면 식기 전에 빨리 식사를 끝내 줬으면 했다.

"너는 그 백분을 어떻게 만들었지?"

진시는 자신의 코 주위를 가리키며 물었다.

'아, 이거 말이구나.'

마오마오는 납득했다. 그렇지 않아도 쓸데없이 아름다운데 이 이상 더 반짝반짝 빛나게 만들 필요는 없을 것이다. 오히려 더 못나게 만든다면 모를까.

"점토를 말려서 가루로 만들어 기름에 녹였습니다. 색을 극단적으로 진하게 하고 싶을 때는 목탄이나 연지를 섞어 넣습니다."

"호오, 그건 금방 만들 수 있고?"

마오마오는 품에서 대합조개 껍데기를 꺼냈다. 그 속에는 잘 반죽한 점토가 들어 있었다.

"지금 있는 건 이게 전부입니다. 하룻밤 있으면 금방 만들 수 있습니다."

진시는 대합 껍데기를 받아 들고 손가락으로 내용물을 떠서 손등에 발랐다. 남자 손이라고는 생각할 수 없는, 하얀 도자기 같은 그 피부에 마오마오가 쓰기 위해 조제한 색깔은 너무 진해 보였다. 조금 더 연하게 만들 필요가 있었다.

"진시 님이 직접 사용하실 건가요?"

마오마오의 물음에 진시는 부드럽게 웃었다. 부정도 긍정도 하진 않았지만 긍정이라고 받아들여도 좋을 것 같다.

"얼굴을 바꿀 수 있는 약이 있다면 편리할 텐데 말이다."

진시가 농담처럼 말하자 마오마오는 대꾸했다.

"없는 건 아니지만 평생 원래 모습으로 돌아올 수 없습니다. 얼굴에 옻을 바르면 그것만으로도 충분합니다."

"그렇겠지."

진시는 쓴웃음을 지으며 말했다. 아무리 그래도 그건 곤란할 테고, 그런 짓을 저질렀다가는 분명 주위 사람들이 마오마오를 갈기갈기 찢어 짐승 먹이로 던져 버릴 것이다.

"하지만 그런 기술이 없진 않습니다."

"그럼 그걸 부탁해."

진시는 기다렸다는 듯 미소를 지으며 죽을 먹었다. 노릇노릇 구워진 닭고기가 맛있어 보였지만 안타깝게도 이것은 마오마오 몫으로 떨어질 만큼은 없을 것이다. 마지막 한입을 남기고, 진시는 스이렌에게 닭고기 그릇을 물리도록 했다.

"나를 지금과 완전히 다른 모습의 인간으로 만들어 줘."

'도대체 무슨 짓을 하려는 거지?'

마오마오도 그런 걸 직접 물을 만큼 목숨 아까운 줄 모르는 바보는 아니다. 게다가 안다 한들 자신에게 무슨 이득이 되지도 않을 것이다. 얌전히 시키는 대로 진시가 원하는 것을 준비해 주면 될 뿐이다.

마오마오는 "알겠습니다."라고 말하고 나서 저녁 식사를 계속하는 진시가 빨리 식사를 끝내기를 바라며 지켜보았다. 정말로 맛있어 보이는 전복죽이었다.

다음 날 마오마오는 평소 만드는 것보다 비교적 연한 백분을 준비하고, 그 외에도 필요할 것으로 여겨지는 몇 가지 물건들을 천 주머니에 넣어 두었다.

평소보다 이른 시간에 도착했는지 진시의 방에는 불이 켜져 있었다. 안에서는 목욕을 마친 방 주인이, 스이렌이 머리를 말려 주는 동안 얌전히 긴 의자에 앉아 있었다. 귀인밖에 할 수 없는 사치였다. 입고 있는 옷이 평소보다 수수하고 간소한 것이라 해도, 그 태도와 행동은 귀인 그 자체였다.

"…간밤에 안녕히 주무셨나요?"

마오마오는 진시를 뱁새눈으로 쳐다보며 인사를 건넸다.

"음. 왜 그러지? 아침부터 기분이 안 좋아 보이는데."

진시는 콧노래라도 흥얼거릴 듯 기분 좋은 목소리로 말했다.

"아뇨, 진시 님은 오늘도 정말 아름다우시다는 생각이 들어서요."

"그건 새롭게 개발한 심술부리는 방식인가?"

심술로 들리는 모양이지만 진실이니 어쩔 수 없다. 빗질이 되어 흘러내리는 머리카락은 광택을 내뿜고, 베틀로 짜서 옷감으로 만들면 고급 직물이 될 것 같은 느낌마저 들었다.

"넌 애초에 이 일을 할 생각이 없나?"

"그런 건 아니지만, 진시 님은 정말로 다른 사람이 되고 싶으신 건가요?"

"어젯밤부터 계속 그렇게 말했을 텐데."

"그렇다면 실례하겠습니다."

마오마오는 진시 곁으로 성큼성큼 다가가 진시가 입고 있는 옷의 소매를 붙잡고 얼굴에 대고 꾹 눌렀다. 머리를 빗겨 주고 있던 스이렌이 "어머나." 하더니 잽싸게 방을 나가 버렸다. 어느샌가 와 있던 가오슌도 스이렌에게 등을 떠밀려 방 밖으로 쫓겨났다. 아니, 그런 척하고는 슬그머니 방 안을 엿보고 있다.

"뭐, 뭐야, 갑자기?"

진시가 살짝 당황한 목소리로 말했다.

'전혀 이해를 못 하고 있네.'

마오마오는 일을 맡은 이상 철저하게 하지 않으면 직성이 풀리지 않는 성격이었다. 따라서 오늘은 진시를 다른 사람으로 만들기 위해 여러 가지 준비를 해 왔다.

"이렇게 고급스러운 향을 피우는 서민은 없습니다."

진시의 옷은 촌사람이나 기껏해야 하급 관리가 입는 평상복이었다. 바다 건너에서 배를 이용하여 수입해 온 최고급 향목과는 전혀 인연이 없는 복장일 터였다. 마오마오는 약초와 독초를 구분할 수 있는 만큼 코가 다른 사람들에 비해 예민하다. 방에 들어오자마자 불쾌한 기분이 들었던 건 향이 코를 자극했기 때문이다. 아마도 스이렌이 신경을 써 준 부분인 듯했지만, 솔직히 민폐였다.

"기루에서 어떤 손님이 좋은 손님인지 구분하는 법을 아십니까?"

"…글쎄. 체격이나 입고 있는 옷?"

"그것도 있지만 한 가지 더 있습니다. 냄새입니다."

달콤한 냄새를 풍기는 뚱뚱한 손님은 병이 있지만 돈도 있다, 고약한 향을 여러 가지 풍기는 사람은 대부분 여러 유녀들 사이를 오가기 때문에 성병이 있을 가능성이 높다, 젊지만 가축 같은 냄새를 풍기는 사람은 평소 목욕을 잘 하지 않고 위생 관념이 없는 사람이다.

녹청관에 처음 오는 손님들은 대부분 문전박대를 당하지만 가끔 관리하는 할멈의 눈에 들어 통과되는 경우가 있다. 할멈 나름대로의 판단 기준을 채웠다는 뜻이므로 그런 손님들은 대부분 돈 잘 쓰는 단골이 된다.

"일단 다른 옷으로 갈아입으셔야 하고요, 한 가지 더 있습니다."

마오마오는 목욕탕으로 가서 아직 따스한 기운이 남은 물을 나무통에 담아 진시가 있는 방으로 가지고 왔다.

오는 길에 스이렌과 가오슌이 불안한 표정으로 마오마오를 쳐다보았다. 마오마오는 마침 잘되었다는 생각에 가오슌에게 한 가지 부탁을 했다. 스이렌이 준비해 준 옷과는 다른 옷이 필요했다.

마오마오는 가져온 천 주머니에서 작은 가죽 주머니를 꺼냈다. 그리고 그 속에 손가락을 집어넣자 끈끈한 기름이 묻어났다. 마오마오는 그것을 나무통 속에 넣어서 녹였다.

"평민은 매일 이렇게 뜨거운 물을 받아 목욕을 할 수가 없습니다."

마오마오는 통 속에 손을 집어넣었다 빼서 진시의 머리카락을 손으로 빗겨 주었다. 매끄럽게 흘러내리던 머리카락은 손가락 빗질 몇 번만으로 금세 광택을 잃어 갔다. 꼼꼼히 빗겨 줄 생각이었지만 역시 빗으로 빗어 주는 게 아니고, 또 경험의 차도 있다 보니 진시도 스이렌이 해 줄 때보다는 불편한 기색이었다.

'잘못해서 머리카락이 걸리기라도 하면 안 되겠는걸.'

마오마오도 무심코 긴장했다. 때때로 잊곤 하지만 이분의 비위를 거스르면 자신의 머리와 몸뚱이는 서로 사이가 틀어질 수도 있다.

매끄러운 비단실 같았던 머리카락이 금세 거친 마 실로 바뀌자 마오마오는 머리카락을 하나로 묶었다. 묶는 머리끈도 끈이라기보다는 찢어진 천 조각에 가까웠다. 요컨대 그냥 묶을 수만 있다면 뭐든 상관없다는 이야기다.

통을 치우고 손을 닦은 뒤 돌아오자 가오슌이 부탁한 대로 준비를 해 놓았다. 역시 유능한 종자다.

"정말 이걸로 괜찮겠습니까?"

가오슌이 너무나 불안한 표정으로 쳐다보고 있었다. 옆에 있던 스이렌도 가오슌이 준비한 것을 보고 노골적으로 싫은 표정을 지었다. 스이렌쯤 되는 시녀로서는 도저히 믿기 힘든 광경이었으리라. 가오슌이 준비해 온 것은 다소 큼직한, 입다 버린 평민 옷이었다. 그래도 일단 빨아 오긴 했지만 곳곳에 천이 닳고 해진 부분이 있었고, 원래 주인의 체취도 희미하게 남아 있었다.

"냄새가 더 심해도 괜찮을 것 같네요."

천에 코를 대고 킁킁 냄새를 맡아 본 마오마오가 말하자 스이렌은 도저히 믿을 수 없다는 듯 양손으로 얼굴을 가렸다. 뭔가 하고 싶은 말이 있는 눈치였지만 가오슌이 손으로 제지하는 바람에 결국 아무 말도 하지 못했다. 물론 그러는 가오슌 역시 미간에 뚜렷한 주름을 짓고 있었다.

스이렌에게는 미안하지만 마오마오는 이 고참 시녀의 정신을 뒤틀어 버릴 행위를 앞으로도 더 해야만 했다.

"진시 님, 옷을 벗어 주십시오."

"…아, 응."

진시는 조금 망설이다가 대답했다.

마오마오는 신경 쓰지 않고 뭐 쓸 만한 것이 없을까 방 안을 둘러보았다. 그리고 수건을 여러 장 가져오더니, 천 주머니 속에서 이번에는 하얀 무명천을 꺼냈다.

"죄송하지만 두 분도 좀 도와주시겠습니까?"

조마조마한 표정으로 지켜보던 두 사람까지 끌어들였다. 마오마오는 가오순에게 수건을 건네주고, 그것으로 진시의 맨몸에 감도록 시켰다. 마치 천녀 같은 분이며 소중한 무언가는 이미 잃은 분이라고는 해도 상반신은 균형 잡힌 근육질의 몸이었다. 아무리 그래도 속옷만 입고 있는 건 너무 춥기 때문에 바지는 그냥 입은 채였다. 방은 따스할 거라고만 생각했기에, 미안한 짓을 했다고 생각한 마오마오는 화로에 숯을 더 집어넣었다.

가오순이 수건을 감고, 스이렌이 그것을 꼭 붙잡고, 마오마오는 그 위에 무명천을 감아서 고정시켰다. 무명천을 다 감으니 배가 불뚝 튀어나온 못난 몸이 되었다.

그 위로 큼직한 옷을 입히니 딱 맞았다. 이리하여 균형이 다소 무너진 체형이 완성되었다. 몸에 남은 향도 시간이 지나면 옷에 가려 사라질 것이다. 얼굴만 평소 진시의 모습 그대로인 것이 다소 기묘해 보였다.

"그럼 다음으로 가겠습니다."

마오마오는 어제 새로 만들어 온 백분을 꺼내, 진시의 피부색보다 약간 진한 그것을 손가락으로 꼼꼼히 펴 발랐다.

'가까이에서 만져 봐도 쓸데없이 아름답네.'

수염은커녕 모공 하나 보이지 않는 피부를 보고 마오마오는 감탄하고 말았다. 빠짐없이 다 발랐을 무렵 약간의 장난기가 샘솟았다.

기왕 화장을 하고 있는데 이 기회를 놓칠 수는 없었다. 진시가 여자 화장을 하면 얼마나 미인이 될지, 호기심이 느껴졌다.

마오마오는 화장 도구 속에서 조개껍데기 용기 하나를 꺼냈다. 그 속에는 붉은 연지가 들어 있었다. 마오마오는 그것을 새끼손가락 끝으로 찍어서 진시의 입술에 천천히 발랐다.

"……."

마오마오는 말을 잃었다. 같이 지켜보던 가오슌과 스이렌도 마찬가지였다. 셋 다 곤혹스러운 표정을 짓다가 무척 복잡한 얼굴로 서로 마주 보며 고개를 끄덕였다.

"왜들 그러지?"

진시의 질문에 대답하는 사람은 없었다. 그보다 더 커다란 문제가 머릿속을 가득 메우고 있었으니 말이다.

세 사람은 모두 똑같은 감상을 품었음이 틀림없었다. 이곳에 있는 게 이 세 사람뿐이었기에 망정이지, 만일 다른 누군가가 있었다면 그것만으로도 대참사가 일어났을 것이다. 남자든, 여자든.

세상에는 아무리 아름답고 훌륭해도 밖에 내놓아서는 안 되는 것이 있다.

무시무시했다. 고작 입술연지 하나 발랐을 뿐인데 작은 마을 한두 개는 멸망시킬 수 있을 정도의 파괴력이었다.

"이봐, 다들 왜 그러는 거야?"

"아뇨, 아무것도 아닙니다."

마오마오는 스이렌에게서 수건을 받아 들고 진시의 입술을 세게 벅벅 문질러 닦았다.

"아프잖아. 무슨 일이야?"

"아무것도 아닙니다."

"네, 아무것도 아니고말고요."

"진시 님, 아무 일도 아닙니다."

세 사람 모두 같은 말을 하는 모습을 보고 진시는 의아한 표정을 지었지만 그냥 얌전히 앉아 있었다.

마오마오는 방금 본 것은 잊고 다음 작업으로 넘어갔다.

다음은 조금 더 진한 색을 덧발랐다. 얼굴에 주근깨를 찍고, 눈 밑에도 시커먼 그림자를 드리웠다. 겸사겸사 두 눈 끝에 점도 하나씩 추가해 보았다. 버들가지 같았던 눈썹도 더욱 굵게

만들고, 좌우 크기를 서로 다르게 그려 나갔다.

　얼굴의 요철을 뭉개는 방법도 있지만, 이것은 가까이에서 보면 화장이라는 사실을 들키기 때문에 그만두기로 했다. 여자라면 몰라도 남자가 화장을 했다면 보는 사람이 수상쩍게 여길 가능성이 높다.

　대신 솜을 양 볼에 가득 넣어 윤곽을 바꾸었다. 그렇게까지 하느냐는 표정으로 가오슌과 스이렌이 쳐다보았지만 거기서 끝이 아니었다. 남은 백분을 몸 곳곳에 발라 얼룩과 기미를 만들고, 손톱 틈새에도 백분을 채워 지저분한 손을 만들었다.

　'아무리 아름다워도 손까지 여자 손은 아니구나.'

　상반신과 마찬가지로 진시의 손 역시 어엿한 남자 손이었다. 평소 그 손으로 붓이나 젓가락 말고는 아무것도 들지 않을 거라 생각했지만 손바닥에서는 딱딱하게 못이 박힌 촉감이 느껴졌다. 본 적은 없지만 검술이나 봉술 같은 것을 연마한 모양이라고 추측할 수 있었다. 본래 환관에게는 별로 필요가 없는 일이다. 하지만 왜 검술 연습을 하는지, 그런 쓸데없는 질문을 할 정도의 호기심은 느껴지지 않았기에 마오마오는 담담히 손등을 더럽혀 촌사람처럼 만드는 작업에만 열중했다.

　"다 끝난 건가?"

　이마의 땀을 닦으며 화장 도구를 정리하는 마오마오를 보고 진시가 물었다. 눈앞에는 아름다운 환관 대신 건강치 못한 얼굴을 한 평민 남자가 있었다. 이목구비는 여전히 단정하긴 했지만 튀어나온 배와 손등의 얼룩, 눈 밑의 그늘로 미루어 볼 때 식생활이 멀쩡하지 못한 사람 같아 보였다.

그래도 어느 정도 잘생긴 얼굴로 보이긴 하니, 본판이 너무 잘나도 난감한 노릇이다.

"…어머나, 정말로 도련님 맞으세요?"

"도련님이라고 부르지 말라니까."

처음부터 끝까지 다 지켜본 스이렌 역시 놀라움을 감추지 못했다. 이 상태라면 왕궁의 그 누가 봐도 이 사람이 진시라는 사실을 알아차리지 못할 것이다. 생김새만 봐서는.

마오마오는 천 주머니에 남아 있던 대나무 통을 꺼내 마개를 뽑고, 내용물을 잔에 따라 진시에게 건넸다. 진시는 내용물을 보더니 얼굴을 찌푸렸다. 특유의 톡 쏘는 냄새가 느껴진 모양이었다. 여러 종류의 자극물을 섞은 그 액체는 솔직히 맛있다고는 하기 힘들었다.

"이건 또 뭐지?"

"마무리입니다. 입술을 적시면서 천천히 조금씩 마셔 주십시오. 입술과 목구멍이 부어 목소리가 바뀌게 될 테니까요. 입 안에 채운 솜은 잠깐 빼고 마시는 게 좋겠습니다."

생김새와 냄새가 바뀌어도 꿀처럼 달콤한 목소리가 바뀌지 않으면 눈치채는 사람이 있을지도 모른다. 기왕 하기로 했다면 철저하게 해야만 직성이 풀리는 마오마오였다.

"무척 괴로우시겠지만 독은 아니니 안심하고 드십시오."

"""……."""

넋이 나간 세 사람 앞에서 마오마오는 재빨리 뒷정리를 시작했다.

오늘은 이 일이 끝난 후 잠시 말미를 얻어, 내일까지 쉬기로 했다. 마오마오는 오랜만에 유곽으로 돌아가 그토록 좋아하던 약 조제를 해야겠다고 생각했다.

드물게도 설레는 표정을 짓고 있는 마오마오에게 느닷없이 찬물 끼얹는 소리가 들려왔다.

"샤오마오, 오늘은 고향 집에 간다고 했지요?"

"네, 이제 곧 나갈 생각인데요."

마침 잘되었다는 듯 가오슌이 히죽 웃었다. 과묵한 종자로서는 드문 표정이었다.

"그렇다면 도중까지는 진시 님과 가는 길이 같습니다."

'헉!'

그나마 소리를 지르지 않았으니 다행이지만 표정에는 아마도 노골적으로 다 드러나 있을 터였다.

가오슌은 진시 쪽을 흘끔 쳐다보았다. 진시 역시 생각지도 못한 말이었던 모양인지, 입을 딱 벌리고 얼간이 같은 표정을 짓고 있었다.

"이렇게 열심히 변장했는데 평소와 똑같은 종자를 데리고 다니면 이상하게 보일 것입니다."

"어머, 그도 그러네."

마치 짠 듯 스이렌이 과장스럽게 고개를 끄덕였다.

"진시 님도 그렇게 생각하지 않으십니까?"

드물게도 가오슌이 신이 난 표정을 짓고 있었다. 도대체 무슨 일일까. 진시 보살피는 일을 마오마오에게 떠넘길 수 있게 된 게 그렇게 좋은 걸까.

"그렇군. 그렇게 해 주면 고맙지."

어쨌든 진시도 들뜬 눈치였다.

이래서는 안 된다고 마오마오는 생각했다.

"죄송하지만 제가 진시 님 곁에 붙어 있어도 크게 다를 바는 없을 것 같습니다."

수수한 차림새를 한 진시 옆에는 마오마오만큼 수수한 종자가 있는 편이 자연스럽겠지만, 마오마오 또한 제 나름대로 진시 직속 하녀로 잘 알려져 있는 몸이다. 마오마오는 만에 하나의 일을 생각하면 함께 있지 않는 편이 낫다고 힘주어 주장했다.

하지만 스이렌이라는 시녀는 그런 말 정도는 웃으면서 흘려보낼 줄 아는 존재였다.

스이렌은 어디선가 옻칠한 상자를 가지고 오더니 속에서 솔과 비녀 같은 것을 꺼내기 시작했다.

"그럼 샤오마오도 변장을 하면 될 일이지 않겠니?"

우아한 미소를 짓고 있는 스이렌은 가느다란 눈 안쪽 깊은 곳에서 강렬한 빛을 내뿜고 있었기에, 마오마오는 그 이상 아무 말도 할 수가 없었다.

분위기가 이렇게 되면 결국 불길한 예감을 떠올릴 수밖에 없다.

진시의 방에서 궁정을 나갈 때까지는 마차로 이동했다. 아무리 그럴듯하게 변장했어도 외정 안을 평민 복장의 남자가 어슬렁거리고 있으면 의심을 살 수밖에 없다. 하인이나 하녀조차 이곳에서는 지급되는 옷만 입고 지낸다.

그럼 처음부터 그런 옷을 입고 나가면 되지 않겠느냐고 생각하기도 했지만, 배에 뭔가를 꾸역꾸역 집어넣어야 하는 이상 갈아입을 옷에도 제한이 있으니 어쩔 수가 없었다.

마오마오는 귀찮다고 생각하면서도 결국 완벽을 추구하고 마는 성격상, 진시가 자신의 아름다움에 대해 전혀 의식하지 못하고 행동하는 것이 자꾸만 마음에 걸렸다.

인기척 없는 곳에 도착하자 마차에서 내린 마오마오는 일단 진시에게 주의부터 주었다.

"진시 님, 자세가 너무 아름답습니다."

하늘에서 내려온 실로 팽팽하게 묶여 있기라도 한 듯 반듯한 자세의 남자에게 쓴소리가 날아들었다.

"…너야말로 그 말투를 좀 고쳐야 할 것 같은데. 게다가 이름을 불러 버리면 아무 의미도 없잖아."

얼핏 보기에는 그냥 흔한 남자 같다.

마오마오도 그 말이 맞다고 생각했다. 하지만 그렇다면 뭐라고 불러야 좋을까. 마오마오는 눈을 가늘게 뜨고 진시를 빤히 쳐다보았다. 그럴 생각은 없었으나, 결과적으로 등롱에 와글와글 모여드는 모기떼라도 보는 듯한 눈빛이 되어 버리고 말았다.

진시의 표정이 또 일그러졌다.

"뭐라고 불러야 좋을까요?"

"글쎄."

진시는 턱에 손을 대고 잠시 고민하다가 말했다.

"진카壬華라고 불러다오."

'진카….'

그렇게 기상천외한 가명은 아니었기에 마오마오도 부르기 편하긴 했지만, 일부러 '화려할 화華' 자를 넣은 것이 묘하게 마음에 걸렸다. '진시壬氏'라는 이름도 그렇지만, 아무리 생각해도 남자 이름에 넣을 글자는 아니다.

역시 여장을 시키는 편이 낫지 않았을까 생각하던 마오마오는 방금 전 연지를 발랐던 진시의 얼굴을 떠올리고는 생각을 고쳐먹었다. 역시 세상의 평화를 위해 그것만은 피하는 게 좋겠다. 마오마오는 고개를 가로저었다.

"그럼, 진카 님…."

그렇게 부르려던 마오마오는 진시가 자신을 노려보고 있다는 사실을 알아차렸다. 그러고 보니 방금 전 말투에 대해서 막 지적당한 참이었다.

"…알았어, 그럼 진카라고 부를게."

존댓말도 별로 잘 구사하는 편은 아니지만 반말은 더 어렵다고 마오마오는 생각했다. 그런데도 진시는 어째서인지 눈을 반짝반짝 빛내고 있었다. 일부러 건강 상태가 나빠 보이도록 화장을 시켜 놨는데 갑자기 생기가 넘쳐서야 아무 의미가 없다.

"그렇게 해 주세요, 아가씨."

진시가 농담처럼 한 말에 마오마오는 "뭐?" 하고 놀라서 입을 딱 벌리고 말았다. 진시는 재미있다는 표정으로 웃었다.

"차림새로 볼 때 그게 더 타당하다고 생각하는데요."

진시는 마오마오를 위아래로 훑어보았다.

지금 마오마오의 차림새는 스이렌이 꾸며 준 모습이었다. 자기 딸이 이제 더는 입지 않는다는 옷을 가져다 입혀 주었는데, 장뇌 냄새가 조금 나긴 하지만 옷감도 괜찮고 만듦새도 튼튼하며 모양도 품위 있어서 별로 촌스러운 느낌은 나지 않았다.

머리도 정성스럽게 묶어 올리고, 비녀까지 꽂혀 있었다. 하기야 차림새만으로 따지자면 좋은 집 아가씨로 보이는 것도 이상한 일이 아니다.

마오마오는 입을 삐죽 내민 채 성큼성큼 걸어갔다.

"빨리 가자."

"네."

평소와 입장이 역전되는 바람에 대단히 불편한 마오마오와는 반대로 진시는 무척 즐거워 보였다.

진시가 향하는 곳은 유곽 코앞에 있는 어느 밥집이었다. 그곳에서 아는 사람과 만날 예정이라고 했지만 마오마오는 깊이 캐묻지 않았다. 그것이 현명한 처세술이라고 마오마오는 생각했다.

하지만 진시와 가오슌이 그것을 자기들 좋을 대로 이용하는 것 같다는 기분도 들었다.

'조금 더 분위기 파악 못 하는 척해야겠다.'

마오마오는 그런 생각을 하며 거리를 걸어갔다.

거리에는 시장이 서 있었고, 상인들이 바쁘게 장사판을 벌이는 중이었다. 계절 때문인지 아직 이파리 채소 종류는 적고 대신 굵은 무가 잔뜩 진열돼 있었다.

용돈도 받아 왔으니 닭을 잡아 달라고 해서 무와 함께 쪄 먹을까 생각하고 있는데 누군가가 목깃을 움켜잡았다.

"왜?"

진시가 위에서 마오마오를 내려다보고 있었다. 히죽히죽 웃는 모습이 매우 불쾌했다.

"장을 보시려는 건가요?"

"마침 좋은 게 있어서."

"그 차림새로?"

진시가 무슨 말을 하려는지 마오마오는 뒤늦게 깨달았다. 시종을 데리고 다니는 아가씨가 한 손에 무를 들고 닭을 잡아 달라고 지시를 내리는 건 모양새가 아무래도 좀 이상하다고 말하고 싶은 모양이었다.

마오마오는 아쉬운 듯 무를 내려다보았다.

'아버지 먹이려고 했는데.'

의사로서도 약사로서도 실력이 대단한 아버지였지만, 뭐가 문제인지 그 머릿속에는 이해득실利害得失이라는 요소가 통째로 빠져 있었다.

그런 연유로 원래 굶을 일 없는 약사라는 직업을 갖고 있으면서도 아버지는 금방이라도 쓰러질 듯 누추한 오두막에서 살고 있다.

아무리 그래도 돈을 너무 안 받으면 굶어 죽을 테니 녹청관 할멈이 간신히 굶주림을 면할 만큼의 밥을 나눠 주긴 하겠지만.

마오마오는 뚱한 표정으로 걸어갔다.

진시는 마오마오의 하인인 척하고 있었지만 보폭이 워낙 넓은 탓에 정신을 차리고 보니 마오마오 앞에서 걷고 있었다. 그러면 마오마오가 다소 종종걸음을 쳐서라도 따라가야 한다.

'흠, 아직 멀었군.'

진시의 눈은 아직도 반짝반짝 빛나고 있었다. 주위를 노골적으로 두리번거리진 않았지만, 눈동자만은 즐거운 듯 이리저리 움직이고 있었다.

도련님이라 그런지, 시끌벅적한 시장 풍경이 신기한 모양이었다.

마오마오는 진시를 추월하여 그 모습을 빤히 바라보았다.

진시도 자신이 너무 들떴다는 사실을 깨달았는지 잠시 멍한 표정을 짓다가, 아무 일 없었다는 듯 다시 걷기 시작했다. 이번에는 마오마오의 뒤를 따라왔다.

"……."

'집에 가면 우선 밭부터 확인해야겠다.'

마오마오는 어떤 약초를 심어 놓았는지 손가락으로 하나하나 꼽아 가며 떠올렸다.

"……."

'쑥은 아직 남아 있으려나. 머윗대가 나와 있으면 참 좋을 텐데.'

머위는 저민 고기를 넣은 된장으로 볶아 먹을까, 생각하고 있는데 진시의 얼굴이 갑자기 마오마오의 시야를 가로막았다.

"왜 그러시죠?"

마오마오는 저도 모르게 원래 말투로 물으며 진시를 노려보았다. 진시는 또 진시대로 할 말이 있는 모양이었다.

"왜 입을 다물고 있지?"

진시도 원래 말투로 돌아와 있었다.

왜 입을 다물고 있었느냐니. 이유는 뻔하지 않은가.

"딱히 할 말이 없어서?"

솔직한 심정이었지만 아무래도 선택을 잘못한 모양이었다. 진시는 입술을 꽉 깨물고 무어라 형언하기 힘든 표정을 지었다. 어린애도 아니니 울음을 터뜨리진 않겠지만 그래도 퍽이나 한심한 얼굴이었다.

'태도를 바꾸라고 한 건 자기면서.'

마오마오는 원래 나서서 말을 거는 성격이 아니다. 그러니 딱히 할 말이 없을 때는 굳이 화제를 만들어서 이야기를 할 리도 없으니, 그냥 자연스럽게 입을 다물고 있었을 뿐이다.

그런데도 이 남자가 도대체 왜 충격을 받았는지 마오마오는 의아할 따름이었다.

마오마오가 어떻게 할까 싶어 뒷목을 벅벅 긁고 있는데 시야에 문득 꼬치구이 노점이 들어왔다. 마오마오는 종종걸음으로 달려가 가게 아저씨에게서 꼬치구이 두 개를 샀다. 불에 구운 닭고기는 껍질 부분이 바삭해서, 눈으로 보기만 해도 맛있어 보였다.

"드시죠."

진시에게 하나를 내밀자 진시는 마치 신기한 것이라도 보는 듯한 표정으로 천천히 손을 뻗어 꼬치를 받아 들었다.

"식기 전에 드셔야 합니다."

마오마오는 거리에서 이어진 약간 좁은 골목으로 들어갔다. 그리고 차곡차곡 쌓여 있는 나무 상자 표면을 털어 먼지를 훑어 낸 뒤 그 위에 앉았다.

구운 고기를 깨물자 닭기름이 입 안에 가득 배어나고, 향긋한 닭껍질이 바삭 소리를 냈다.

'맛있다….'

마오마오는 옷에 기름을 떨어뜨리지 않으려 몸을 앞으로 기울이고 꼬치를 열심히 먹었다. 진시는 그 모습을 지켜보기만 했다.

"왜 안 드시나요? 보시다시피 독은 없습니다."

"아니, 그게 아니고."

진시는 자신의 뺨을 쿡 찔렀다.

"아…."

그러고 보니 진시의 입 안에는 얼굴 윤곽을 뭉개기 위해 솜을 가득 채워 넣었었다. 마오마오는 품에서 회지懷紙*를 꺼내 진시에게 건넸다. 진시는 그것을 받아 들고 솜을 퉤 뱉은 다음 근처에 있던 쓰레기통에 버렸다.

회지는 원래 귀중품이지만, 옷을 챙겨 주는 김에 스이렌이 신경 써서 같이 넣어 주었던 물건이었다.

'새 솜을 가지고 오진 않았는데.'

완벽을 추구하고 싶은 마오마오로서는 조금 불만이었으나 설마 그 점까지 알아차릴 인간은 없을 거라는 생각에 어깨만 축 늘어뜨렸다.

진시는 꼬치구이를 신기한 듯 바라보다가 입에 댔다. 꽤 뜨거웠던 모양인지, 어쩔 줄 몰라 하며 고기를 씹다가 꿀꺽 삼켰다.

"왜 그러시죠?"

"야영할 때 먹는 고기보다는 맛있군. 그래도 간이 되어 있어."

진시는 입에 묻은 기름을 손가락으로 닦아 내며 말했다. 마오마오는 품에서 수건을 꺼냈다.

'야영?'

환관은 보통 무관 같은 일을 하지는 않는다고 알고 있는데, 어떻게 된 일일까. 전쟁이 일어났다면 모를까, 환관이 야영을 할 일이 있을까?

마오마오는 의아하게 생각하면서 진시의 얼굴을 바라보았다.

※회지 : 다도에서 찻잔을 받치거나 다과를 담아내는 종이. 품속에 넣어 다니면서 손수건처럼 사용하기도 함.

입 주위 화장이 조금 지워지긴 했지만 신경 쓸 정도는 아니었기에 그냥 시선을 돌렸다.

'자, 그럼 어서 볼일을 끝내자.'

마오마오는 꼬치구이를 다 먹어 치운 뒤 나무 상자에서 일어났다. 진시와 헤어지면 다시 한번 시장으로 돌아가서 무와 닭을 사야겠다고 생각했다.

그런데 진시는 계속 태평하고 우아하게만 행동하고 있으니 마오마오로서는 조금 짜증이 날 수밖에 없었다.

"약속 시간은 괜찮으신가요, 진카 님?"

일부러 가명을 들먹이며 물어보았다.

"아직 시간이 조금 남긴 했는데."

"빨리 가시는 편이 좋지 않을까요? 상대를 기다리게 하면 안 됩니다."

그러는 마오마오를 보고 진시가 불쾌한 표정을 지었다.

"왠지 자꾸 나하고 빨리 헤어지고 싶은 것 같은 말투인걸."

"…그런가요?"

시치미를 뚝 떼긴 했지만 정곡을 찌르는 말이었다. 진시는 부루퉁한 얼굴이었지만 그 이상 불평하지는 않고, 대신 다른 화제를 꺼냈다.

"궁정 생활도 그리 나쁘진 않을 텐데. 유곽 생활보단 훨씬 낫지 않아?"

뭐 나쁘진 않다. 게다가 현재 마오마오는 자기 스스로의 의지로 궁에서 일하고 있다. 주어진 방도 좁긴 하지만 깔끔하고, 심지어 자꾸 다른 방을 준비해 주겠다며 의사를 타진하고 있다. 무척이나 풍요로운 생활이라고 마오마오는 생각한다.

하지만 유곽으로 돌아가고 싶은 이유는 다른 곳에 있었다.

"양아버지가 잘 살고 계실지 걱정이 됩니다."

마오마오가 말하자 진시가 놀란 표정을 지었다.

"왜 그러시죠?"

"아니, 네가 약과 독 외의 다른 곳에 신경을 쓸 줄은 몰라서."

"……."

뭐 이렇게 무례한 놈이 다 있을까. 마오마오는 실눈을 뜨고 노려보았다.

"양아버지는 제 약학 스승님이라, 앞으로도 더 오래 살아 주셔야 한다고요."

마오마오는 진시에게 휙 등을 돌리고 걸어 나섰다. 역시 빨리 용무를 끝내 버려야겠다는 생각이 들었다.

진시는 약간 다급한 표정으로 마오마오를 따라와 옆에서 걸었다.

"그렇게 말하는 걸 보니 네 양부는 상당히 유능한 약사인 모양이군."

"…네."

마오마오는 조금 망설이다 대답했다. 아버지 이야기를 끌고 오는 건 치사하다고 생각하면서.

"젊었을 때 서방의 국가에서 유학을 한 적이 있다고 들었습니다."

아버지는 한방뿐만 아니라 서방의 의술도 잘 알고 있다. 때때로 이국의 언어로 무어라 기록을 하거나, 문득문득 익숙지 않은 말을 쓸 때도 있는 걸 보면 유학 기간이 꽤 길었던 모양이다.

"유학이라고? 그럼 엄청나게 우수한 인재였나 본데. 국가에 선발되어야 갈 수 있는 거잖아?"

진시가 놀라는 모습을 보니 역시 아버지는 훌륭한 사람이었던가 보다, 하고 마오마오는 생각했다.

"네, 대단한 사람이에요. 하늘은 공평해서 한 사람에게 너무 많은 재능을 주지는 않는다고 하지만, 많은 재능을 타고난 사람도 있는 법이죠."

마오마오는 조금 흥분해서 이야기를 늘어놓았다. 평소보다 혀가 매끄러운 느낌이었다.

"…정말 대단한 분이시군."

그에 반해 진시의 표정은 썩 밝지 못했다. 어쩌면 말이 너무 많았던 게 아닐까. 그중에 불쾌한 말이 섞여 있었던 건가.

'아까는 말을 하라고 해 놓고선.'

정말 제멋대로다.

진시는 토라진 듯 마오마오에게서 시선을 돌려 거리에 늘어선 가게를 바라보았다. 음식을 진열해 놓은 가게가 많은 구역에서 색색의 옷감과 장식품을 파는 구역으로 넘어온 듯했다. 남자들은 밤 나비의 비위를 맞추기 위해 이런 가게에서 선물을 고르곤 한다.

"그런 분이 왜 유곽에서 약사 노릇을 하고 있는 거지?"

약간의 가시가 돋친 말투였다.

"운만 없는 사람이었으니까요. 아무리 하늘이 많은 것을 주었어도, 원래 있던 **중요한 것**을 빼앗겨 버렸으니 어쩔 수 없죠."

뤄먼의 결점을 하나 들어야 한다면 이것밖에 없다. 불운, 그 한 가지였다.

서방에 유학을 다녀왔다는 이유로 선제의 모후, 즉 선대 황태후의 손에 의해 환관이 되어 버렸다고 한다.

"……."

진시는 말없이 마오마오를 바라보았다.

혹시 유곽식의 농담이 안 통한 건가 생각하고 있는데,

"그건 네 양부가 환관이라는 말이냐?"

진시가 갑자기 물었다.

"그렇습니다."

말 안 했던가, 하고 마오마오는 뒷목을 긁적거렸다. 진시는 "환관, 약사, 의관…." 하고 혼자 중얼거렸다.

그러는 사이 두 사람은 목적지에 도착했다.

마오마오는 가오슌에게서 받은 종이쪽지를 보았다.

"저곳 아닌가요?"

그러고는 유곽 바로 앞에 있는 밥집을 가리켰다. 위는 여관이고 아래는 식당인, 별로 특별할 것 없는 구조의 가게인데….

"저곳인 것 같군. 아직 시간이 좀 있긴 한데."

진시는 잠시 주위를 둘러보다 말했다.

'아, 그렇구나.'

마오마오는 서늘한 눈으로 납득했다.

일부러 변장까지 하고 거리를 둘러보는 이유를 이제야 알 수 있었다. 그랬구나, 그랬던 거였구나. 마오마오는 후우, 하고 한숨을 내쉬었다.

"밖에 너무 오래 있으면 화장이 다 날아갈 수도 있습니다. 기다리시는 분이 이미 안에 계실지도 모르니 어서 들어가시지요."

마오마오의 말에 진시는 겨우 고개를 끄덕여 주었다.

"그럼 저는 여기서 실례하겠습니다."

"여기서?"

"네. 열심히 변장하고 오셨는데 제가 같이 들어가면 안 되니까요."

마오마오는 정중히 고개를 숙인 뒤 시장 쪽으로 돌아갔다.

뒤를 돌아보니 진시는 밥집으로 들어가고 있었다.

'환관이라도 이런 곳에서 잠시 숨을 돌리는 일도 필요하겠지.'

마오마오는 팔짱을 끼고 고개를 끄덕였다.

그리고 이렇게 생각했다.

여기까지 왔으면 차라리 유곽 안으로 들어오는 게 낫지 않겠느냐고 말이다.

마오마오는 저 밥집이 어떤 가게인지 알고 있었다. 여관에서 시중을 들어 주는 여자가 몸도 파는 가게였다.

'오늘 밤은 부디 즐거운 시간을 보내시길.'

마오마오는 서늘한 눈으로 진시를 배웅했다.

약사의 혼잣말

8 화 ○ 매독

　참새가 우는 소리에 잠에서 깬 마오마오는 보잘것없는 침상에서 몸을 일으켰다. 약 달이는 특유의 냄새가 코를 찔렀다.

　"잘 잤니?"

　차분한 노파 같은 목소리가 들렸다. 아버지의 목소리였다.

　'돌아왔구나.'

　외정에 출사했다가 돌아온 것은 이번이 처음이다. 원래 고관의 개인 하녀에게 휴가다운 휴가는 없다. 주인이 일을 쉬어도 일상생활까지 쉬는 건 아니니 당연한 일이다. 하녀가 자신 말고 또 있으면 그나마 낫지만 진시는 특수한 입장이기 때문에 그럴 수도 없다.

　'혼자 그 많은 일을 다 하다니.'

　새삼 스이렌이라는 초로의 시녀에게 고개가 수그려졌다. 이렇게 이번에 휴가를 얻은 것도 스이렌이 허락해 주었기 때문이다. 대신 평소에 죽도록 부려 먹히고 있긴 하지만.

마오마오는 침상에서 일어나 허술한 의자에 앉았다. 아버지가 데운 죽을 가지고 와, 부녀는 깨진 밥그릇에 담긴 죽을 아침 식사로 먹었다. 소금기는 적지만 아버지가 다양한 향초를 섞어 주었기 때문에 강한 풍미가 느껴졌다. 마오마오는 초를 조금 넣어 맛을 조절했다.

"세수 좀 하고 오렴."

"다 먹고 할게."

마오마오가 수저로 죽을 휘젓고 있는데 아버지가 약 준비를 시작했다.

"오늘은 뭘 할 거니?"

아버지의 질문에 마오마오는 고개를 갸웃하다 "글쎄." 하고 대꾸했다.

"딱히 볼일이 없다면 녹청관에 다녀오지 않겠니?"

"…알았어."

마오마오는 그렇게 말하며 죽에 초 한 숟갈을 더 넣었다.

아버지가 운영하는 약방은 녹청관 안에 있다. 하지만 아버지가 말하는 '녹청관에 다녀오라'는 말은 그것과 다른 의미였다.

마오마오는 익숙한 태도로 기루 앞의 남자 하인에게 인사를 한 뒤 안으로 들어갔다. 화려하고 천장이 높은 현관을 빠져나간 마오마오는 별채로 이어지는 외부 복도를 걸어갔다.

중앙 정원은 마치 고위 관료의 저택 안 정원처럼 지어져 있었고, 밤에는 곳곳에 등롱이 켜진다. 때때로 낮에 창관을 찾아오는 손님이 있기 때문에 이곳에서 차를 마실 수 있도록 잘 정돈되어 있었다.

그곳을 지나치면 다소 쓸쓸한 별채가 나타난다. 보통 손님이 들어오지 않는 곳이다.

안에 들어가자 환자 특유의 냄새가 풍겼다.

"안녕."

여자 한 명이 풀어 헤친 긴 머리를 아무렇게나 흐트러뜨린 채 잠들어 있었다. 추한 해골 같은 여자였다.

"약 가져왔어."

"……."

여자는 아무 말이 없었다. 이미 오래전 말하는 법을 잊어버린 게 아닌가 하는 생각마저 들었다. 옛날에는 마오마오를 끔찍하게 싫어하며 내치곤 했지만 요 몇 년 들어서는 그럴 기운도 없는 듯했다.

마오마오는 무기력하게 누워 있는 기녀에게 가져온 가루약을 먹였다. 아버지가 수은과 비소 대신 사용하는 약이다. 그것들보다 독성이 적고 잘 듣는 약이지만 지금은 그냥 형식적인 위안에 불과하다.

그래도 그 약을 먹이는 것 말고는 치료법이 없었다.

나이가 사십 가까이 되고 코가 없는 이 여자는 옛날에 나비이고 꽃이라며 칭송을 받던 존재였다.

지금의 녹청관은 손님을 골라 받을 정도로 격식이 있는 가게이긴 하지만 한때는 그렇게 잘난 척할 수도 없었던 시기가 있었다.

마오마오가 태어났을 무렵부터 몇 년 동안 녹청관은 지저분한 간판을 내걸고 있었다.

이 기녀는 그 시기에 손님을 받아, 불행하게도 매독이 옮고 말았다.

초기 단계에 이 약을 먹였다면 나았겠지만 지금 기녀의 몸은 도저히 눈 뜨고 보기 힘들 지경이었다. 병은 외견뿐만 아니라 몸속 깊은 곳까지 갉아먹어, 이젠 기억조차 너덜너덜 찢겨져 있었다.

시기가 나빴다.

뤄먼이 기루를 찾아왔을 무렵, 이 기녀의 병은 마침 잠복 기간에 들어간 상태였다.

그때 고분고분 병의 증상에 대해 말했더라면 이렇게까지 심각해지진 않았을 것이다.

하지만 느닷없이 나타난 전직 환관의 말을 모든 사람이 믿어 줄 리는 없었다.

손님을 받지 않으면 먹고살 수 없다. 그것이 기루의 규칙이었다.

몇 년 후, 또다시 몸에 발진이 돋기 시작하자 그때는 눈 깜짝할 사이 종양이 퍼졌다.

이리하여 여자는 방에 갇히고, 손님들의 눈이 닿지 않는 곳에 놓이게 되었다.

냄새 나는 것에는 그냥 뚜껑을 닫아 감춰 버리는 안이한 행위이긴 했지만 그래도 상당히 관용적인 처사라 할 수 있었다.

원래 쓸모가 없어진 기녀는 기루에서 쫓겨나게 된다. 백분과 눈썹 그리는 먹으로 지저분하게 더럽혀진 진흙탕에 내던져지지 않은 만큼 그나마 다행이라 할 수 있었다.

마오마오는 대야에 담긴 물에 수건을 적셔, 누워 있는 기녀의 몸을 닦아 주었다.

평소 방문을 닫아 두고 있기 때문에 악취가 가득 차 있었다.

'향도 조금 피워야겠다.'

어느 귀인에게서 얻어 온 향이 있었다. 고상한 향으로, 본인도 좋아하는 향이라고 말했었지만, 약 조제에는 거치적거리기만 할 뿐이기 때문에 평소에 마오마오는 피우지 않는다. 약 중에는 냄새가 섞이면 안 되는 종류가 매우 많다.

그 귀인이 왔을 때만 아주 조금 피우는 그것을 살짝 실례해서 가지고 왔다.

희미하게 달콤한 향기가 나는 향을 피우자 기녀의 퀭한 얼굴에도 약간의 웃음기가 돌았다.

기녀가 까칠해진 목소리로 부르는 동요가 들려왔다.

어린아이로 돌아간 기녀의 마음속에는 그리운 옛 풍경이 펼쳐지고 있을까.

마오마오는 기녀가 실수로 향로를 쓰러뜨리지 않도록 방 한구석으로 옮겨 놓았다. 그때 갑자기 밖에서 다급한 발소리가 들려왔다.

"뭐야, 갑자기?"

느닷없이 들이닥친 것은 어린 여동이었다. 메이메이 밑에서 일하는 아이인 듯 보였다.

"저기, 언니가 그러는데. 만약 여기 와 있다면 돌아가지 않는 게 좋을 거래. 이상한 안경 낀 사람이 있으니까."

"그렇구나."

여동 아이는 환자가 있는 이 방에는 들어오기 싫은지 입구에서 대기하고 있었다. 코가 없는 여자가 무서운 모양이었다.

안경 낀 분이 누구인지 마오마오는 잘 알고 있었다. 녹청관의 손님이자 오래된 단골이지만 마오마오는 얼굴을 마주치고 싶지 않았다.

이곳에 있으면 그 손님이 올 일은 없다. 할멈은 절대 숨기고 있는 것을 손님에게 보이지 않는다.

"알았어. 그만 가 봐."

마오마오는 그렇게 말하고 나서 후, 하고 한숨을 내쉬었다.

코가 없는 여자는 동요 부르기를 그만두고 색칠한 조약돌을 가지고 오하지키*를 시작했다. 마치 없어진 기억의 편린을 정리하는 듯, 여자는 조약돌을 하나하나 늘어놓고 있었다.

'바보 같은 여자야….'

마오마오는 자리에서 일어나 방 한구석에 무릎을 끌어안고 웅크려 앉았다.

잠시 후 메이메이가 손님이 돌아갔다는 소식을 알리러 왔다. 메이메이는 방금 전 여동과는 다르게 익숙한 태도로 방 안에 들어왔다.

"고생 많았어."

마오마오는 동그란 방석을 꺼내 주었다. 메이메이는 거기에 앉아 생긋 웃으며 환자를 바라보았다. 환자는 아무 반응도 하지 않고, 어느샌가 잠이 들어 있었다.

"마오마오, **또** 그 얘기가 들어왔어."

'그 얘기'가 무엇인지는 잘 알고 있다. 마오마오는 생각만 해도 소름이 끼쳤다.

※오하지키(おはじき) : 납작한 유리 구슬 또는 작은 돌 따위를 손가락으로 튕기며 노는 여자아이들의 놀이. 우리나라의 구슬치기와 비슷함.

"정말 지겹지도 않나 봐, 그 아저씨. 언니도 용케 그 아저씨를 상대해 주네."

"그렇게 생각하지만 않으면 좋은 손님이야. 할멈도 돈만 잘 쓰면 뭐라고 안 하잖아."

"그래, 나한테 기녀가 되라고 자꾸 말하는 것도 그런 이유 때문이겠지."

요 몇 년 동안 할멈이 계속 마오마오를 기녀로 만들고 싶어 하는 이유는 바로 방금 전에 온 그 손님 때문이었다. 만약 마오마오가 진시에게 고용되지 않았다면 지금쯤 그 손님에게 팔려 갔을지도 모른다.

"생각하기도 싫어."

마오마오가 일그러진 얼굴로 말하자 메이메이가 한숨을 푹 내쉬었다.

"남들이 보면 이 이상 좋을 수 없는 인연이야."

"뭐어?"

"자꾸 그런 표정 짓지 마."

기녀에게 '좋은 인연'이란 보통 사람들과 조금 다른 개념을 갖고 있다.

"자기가 상대를 원하고, 또 상대도 자신을 원해서 기루를 나가는 기녀가 얼마나 적은지 아니?"

"할멈이라면 은 무게만 보고 그딴 건 발로 걷어차 버릴 텐데."

"할멈은 이제 극락 갈 뱃삯을 벌기 위해 돈을 모아야 하니까 어쩔 수 없지."

메이메이는 깔깔 웃으며 환자의 머리카락을 손가락으로 잡아 귀에 걸어 주었다.

"조만간 우리 셋 중 누군가를 팔아 치울 모양이야. 이제 나이가 되었으니까."

메이메이는 아직 서른이 되지 않았지만 기녀로서는 이제 은퇴할 연령이다. 할멈은 그 용모에 그림자가 드리워지기 전에 팔아 치우고 싶을 것이다.

마오마오는 말없이 메이메이의 옆얼굴을 바라보았다. 아직도 마냥 아름답기만 한 그 얼굴에는 무척이나 복잡한 표정이 떠올라 있는 것 같았지만, 깊이 생각하고 싶진 않았다. 마오마오는 아직도 그 감정을 모른다. 사랑이라는 감정이 있다면, 분명 자신을 낳은 여자의 태내에 놓아두고 나왔을 것이다.

"독립하면 안 돼?"

"하하, 할멈에게 찍히고 싶진 않아."

돈은 충분히 있을 터였다. 기루를 나가지 못하는 건 아마 결심이 서지 않았기 때문일 것이다.

"조금만 더, 이 일을 계속하고 싶어."

메이메이는 그렇게 말하며 웃었다.

○ ● ○

 진시는 퀭한 얼굴로 서류에 도장을 찍고 있었다. 어제 일 때문에 조금 지친 모양이었다.

 설마 약속 장소인 가게가 유곽의 연장 같은 접대를 하는 곳일 줄은 상상도 못 했던 진시는 한숨을 내쉬었다. 그런 걸 사러 갔을 리가 없는데 말이다.

 변장까지 하고 거리로 나간 데에는 드러내기 힘든 이유가 있었다. 그런데 마오마오를 이용하고, 심지어 중간까지 동행시키게 되리라고는 진시도 생각지 못했다.

 그것을 제안한 사람은 바로 진시 옆에서 묵묵히 서류를 정리하고 있는 종자다.

 가오슌은 오랜 세월 자신을 보필해 왔지만, 그 때문인지 혼자 무슨 계획을 꾸미는 경우가 많았다. 진시를 위한 일이라고 생각하면서 그런 일을 하는 모양이었지만 한편으로는 마음에 걸리는 게 너무 많았다.

 "가오슌, 혹시 무슨 꿍꿍이라도 갖고 있는 것 아니야?"

 진시가 묻자 가오슌은 절대 그런 일 없다는 듯 고개를 가로저었다.

 "그보다 거리 산책은 어떠셨습니까?"

 "아, 그건….."

뭐라 감상을 늘어놓아야 좋을지 알 수가 없어, 진시는 그냥 차만 마시며 말을 얼버무렸다. 역시 가오순이 쓸데없이 신경을 쓴 모양이었다.

진시는 화제를 바꾸기 위해 다른 이야깃거리가 뭐 없을까 생각했다.

"그러고 보니 그 소녀의 양부라는 자는 원래 환관이고 의관이었다더군."

"샤오마오 말씀이십니까? 전직 의관의 가르침을 받았다면 그토록 지식이 해박한 것은 이해가 되지만, 환관이었다고요?"

"그래, 환관."

솔직히 후궁에 쓸 만한 의관은 없다. 의관이 될 만한 인재가 거세를 당하면서까지 후궁에 들어올 이유가 없기 때문이다. 그래서 보통은 무슨 문제를 일으킨 의관이 쫓기듯 들어오곤 한다.

"그렇게 뛰어난 의관이 환관 중에 있었을까요?"

"그게 신기해서 말이야."

가오순이 생각에 잠긴 채 턱을 쓰다듬었다. 여기까지 말해 놓으면 눈치 빠른 이 사내는 금세 조사를 해 줄 것이다.

그런 가운데 문득 딸랑딸랑 방울 소리가 들렸다.

진시의 집무실에는 누군가가 방문하면 바로 알 수 있도록 약간의 진동만으로도 방울이 울리게끔 해 놓았다.

가오순은 작업하던 손을 멈추고 입구 앞에 서서 방문자가 들어오기를 기다렸다.

오늘도 외알 안경을 쓴 괴짜가 진시의 집무실에 찾아왔다. 무
슨 특별한 일을 하는 건 아니고, 그냥 긴 의자에 반쯤 누워 과일
음료를 홀짝홀짝 마실 뿐이었다.

"지난번에는 정말 감사했습니다. 거참, 상당히 재미있는 일이
되었던데요."

라칸은 턱을 쓰다듬으며 실눈을 더욱 가늘게 떴다.

"역시 그 삼형제 중에서 제일 쓸 만한 건 막내아들이었나 보
군요."

진시는 서류를 뒤적거리며 말했다. 군사님께서는 이미 다 알
고 계셨으리라. 그 후 삼형제는 화해를 한 듯했지만 그렇지도
않았다. 지금까지 등한시되고 있었던 막냇동생이 부쩍부쩍 실
력을 키워, 앞으로 궁정에 납품할 세공을 담당하게 되지 않을까
하고 주위 사람들이 생각하기 시작한 것이다. 막내의 섬세한 금
세공은 진시의 눈으로 봐도 훌륭했다.

무슨 일이 있었는지는 잘 모르지만 분명 그 약사 소녀는 다
알면서 입을 다물고 있을 거라는 생각이 들었다.

"제사 도구에 그 세공을 사용하면 아주 보기가 좋고 아름다
울 겁니다."

"그러게 말입니다."

라칸이라는 남자의 싫은 점은 이렇게 쓸데없이 의미심장하게 말을 꺼내는 부분이다. 원래 진시 같은 입장의 인간에게 제사 도구 운운하는 이야기는 아무 상관도 없다.

"그 직공이 죽기 전 마지막으로 만든 세공도 정말 훌륭했습니다. 단순한 금속 장식이었지만, 그것 또한 제사 도구로 쓰기에는 나무랄 데 없는 만듦새였죠."

"왜 갑자기 군사님께서 그런 직공 이야기를 꺼내셨나 했더니…"

"아니 그저, 묻혀 있던 재능을 그냥 내버려 두는 것도 너무 아깝지 않습니까?"

수상쩍은 남자지만 라칸의 그 말에는 설득력이 있었다. 다른 꿍꿍이가 있었다 하더라도, 라칸의 사람 보는 눈만은 훌륭했다. 그 안목 덕분에 현재의 지위까지 올라올 수 있었다고 해도 좋다. 지금도 일을 안 하고 농땡이를 피우는 것 같지만, 라칸은 자신이 발굴한 인재로 하여금 자신의 일이 막힘없이 이루어지게끔 하고 있다고 진시는 생각했다.

어떤 의미에서는 참 부러운 이야기다.

"형이며 동생 같은 건 아무런 상관도 없습니다. 누구든 위에 올라갈 수 있는 재능이 있다면 찾아내서 끌어올려 주면 그만이죠."

라칸은 아주 당연한 듯 말했다. 그런 점에서는 은근히 믿음직스러운 인물이라고 할 수도 있겠지만, 그보다 훨씬 귀찮은 면이 많았다.

진시는 서류를 정리해서 문관에게 건넨 뒤 방에서 내보냈다.

"그런데 지난번에 말씀하셨던 일의 뒷이야기를 듣고 싶습니다만."

예전에 라칸이 했던 기녀 이야기다. 아직까지도 계속 시치미를 뗄 생각일까.

라칸은 뺨에 손을 대고 히죽히죽 웃었다.

"그런 이야기는 그 세계를 아는 자에게 묻는 편이 빠를 겁니다."

라칸은 그렇게 말하며 자리에서 일어났다. 겨우 돌아가는 건가, 하고 가오슌이 한숨을 내쉬었다.

"이것 참, 벌써 시간이 이렇게 되었군요. 너무 오래 머물러 앉아 있다가는 부하에게 야단을 맞겠습니다."

라칸은 과일 음료를 다 마시고 빈 병을 치웠다. 한 병 더 가져왔던 음료는 진시의 책상 위에 놓아두었다.

"이건 뭐, 개인적으로 데리고 계시는 하녀에게라도 주시지요. 너무 달지 않아서 마실 만할 겁니다."

중년의 무관은 손을 흔들며,

"그럼 내일 뵙겠습니다."

하고는 나가 버렸다.

9 화 : 라칸

어젯밤 마오마오는 이상한 꿈을 꾸었다.

옛날 꿈, 아니, 옛날에 있었던 일이라고 하는 꿈이다.

기억할 리가 없고, 정말로 있었는지도 잘 모르는 일.

'그 여자를 간병하고 온 탓일까. 오래된 일을 떠올리게 되네.'

어른 여성이 위에서 마오마오를 내려다보고 있다. 풀어 헤친 긴 머리와 야윈 뺨, 굶주리고 번들거리는 눈으로 노려보고 있었다. 화장은 다 지워지고 연지는 입술 밖으로 삐져나왔다.

여자가 손을 뻗어 마오마오의 왼손을 움켜쥐었다. 작디작은 손 보조개가 보이는, 단풍잎 같은 손이었다.

여자의 오른손에는 칼이 쥐여져 있었다. 마오마오의 손을 잡은 왼손에는 붉게 젖은 무명천이 여러 겹 감겨 있었다. 팔랑팔랑 춤추는 무명천에서는 쇠 냄새가 났다.

고양이 우는 소리 같은 목소리가 성대에서 흘러나왔다. 자신이 우는 소리라는 것을 뒤늦게 이해했다.

이불에 마오마오의 왼팔을 짓누르고, 여자가 자기 오른손을 크게 들어 올렸다. 일그러진 입술이 떨리고, 붉게 충혈된 눈에는 눈물이 고여 있었다.

'바보 같은 여자야.'

여자는 들고 있던 단검을 내리쳤다.

"어머나, 졸리니? 잘 시간은 아직 멀었는데."

하품을 하는 마오마오를 보고 스이렌이 말했다.

말투는 점잖지만 이 할멈은 보통내기가 아니기 때문에 마오마오는 자세를 바르게 고치고 은 식기를 꼼꼼하게 닦았다. 휴가에서 돌아온 바로 다음 날 벌써 긴장 풀린 자세를 보이는 건 자신의 잘못이 맞다. 저녁 무렵이라고 해서 무책임하게 일할 이유는 없다.

"아뇨, 아닙니다."

이상한 꿈을 꾼 탓이다. 평소대로 일하다 보면 금세 잊어버릴 거라고 생각했는데 묘하게 길게 끌었다. 자기답지 않다며 마오마오는 쓴웃음을 지었다.

마오마오가 딸그락딸그락 접시를 겹쳐 선반에 올려놓고 있는데 터벅터벅 발소리가 들렸다. 방에는 이미 촛불이 켜져 있었다. 방 주인이 돌아올 시간이었다.

진시가 거실을 가로질러 주방으로 들어왔다. 스이렌은 마오마오가 깨끗하게 닦아 놓은 접시에 반찬을 담고 있었다.

"이상한 사람이 주는 선물이다. 스이렌하고 같이 마셔."

진시가 술병을 탁자 위에 올려놓았다. 이상한 사람이란, 최근 들어 진시에게 자꾸 시비를 거는 기분 나쁜 관리를 말한다.

마오마오가 마개를 뽑자 속에서 새콤달콤한 감귤향이 났다. 과일 음료인 듯했다.

"이상한 사람이 준 선물이라고요?"

마오마오는 별다른 감회 없는 목소리로 대꾸했다.

진시는 거실에 놓여 있는 긴 의자에 드러누웠다. 마오마오가 화로에 숯을 더 집어넣었다.

가오슌은 숯이 거의 바닥난 것을 보고 방을 나갔다. 숯을 가지러 간 모양이었다. 역시 성실한 사내다.

진시가 퉁명스럽게 머리를 벅벅 긁으며 마오마오를 쳐다보았다.

"녹청관 단골에 대해 혹시 자세히 아는 바가 있나?"

느닷없는 질문에 마오마오는 고개를 갸웃거렸다.

"행동거지가 요란스러운 사람이라면요."

"어떤 자가 있지?"

"그 점에 대해서는 비밀을 지킬 의무가 있습니다."

진시는 쌀쌀맞은 대답에 눈살을 찌푸렸다.

질문 방식이 잘못되었다는 사실을 깨달았는지, 진시는 다른 말을 골라 다시 물었다.

"…그럼, 기녀의 가치를 떨어뜨리려면 어떻게 해야 하지?"

묘하게 정색하는 말투였다.

"불쾌한 질문을 하시는군요."

마오마오는 가벼운 한숨을 내쉬었다.

"여러 가지 방법이 있습니다. 특히 상급 기녀라면 더욱."

최상급 기녀쯤 되면 한 달에 몇 번 일을 하지 않는다. 잘 팔리는 기녀가 항상 손님을 독점하고 있는 것도 아니다. 오히려 손님을 매일 받아야 하는 것은 쏙독새라 불리는, 그날그날의 가난에 시달리는 쇠락한 기녀들 쪽이다.

상급 기녀일수록 노출을 꺼린다. 노출을 줄이면 손님들 쪽에서 제멋대로 가치를 올려 주기 때문이다.

대신 시가 짓기와 춤, 악기 다루는 법을 배워 그 교양으로 손님을 받는다.

녹청관에서는 여동 시절에 일단 어느 정도 교육을 시킨다. 그 중에서 용모가 괜찮고 장래성이 있는 자와 그렇지 않은 자가 나뉜다.

후자는 일단 얼굴을 선보이고 나면 바로 손님을 받게 된다. 기예가 아니라 몸을 파는 기녀가 되는 것이다.

장래성 있는 자는 우선 차 마시기부터 시작해서, 고객을 사로

잡는 화술에 능한 자와 기예 쪽 재능이 뛰어난 자일수록 점점 가치가 올라간다. 그때 일부러 인기 기녀의 노출을 줄임으로써, 차 한 잔을 함께 마시는 데에만 1년 동안 번 은을 다 써야 하는 유명 기녀가 완성된다.

그러므로 낙적될 때까지 손님이 한 번도 그 몸에 손을 대지 못하는 기녀도 있다. 뭐, 남자의 로망이라는 것이 이렇게 만들어지는 셈이다. 꽃을 제일 먼저 따는 사람이 바로 자기가 되고 싶다는.

"그 누구도 손을 대지 않은 꽃이기에 가치가 있지요."

마오마오는 진정 효과가 있는 향을 피웠다. 최근 들어 많이 지친 진시를 위해 피우던 향이었지만, 오늘은 마오마오에게도 도움이 될 듯했다.

"한 번 꺾어 버리면 그것만으로도 가치가 반으로 줄어듭니다. 게다가…."

마오마오는 작은 한숨을 내쉬며 진정 향을 들이마셨다.

"임신을 시켜 버리면 가치 따위는 없는 거나 마찬가지가 되죠."

아무런 감정도 없이 말하려 애썼다.

정말로 꿈자리가 사나운 날이었다.

그게 무슨 뜻일까. 진시는 그렇게 생각하며 깊이 한숨을 내쉬고는 서류에 도장을 찍었다.

묘하게 풀이 죽은 듯했던 어젯밤 약사 소녀의 말이 마음에 걸렸다. 그리고 그 답을 알고 있을 인물이 때마침 찾아왔다.

"실례하겠습니다."

문을 두드리는 소리와 함께 히죽히죽 웃는 여우 같은 어르신이 어제 했던 말대로 다시 나타났다.

심지어 부하를 시켜 부드러운 방석을 깐 긴 의자까지 가지고 오게 했다.

도대체 얼마나 오래 눌러앉아 있을 생각인가 하는 기분이 든 진시는 하마터면 얼굴을 찌푸릴 뻔했다.

"어제 이야기를 계속할까요?"

라칸은 자기가 가지고 온 술병에서 과일 음료를 직접 잔에 따랐다.

다과까지 가지고 와서는 서류로 가득한 책상 위에 유락* 냄새가 피어오르는 향긋한 과자를 내려놓았다. 서류 위에 바로 올려놓으면 서류에 밴 유락 냄새 때문에 고생할 게 뻔한 가오슌이 머리를 부둥켜안고 있었다.

"정말로, 몹시도 악랄한 일을 하셨던 모양이군요."

※유락 : 버터.

진시는 서류에 도장을 찍으며 말했다. 서류 내용은 머릿속에 통 들어오지 않았지만, 뒤에서 대기하고 있는 가오슌이 아무 말도 안 하는 걸 보니 별문제 없는 모양이었다.

마오마오의 대답을 통해 이 교활하고 똑똑한 광인이 무슨 짓을 했는지 대충 상상할 수 있었다.

그리고 또 한 가지, 썩 환영하기 힘든 억측이 머릿속에 떠올랐다.

이해 못 할 것도 없다. 그렇게 생각하면 앞뒤가 맞고 여러 가지 문제들을 다 납득할 수 있다.

왜 녹청관 낙적 이야기가 퍼졌을 때부터 라칸이 자신에게 계속 시비를 걸었을까.

왜 예전에 알고 지내던 기녀 이야기를 했을까.

하지만 그 점을 인정하고 싶진 않았다. 인정해 버리면 더욱 귀찮은 일이 벌어질 게 뻔했다.

"악랄하다니, 말씀이 지나치시군요. 솔개에게는 듣고 싶지 않은 말입니다."

외알 안경 안쪽의 눈을 가늘게 뜨며 라칸이 미소를 지었다.

"겨우 그 할멈을 설득하는 데 성공했는데 말이죠. 10년도 넘게 걸렸습니다. 그런데 옆에서 누군가가 날름 채어 간다면 기분이 어떻겠습니까?"

라칸이 잔을 기울이자 달그락 소리가 났다. 과일 음료 속에는 얼음 조각이 떠 있었다.

"유부를 내놓으란 말입니까*?"

진시가 '유부'라 표현한 그것은 어느 무뚝뚝하고 몸집 작은
소녀를 말한다.

"아니, 얼마든지 내겠습니다. 옛날과 똑같은 전철을 밟고 싶
진 않으니까요."

"제가 싫다고 한다면요?"

"그렇게 말씀하신다면 무어라 할 말이 없지요. **당신과 같은
분**께 거역할 수 있는 사람이란 한 손으로 꼽을 만큼도 없으니
말입니다."

라칸은 빙 에둘러 말하는 화법을 사용했다. 진시는 굉장히 불
편한 기분이었다.

이 남자는 진시가 누구인지 알고 있다. 그래서 이렇게 말하는
것이다.

라칸의 주장은 그래도 앞뒤가 맞는다.

라칸은 외알 안경을 벗어 손수건으로 닦았다. 그리고 흐릿해
졌던 부분이 깨끗해진 것을 확인하자 왼쪽 눈에 꼈다. 방금 전
까지는 오른쪽에 끼고 있었던 안경이었기에, 그냥 장식용 안경
이라는 사실을 알 수 있었다. 역시 괴짜는 괴짜다.

※유부를~ : '솔개에게 유부를 빼앗기다'라는 일본 속담에 빗댄 대화. 애써 얻은 물건이나 소중한
것을 느닷없이 빼앗겼다는 뜻.

"하지만 **딸아이**가 어떻게 생각할지는 모르지요."

라칸은 '딸아이'라는 부분을 강조했다.

아아, 너무 싫다. 결국 그렇게 될 것 같았다.

인정하기 싫었던 사실이었다.

라칸은 마오마오의 친아버지였다.

진시는 도장 찍던 손을 완전히 멈췄다.

"조만간 만나러 가겠다고 전해 주시겠습니까?"

라칸은 유락투성이가 된 손가락을 핥으며 집무실을 나갔다.

긴 의자는 그냥 놓아두고 나가 버렸으니, 또 오겠다는 말인 모양이었다.

진시와 가오슌은 미리 짠 것도 아닌데 동시에 고개를 숙이고 커다란 한숨을 내쉬었다.

"다음에 널 만나러 오겠다는 관리가 있는데."

진시는 방에 돌아가자마자, 그 사실을 숨길 수도 없었기에 솔직하게 마오마오에게 말했다.

"어떤 분이신가요?"

마오마오는 무표정 안쪽에 근질근질한 감정을 숨기고 있는 듯했지만, 평소와 다름없이 냉정한 말투였다.

"음, 라칸이라고 하는데…."

진시가 끝까지 말을 맺기도 전에 마오마오의 표정이 변했다.

진시는 저도 모르게 눈을 커다랗게 뜬 채 반걸음 물러섰다.

지금까지 풍뎅이 보듯, 말라 죽은 지렁이 보듯, 진흙탕 보듯, 쓰레기 보듯, 민달팽이 보듯, 깔려 죽은 개구리 보듯, 아무튼 다양한 경멸을 담은 눈빛을 받긴 했지만 그런 눈빛은 정말로 별것 아니었다는 사실을 알고 말았다.

도저히 필설로 다 형언할 수가 없었다.

아무리 진시라 해도 이런 시선을 받으면 죽고 싶어질 것이다.

마음속 깊은 곳에서 짓밟고 깔아뭉개, 펄펄 끓는 쇳물 속에 던져 넣어, 재조차 남지 않을 듯한.

마오마오는 그런 표정을 짓고 있었다.

이것만으로도 진시는 그 남자가 이 소녀에게 어떤 존재인지 알 것 같았다.

"…어떻게든 거절해 두지."

"감사합니다."

진시는 넋이 나간 채 겨우 그 말밖에 하지 못했다.

심장이 멎지 않은 게 신기한 수준이었다.

마오마오는 평소의 무표정한 얼굴로 돌아가, 자신이 하던 일을 계속했다.

약사의 혼잣말

10화 : 스이레이

'역시 들켰군.'

얼마 전 진시가 말했던 인물이 누구인지는 대략 예감하고 있었다. 마오마오가 군부에 가기를 꺼렸던 이유는 그 인물과 관련이 있었다.

마오마오는 크게 숨을 내쉬었다. 하얀 숨결은 아직도 한창 겨울이라는 사실을 의미했고, 봄의 발소리는 아직 아득히 멀었다.

방에는 아무도 없었다. 진시는 아침부터 가오슌과 함께 외출하고 없다. 2개월 정도 모신 결과, 진시의 일 중에는 정기적으로 돌아오는 어떤 일이 포함되어 있다는 사실을 알게 되었다. 빈도는 보름에 한 번 정도. 전날부터 오랫동안 목욕을 하고, 향을 피운 뒤 나가곤 한다.

마오마오는 그 사이 열심히 바닥을 닦기 때문에, 오늘도 걸레로 마루를 박박 문지르고 있었다. 추워서 손이 곱긴 했지만 부드럽게, 그러나 빈틈없이 지켜보는 스이렌 때문에 게으름을 피울 수는 없었다.

건물의 절반 정도를 닦았을 무렵 겨우 스이렌이 합격점을 주었는지, 차라도 한잔하지 않겠느냐고 물었다.

부엌에 있던 원탁에 의자를 두 개 가져다 놓고, 마오마오는 스이렌과 둘이 뜨거운 차를 마셨다. 이미 여러 번 우려 낸 차라고는 하지만 최고급 찻잎이기 때문인지 아직 좋은 향기가 남아 있었다. 향기와 희미한 단맛을 느끼며, 마오마오는 입 안에 참깨 경단을 가득 베어 물었다.

'짠 걸 좀 먹고 싶은데.'

하지만 그런 사치스러운 소리를 할 수는 없다. 어린 여자애라면 당연히 단것을 좋아할 거라는 생각에 스이렌이 일부러 준비해 준 간식이다. 감사히 먹어야겠지, 하고 지켜보고 있는데 스이렌은 바삭바삭 소리를 내며 얇게 구운 전병을 먹고 있었다.

"……."

"이거, 짭짤한 소금 맛이 참 산뜻해서 자꾸 들어간단 말이야."

역시 진시를 모시는 할멈은 다르다고 생각하며 마오마오는 전병 접시로 손을 뻗었으나, 마지막 한 장까지 이미 스이렌이 홀랑 가져가 버린 후였다.

역시 다 알면서 저러는 게 분명하다. 정말이지 만만찮은 시녀다.

차를 마실 때 마오마오는 항상 상대의 이야기를 가만히 듣는 편이며, 그것은 스이렌과 함께 있을 때 역시 마찬가지였다. 스이렌의 화제는 유곽이나 후궁 여자들 같은 소문 이야기가 아니라, 이곳의 주인에 대한 일들을 조금씩 이야기해 주곤 했다.

"오늘의 식사는 몸을 정갈히 해 주는 채식 요리니까, 너도 고기나 생선을 먹지 않도록 조심하렴."

"알겠습니다."

왜 굳이 목욕재계 비슷한 짓을 하는지, 그런 쓸데없는 것은 묻지 않았다. 하지만 은근슬쩍 분위기를 풍겨 놓는 것이 이 스이렌이라는 시녀의 특기였다.

'환관도 제사를 지내는 건가?'

목욕재계를 한다는 말은 제사에 관련된 사람이란 뜻이다. 고귀한 태생이라면 그런 의무 한두 가지쯤은 짊어지는 것도 당연한 일이다.

진시에 대해서는 불가해한 점이 여러 가지 있었다. 왜 그 정도로 고귀한 신분의 사내가 환관 따위를 하고 있을까. 하지만 진시가 환관이 된 시기를 생각하면 납득 못 할 일도 아니다.

여제라 불리던 선대 황태후는 대단한 여걸이었다. 선제가 우둔하다는 평이 자자했지만 나라의 기강이 흐트러지지 않았던 건 황태후가 있기 때문이라고들 했다. 하지만 한편으론 권력을 쥐고 못된 짓도 많이 했다.

뛰어난 의관이었던 아버지가 마음에 들었다면서, 억지로 아버지를 환관으로 만들었을 정도다.

진시도 같은 이유로 자기 의사와 상관없이 환관이 되었다면 충분히 이해할 수 있다.

"그리고 오후에는 심부름을 좀 다녀와 주지 않을래? 의국에서 약을 받아 와야 하는데….."

"알겠습니다!"

스이렌이 말을 다 끝내기도 전에 마오마오가 힘차게 대답했다.

"항상 그렇게 시원스럽게 대답하면 좋을 텐데 말이야."

스이렌은 어이없다는 표정으로 남은 전병을 베어 물었다.

의국은 외정의 동쪽 부근에 있다. 군부에 가까운 이유는 그쪽에 다친 사람이 자주 생기기 때문이리라.

마오마오는 얼마 전 진시의 말을 떠올렸지만 그보다 이쪽 의국에 더 큰 관심이 있었다. 이곳의 의관이 훌륭하다는 사실은 전에 약을 봐서 알고 있었다. 후궁의 의국은 돌팔이 의관이 관리하고 있기 때문에 그야말로 돼지 목에 진주 목걸이 같은 상태였지만, 이곳에서는 약을 어떻게 활용하고 있는지 무척이나 궁금했다.

"약을 받으러 왔습니다."

마오마오는 스이렌에게 받은 패를 보이며 그렇게 말했다. 얼굴이 길쭉한 의관은 패를 보더니 마오마오에게 앉으라고 하고는 안쪽 방으로 들어갔다.

마오마오는 의자에 앉아 숨을 크게 들이마셨다. 쓴맛이 입안에 가득 퍼지는 냄새가 충만한 공간이었다. 의관이 방금 전까지 앉아 있던 책상을 보니 약연이 놓여 있었고 그 속에는 으깨던 약초가 들어 있었다.

마오마오는 몸이 근질거렸지만 겨우 꾹 눌러 참았다. 가능하면 이 의국 안을 다 뒤지고 다니고 싶었다. 옆방에 있는 약 서랍도 찬찬히 다 관찰해 보고 싶었다.

'아니, 안 돼. 참자.'

스스로를 타이르면서도 마오마오의 몸이 자연스럽게 옆방으로 슬금슬금 다가가고 있는데.

"뭐 하는 거지?"

싸늘한 여자 목소리가 들렸다. 움찔한 마오마오가 뒤를 돌아보니 어처구니없다는 표정의 관녀가 서 있었다. 낯익은 키 큰 관녀였다.

마오마오는 자신이 실로 기묘하게 움직이다가 딱 멈췄다는 사실을 깨닫고, 천천히 몸을 자연스런 자세로 바꿨다.

"약을 기다리고 있었을 뿐입니다."

"……."

관녀는 뭔가 하고 싶은 말이 있는 눈치였지만 마오마오는 아무 일 없었다는 듯 의자에 앉았다. 때마침 의관이 약을 가지고 나왔다.

"오, 스이레이翠苓. 와 있었어?"

의관은 편한 말투로 말했다. 스이레이라 불린 관녀는 그 말투가 마음에 들지 않는다는 듯 얼굴을 찌푸렸다.

"대기소 상비약을 받으러 왔습니다."

대기소라니, 군부 쪽 이야기일까. 그러고 보니 예전에도 군부 근처에서 마주친 적이 있었다. 묘하게 자신을 싫어하는 눈치라고 생각했는데, 아무래도 자신의 착각이 아닌 것 같다. 마오마오는 지금 상황으로 미루어 그것을 알 수 있었다. 관녀는 무척이나 방해된다는 표정으로 마오마오를 쳐다보고 있었다.

그때 관녀에게서 약초 냄새가 났던 이유를 알 수 있었다.

"준비해 뒀어. 더 필요한 건 없고?"

"딱히 없습니다. 그럼 실례하겠습니다."

유난히 친한 척하는 의관에게 스이레이는 쌀쌀맞게 대꾸하고는 돌아가 버렸다. 의관은 스이레이의 뒷모습을 조금 섭섭한 표정으로 지켜보았다.

'무슨 일인지 알겠다. 참 알기 쉬운 사람이네.'

마오마오는 풀이 죽은 의관을 쳐다보았다. 의관은 마오마오의 시선을 느끼고는 얼굴을 찌푸리더니 약을 내밀었다.

"군부에서 일하는 분이신가 봐요?"

크게 깊은 의미는 없는 질문이었다. 마오마오는 그냥 신경이 쓰였던 부분을 물어보았을 뿐이었다.

"응. 사실은 관녀 일 따위는 안 해도 되는데…."

"?"

마오마오가 고개를 갸웃하며 자신의 얼굴을 들여다보자 의관은 움찔 놀라 고개를 마구 가로저었다.

"아무것도 아니다. 그보다 약이나 가져가!"

의관은 꾸러미를 억지로 마오마오에게 떠넘기고는 빨리 나가라는 듯 손을 내저었다.

아무래도 의관이 쓸데없는 소리를 한 것 같긴 하지만, 마오마오는 그 말뜻을 이해할 수가 없었다.

'관녀 일 따위는 안 해도 되는 사람?'

의미심장한 말을 굳이 물고 늘어질 필요는 없다는 생각에 마오마오는 꾸러미를 펼쳐 보았다. 속에는 무슨 가루 같은 것이 들어 있었다.

뭘까 하는 생각에 그냥 입에 넣어 보았다. 이것은 마오마오의 습관이니 어쩔 수가 없다.

"감자 가루인가?"

마오마오는 고개를 갸웃거리며 방으로 돌아갔다.

"의국에 갈 만한 볼일이 또 있나요?"

마오마오는 스이렌에게 슬그머니 물어보았으나 노련한 시녀
는,

"농땡이 피우면 안 돼."

하고 부드럽지만 딱 잘라 거절했다.

'농땡이를 피우려는 건 아닌데요.'

그냥 그 약 냄새를 조금 더 맡고 싶은 것뿐이라고 마오마오는
생각했다.

"그리고…."

스이렌이 부엌일을 마치고 물 묻은 손을 닦았다.

"슬그머니 이상한 풀을 이곳 창고에 숨겨 놓은 것 같은데, 그
러면 안 돼."

못을 박는 것도 잊지 않는다.

마오마오는 굳은 표정을 지으면서도 걸레를 짜서 바닥을 닦
았다. 역시 연륜은 무시할 수 없는지, 비취궁 시녀장보다 몇 배
는 더 힘든 상대다.

"방이 좁으면 진시 님께 부탁을 드리지 그러니? 여긴 방이 남
아도니까 부탁해 보면 쉽게 쓸 수 있을지도 모르는데."

스이렌은 이상하게 명랑한 말투로 말했다.

'그런가?'

이전에 마구간을 빌려 달라고 했는데 거절한 건 진시가 아니
었던가.

"아뇨, 귀인께서 사시는 곳을 약 선반 취급할 수는 없습니다."

마오마오가 딱 잘라 말하자 스이렌은 어머나, 하는 표정으로 입을 손으로 가렸다.

"샤오마오는 주위를 별로 신경 안 쓰는 것 같으면서도 은근히 그런 부분에서는 경우가 바르구나."

초로의 시녀는 의자에 앉아 생각에 잠긴 표정으로 말했다.

"저는 비천한 출신의 계집아이입니다. 제가 지금 이곳에 있는 것도 정말로 신기한 인연이라고 생각하고 있습니다."

"그건 그러네. 하지만…."

스이렌은 아득한 눈빛을 지은 채 아직 눈이 희끗희끗 날리는 창밖을 바라보았다.

"고귀한 태생이라고 해서 처음부터 아예 다른 존재라고 생각하지는 않았으면 좋겠구나. 뭐가 어떻게 될지 알 수가 없는 게 인생이니까. 고작 출생만으로 모든 것을 판단하는 건 너무 아깝지 않니?"

"그런가요?"

"그래, 그런 거야."

스이렌은 미소를 짓더니 의자에서 일어났다. 그리고 부스럭부스럭 커다란 통을 하나 가지고 왔다. 그 속에는 쓰레기가 가득 들어 있었다.

"자, 일을 해야지, 샤오마오. 그걸 비우고 와 주지 않겠니?"

스이렌은 우아하게 웃고 있었지만 쓰레기통은 마오마오 키의 반 정도나 되는 크기였다. 무엇보다 꽉 차 있어서 무게감이 엄청났다.

진시가 사는 건물에서는 쓰레기 버리는 일을 아무 하인이나 하녀에게 맡기지 않는다. 그 속을 뒤져 보고 전리품을 찾아내려 하는 인간들이 많이 있기 때문이다.

"쓰레기장으로 가려면 의국 앞을 지나가야 한단다. 그 앞을 지나치기만 하는 일이라면 상관없지."

'저보고 도대체 어쩌라는 건가요.'

마오마오는 떨떠름한 표정을 지으면서도 쓰레기통을 등에 짊어지고 비틀거렸다.

얼마나 오랫동안 쌓아 둔 걸까. 마오마오는 어깨에 깊이 파고든 어깨끈 자국을 보면서 생각했다. 외정 동측 쓰레기장에서 하인에게 쓰레기통을 건네준 마오마오는 옷깃을 끌어당겨 매무새를 고쳤다.

어느 귀인의 쓰레기는 그 누구에게도 파헤쳐질 일 없이, 이렇게 무사히 재가 되어 사라졌다. 얼마나 주위 사람들을 혼란에 빠뜨리고 당황하게 만드는지 알 수가 없는 그분을 생각하면 정말이지 한숨만 나올 뿐이다.

마오마오는 일도 끝냈으니 그만 돌아가려 했으나 문득 무언가가 시선을 잡아끌었다.

'저건!'

쓰레기장에서 조금 떨어진 곳. 말 울음소리가 들리는 걸 보니 마구간인 듯했다. 그곳에 잡초라고는 하기 힘든 무언가가 아주 자연스럽게 나 있었다.

마오마오는 주위를 두리번두리번 확인한 뒤 뛰어가, 목표물에 냉큼 달려들었다. 얼핏 보기에는 그냥 말라 죽은 풀로밖에 보이지 않는 무언가가 그곳에 있었다.

마오마오는 우선 마른 잎사귀 냄새를 맡아 보았다. 그리고 밑동 부근을 파헤치자 작지만 뿌리 덩어리 같은 것이 매달려 있었다.

그것은 향신료로 사용되는 뿌리채소였는데 존재 자체는 그리 드문 게 아니다. 하지만 아주 평범하게 잡초 속에 섞여서 나 있는 게 신기했다.

'마구간 뒤라서 영양이 풍부한 흙이라 그런 건가?'

하지만 아무리 생각해 봐도 이런 곳에 돋아 있을 이유가 없었다.

마오마오는 주위를 두리번거렸다.

근처에 자그마한 언덕이 있었다. 그 위에는 무슨 풀 같은 것들이 잔뜩 나 있었다.

마오마오는 통을 내려놓고 언덕으로 달려갔다.

그 너머에는 부드럽고 비옥한 흙으로 일궈진 밭이 있었다. 채소라고 하기는 조금 힘든, 묘하게 냄새가 독한 풀이나 꽃 같은 것이 가득했다. 계절상 색감이 풍요롭지는 않았지만, 그래도 마오마오가 눈을 빛내기에는 충분한 것들이 모여 있었다.

신이 난 마오마오가 하나하나 약초인지 아닌지 확인해 보고 있는데 버석버석 흙 밟는 소리가 가까워져 왔다.

"…뭐 하는 거야?"

어처구니없어하는 목소리가 뒤에서 들려왔다.

마오마오는 땅바닥에 엎드린 자세로 뒤를 돌아보았다. 키 큰 관녀가 서 있었다. 한 손에 낫을 들고, 반대쪽 손에는 작은 바구니를 들고 있었다. 지난번 의국에서 스이레이라는 이름으로 불렸던 관녀였다.

'큰일 났다.'

지금 상황은 아무리 봐도 마오마오 쪽이 수상한 자였다. 관녀가 오른손에 든 낫을 내리치기라도 했다가는 큰일이라는 생각에 마오마오는 변명하기로 했다.

"안심하세요. 아직 아무것도 캐지 않았어요."

"지금부터 캐려 하고 있었다고 생각해도 되는 거니?"

실로 냉정한 판단이었다. 하지만 관녀는 낫을 휘두르지 않고, 바구니와 함께 바닥에 내려놓았다.

"좋은 밭이 있으면 저도 모르게 훑어보고 싶어지는 게 농사꾼들의 습성이거든요."

"궁중에 농사꾼이 도대체 왜 있어?"

당연한 말이긴 하지만, 밭이 있다면 농사꾼도 당연히 딸려 오는 게 아니던가.

마오마오의 얼토당토않은 대답에 스이레이는 커다란 한숨을 내쉬었다.

"굳이 질책하려는 건 아니야. 이곳은 비공식적인 장소이기도 하고. 그래도 의관도 알고 있는 장소니까 너무 자주 드나들지 않는 편이 좋아."

스이레이는 작은 잡초를 뽑으며 말했다.

"이곳을 맡아 돌보고 계시는 건가요?"

"글쎄다, 좋아하는 걸 심어서 키우고 있을 뿐인데."

무기력한 말투라고 마오마오는 생각했다. 마오마오 스스로도 그리 활력 넘치는 성격은 아니지만, 이 여자도 비슷한 계통인 모양이었다. 하지만 다른 관녀들 사이에 섞여서 마오마오에게 시비를 걸 정도의 사회성은 갖고 있는 듯했다.

"뭘 심으셨나요?"

"……."

스이레이는 입을 다문 채 마오마오를 보았다. 하지만 그것은 한순간이었을 뿐, 스이레이는 금세 시선을 땅바닥으로 돌렸다.

"죽은 사람을 되살리는 약."

나지막이 툭 내뱉은 말에 마오마오의 콧김이 거칠어졌다. 저도 모르게 그게 사실이냐고 덤벼들 뻔했지만, 마지막 남은 이성이 겨우 자신을 말렸다.

그런 마오마오를 보고 스이레이는 냉혹하게 말했다.

"농담이야."

"……."

노골적으로 실망한 표정을 지었던 모양인지 관녀가 무기력한 웃음을 띠었다.

"너, 약사라던데."

어디서 알아낸 걸까 생각하면서 마오마오는 고개를 끄덕였다. 다시 무표정한 얼굴로 돌아간 스이레이는 말라붙은 이파리를 잡아뗐었다. 굵은 뿌리 부분만 남기고 이파리 부분은 낫으로 베어 내는 중이었다.

"실력은 어느 정도나 되려나."

마치 도발하는 듯한 말투였다. 마오마오가 고개를 갸웃하며 "글쎄요." 하고만 대꾸하자 스이레이도 "그래." 하며 일어섰다.

"이 자리엔 매년 **나팔꽃**을 심거든. 조금 더 있어야 되겠지만."

스이레이는 필요한 약초를 뽑아서는 언덕을 내려가 버렸다.

'죽은 사람을 되살리는 약이라….'

그런 게 있으면 정말 모든 걸 다 줘서라도 얻고 싶었다.

역사상의 고귀한 분들이 모두 원했던 그것은 정말 실재하긴 할까. 아니, 없다고 하기도 어려울 텐데. 마오마오는 그렇게 생각하다 그것은 '죽은 사람을 되살리는 약'이라고 할 수는 없을 거라는 생각에 고개를 가로저었다.

마오마오는 멍하니 밭을 바라보며 혼자 마음속으로 뭐 하나 슬쩍해 갈까, 아니 안 돼, 하는 문답을 잠시 반복한 결과 귀가가 늦어지게 되었다.

그날 마오마오는 스이렌이 차분하게 내리는 벌을 받고, 천장 들보까지 닦는 꼴이 되고 말았다.

약사의 혼잣말

11화 : 우연인가, 필연인가

평소와 다름없이 외정의 회랑을 청소하고 있는데 느닷없이 기묘한 이야기가 날아들었다. 커다란 덩치 하나가 다급한 표정으로 마오마오를 향해 다가온 것이었다. 눈을 비비고 잘 보니 그것은 대형 견, 즉 리하쿠였다.

"무슨 일이시죠?"

마오마오는 걸레를 내려놓고 물었다.

원래 무관인 이 사내가 진시의 집무실을 찾아올 일은 없다. 일부러 마오마오에게 다가오는 걸 보면 자신에게 용무가 있는 모양이었다.

"무슨 일이고 자시고 아주 곤란한 일이 벌어졌어."

"곤란한 일이라고요?"

여기까지 쫓아온 걸 보니 정말로 심각하게 곤란한 일인 모양이었다. 이런 똥개라도 딱히 한가한 사람은 아닐 테니 말이다.

"지난번에 화재가 났던 창고 말이야. 그 뒤에 알게 된 사실인데 같은 날 다른 창고에서 절도가 일어난 모양이야."

리하쿠는 머리를 벅벅 긁으면서 말했다.

"그때 소동을 틈타 벌인 일이라고밖에 생각할 수가 없어."

그런 일이었군. 마오마오는 팔짱을 꼈다.

"뭘 도둑맞았는데요?"

"……."

리하쿠는 입을 다물고, 다소 거북한 표정을 지으며 마오마오의 어깨를 툭툭 쳤다. 사람 눈을 피하는 게 좋은 듯했다. 마오마오는 리하쿠가 재촉하는 대로 회랑을 나가 정원 쪽으로 걸어갔다. 나무 그늘이 드리워진 곳까지 가자 리하쿠는 쪼그리고 앉아 검지를 입술에 댄 뒤 이야기를 시작했다.

"제사 도구가 없어졌어."

"제사 도구요?"

그것 참 희한한 이야기였다.

"몇 개가 없어진 것 같은데, 자세한 건 아직 잘 몰라."

리하쿠는 애매하게 고개를 갸웃거리며 말했다.

"그렇게 관리가 소홀했던가요?"

"아니, 원래는 그렇지 않은데 때마침 그때 그곳에 책임자가 없었어. 오랫동안 거기에 깊이 관련된 일을 하고 있던 고관도 작년에 죽어 버리는 바람에 난감하던 참이었거든."

안 그래도 복잡한 인사 문제에, 상부까지 바뀐 모양이다.

"그럼 예전 관리자한테 물어보면 되는 것 아닌가요?"

"그게 예전 관리자도 지금 일에 복귀할 수 없는 상태여서 곤란한 상황이야. 얼마 전에 식중독에 걸리는 바람에 의식을 잃어서 아직 정신을 못 차리고 있어. 정말 어떻게 해야 좋을지 알수가 없다니까."

리하쿠는 큰 한숨을 내쉬었다.

'식중독?'

마오마오는 기억 속을 더듬었다. 그 화재가 벌어진 후 얼마 되지 않아 무슨 사건이 있지 않았던가.

화재와 거의 동시에 벌어진 사건….

"혹시 미식을 즐기는 관리 이야기인가요?"

마오마오의 물음에 리하쿠는 눈을 커다랗게 떴다.

"어떻게 알았지?"

"여러 가지 일이 있어서요."

화재와 절도와 관리인 부재. 그것이 과연 우연히 일어난 일일까.

우연이라고 하면 우연이라고 할 수도 있겠지만, 왠지 이해가 되지 않는 상황이었다. 게다가 리하쿠는 한 가지 더 신경 쓰이는 얘기를 했다.

"작년에 돌아가셨다는 고관은 어떤 분이신가요?"

리하쿠는 검지를 이마에 짚고 끙끙거렸다.

"이름이 뭐라고 했더라? 벽창호로 유명한 아저씨였다는 건 기억하고 있는데 말이야. 그, 그… 아, 이름이 영 생각이 안 나네. 단것을 엄청 좋아했다는 건 생각이 나는데."

"혹시 코넨 님 아니신가요?"

마오마오는 기억을 더듬어 작년에 진시에게서 들었던 이름을 떠올렸다. 단것을 좋아하는 벽창호 고관. 소금 과잉 섭취 때문에 죽은 사내다.

"앗, 맞아, 그 이름이야! 아니, 어떻게 네가 그런 걸 알고 있는 거야?"

"여러 가지 일이 있어서요."

리하쿠가 놀라는 것도 당연한 일이었다. 마오마오도 이것이 우연의 연속이라고 여길 만큼 낙천적인 인간은 아니다.

전부 하나하나만 놓고 보면 단순 사고로 보일 만한 일들이다. 하지만 초무침 사건이 그랬듯이, 전부 사고라고 단정할 수는 없다.

이 전부가 같은 목적을 위해 고의적으로 일어난 일이라고 생각할 수도 있다.

마오마오는 리하쿠를 돌아보았다.

"그런데 리하쿠 님께서는 제게 무슨 볼일이신가요?"

"아, 그렇지. 본론!"

리하쿠는 품에서 부스럭거리며 무언가를 꺼냈다. 잘 보니 예전에 마오마오가 불탄 식량 창고에서 주워 왔던 상아 담뱃대였다. 마오마오는 그것을 깨끗하게 닦아 새로 고친 뒤 얼마 전 리하쿠에게 맡겼었다. 식량 창고 문지기에게 돌려주라고 말했었는데.

"돌려주려고 했는데 거절당했지 뭐야. 필요 없다면서."

식량 창고 문지기는 화재 책임을 지고 해고당했다. 비싼 물건이 아니었나 생각했지만 문지기 역시 누군가에게서 받은 물건이었다고 한다. 누군지 인심 한번 후하다.

"누군지 모를 관녀한테 받은 물건이라던데 이상하지 않아? 왜 식량 창고 문지기한테 일부러 이런 걸 줬을까?"

"사람에 따라서는 이상한 일이 아닐 수도 있죠."

기녀였다면 싫은 손님에게서 받은 선물은 후딱 돈으로 바꿔 치우거나 누군가에게 줘 버릴 것이다.

하지만 이렇게 생각할 수도 있다.

"그렇게 훌륭한 물건을 받았다면 무심코 그 자리에서 사용하고 싶어질 수도 있을 겁니다."

누구나 다 그렇다고 할 수는 없지만, 그래도 그런 성격을 지닌 인간이 많은 건 사실이다. 그리고 그 점을 노렸다면….

화재가 일어난 창고에 사람이 와글와글 모여들어 경비가 소홀해졌을 때 몰래 제사 도구 창고에 숨어들어 갔을 수도 있다.

리하쿠도 그 부분에 대해 생각한 바가 있는지, 마오마오가 묻기도 전에 먼저 말했다.

"안타깝게도 그걸 준 관녀의 얼굴은 너무 어두워서 안 보였다더군."

어두운 가운데 관녀가 갑자기 다가오는 건 이상한 일이다. 아무리 외정이라고는 하나 혼자 태평하게 걸어 다닐 만한 곳이 아니다.

식량 창고 문지기도 그 점이 마음에 걸렸는지 관녀를 구역 밖까지 바래다줬다고 한다. 그 답례로 받은 물건이라고 했다. 아직 날씨가 추웠기 때문인지 관녀는 얼굴 주위를 목도리로 둘둘 두르고 있었다.

"하지만 여자치고는 꽤 키가 컸고 약 냄새가 났다던데."

"약 냄새요?"

"신장으로 따져 볼 때 네가 아니라는 사실은 알고 있지만 왠지 마음에 걸려서 말이야. 혹시 짚이는 데는 없어?"

리하쿠는 덩치는 크지만 감은 꽤 날카로운 사내다.

'모른다고 딱 잘라 말할 수는 없겠는데.'

여기서는 솔직히 말하는 게 나을지도 모른다. 하지만 한편으로 마오마오는 아버지의 입버릇을 떠올렸다. 억측만 가지고 말해서는 안 된다는 그 말.

마오마오는 어떻게 할까 고민하다가 타협안을 내놓았다.

"혹시 방금 전 말했던 사건이나 사고 중에 뭔가 이해가 잘 안 가는 점은 없었던가요?"

"글쎄. 지금 네가 말 안 했으면 깨닫지 못했을 게 있긴 한데."

리하쿠는 팔짱을 끼고 신음했다.

"그 부분을 조사하면 뭔가 나온다는 말이야?"

"뭐가 있을지도 모르고, 아무것도 없을지도 모르죠."

"있다는 거야, 없다는 거야?"

리하쿠는 어이가 없다는 표정을 지었다.

마오마오는 쪼그리고 앉아 나뭇조각을 하나 주워 땅바닥에 원을 그렸다.

"우연이 두 개 겹치는 일은 자주 있습니다."

그 원과 절반쯤 겹쳐지도록 원을 하나 더 그렸다.

"세 번 겹치는 일도 있을 수 있죠."

그리고 하나를 더 겹쳐 그렸다.

"우연이 여러 개 겹치다 보면 그것은 필연이 된다는 생각 안 드시나요?"

마오마오는 세 개의 원이 겹친 부분을 나뭇조각으로 칠해서 보여 주었다.

"그 필연 부분에, 그 관녀를 닮은 인물이 있다면 어떻게 하시겠어요?"

"그렇군."

리하쿠는 손뼉을 쳤다.

마오마오 입장에서는 이것 때문에 그 스이레이라는 관녀가 수면으로 떠오른다 해도 큰 상관없는 이야기였다.

"너는 생긴 것과 다르게 똘똘하구나."

리하쿠는 호쾌하게 웃으며 마오마오의 어깨를 쳤다.

"리하쿠 님은 생김새와 똑같이 힘이 무지막지하게 세니까 힘 조절을 좀 해 주시죠."

실눈을 뜨고 노려보던 마오마오는 목덜미에 뭔가 서늘한 것을 느꼈다. 뭐지, 하고 뒤를 돌아보니 마오마오보다 훨씬 싸늘한 눈빛으로 노려보는 자가 있었다.

"즐거워 보이는군."

목소리는 아름다운데도 묘하게 끈적끈적한 감정이 느껴졌다. 리하쿠는 목소리의 주인을 보더니 몸을 움찔 뒤로 젖혔다.

"…별로 즐겁진 않은데요."

몸 절반을 나무 뒤에 숨긴 진시가 이쪽을 가만히 노려보고 있었다. 뒤에서는 가오슌이 평소와 다름없이 어처구니없다는 표정으로 미간에 주름을 잡고 있었다.

똥개는 잽싸게 돌아가고, 마오마오 혼자서만 어째서인지 기분이 안 좋아 보이는 진시와 나란히 남고 말았다. 집무실에 들어간 마오마오는 할 수 없이 차 준비를 했다.

"그 남자와는 상당히 사이가 좋은 모양이던데."

"그런가요?"

마오마오는 끓인 물이 든 주전자를 들어 찻잔에 조르륵 차를 부었다. 도자기 찻잔에 마시는 편이 더 맛있겠지만, 진시가 사용하는 식기는 대부분 은 식기였다.

이 사내의 정치적 입장에 대해 마오마오는 아직까지 제대로 파악하지 못하고 있다. 진시는 후궁에 드나드는 환관이면서, 거기에 국한되지 않고 이렇게 외정 일도 하고 있다.

"그 남자는 무관인가?"

"보시는 바대로입니다. 궁금한 점이 있다면서 제게 이야기를 들으러 온 모양입니다."

리하쿠의 이야기는 진시와도 아주 상관이 없다고는 할 수 없었다. 코넨 이야기와도 이어지니 말이다.

마오마오는 다과를 곁들인 차를 책상 위에 올려놓았다.

"자세히 말씀드려도 괜찮을까요?"

진시는 말없이 차만 마셨다.

이야기의 줄거리를 대강 설명하자 진시는 골치 아프다는 표정으로 눈을 감았다.

"묘한 곳에서 이어진 모양이군."

"네."

진시는 다과에는 손을 대지 않았다. 가오슌은 복잡한 얼굴로 집무실 입구에 서 있었다.

"그래서 넌 뭐가 있는 것 같지?"

"그건 모르겠습니다."

마오마오는 솔직하게 말했다.

일을 일으킨 당사자가 도대체 뭘 하고 싶은지 모르겠다는 게 마오마오의 의견이었다. 하나같이 사건인지 사고인지 판단하기 힘든 안건들뿐이었다. 하지만 단언할 수 있는 건, 확실하지 않은 만큼 타인에게 들킬 가능성도 낮다는 점이었다.

"한 가지 사건을 확실하게 저지르기보다는, 여러 가지 함정을 설치해 놓고 그중 하나만이라도 성공하기를 기다리는 모습으로 보입니다."

마오마오의 의견을 듣고 진시는 차만 마셨다. 찻잔이 빈 듯하여 마오마오는 새 차를 준비했다.

"그런 것 같군. 그렇다면 그 외에도 다른 함정이 있을 가능성이 있다는 말이지?"

"단언할 수는 없지만요."

마오마오도 누군가가 그것은 그냥 우연 여러 개가 겹친 것뿐이라고 말한다면 그렇군요, 하고 대답할 수밖에 없다.

"흐음. 별로 안 내키는 건가?"

"내켜요?"

그런 소리를 들을 줄은 몰랐다.

'나라고 마냥 재미있을 것 같아서 고개를 들이민 게 아닌데.'

우연히 눈에 띈 것이 마음에 걸렸을 뿐이다. 게다가 그런 귀찮은 일을 자신에게 가져다주는 인간들이 너무 많다.

마오마오는 그냥 평온하게 약방이나 하면서, 툇마루에서 느긋하게 차나 마시며 투약 실험을 하며 살고 싶은데 말이다.

"저는 일개 하녀에 불과하니 그냥 지시받은 일을 할 뿐입니다."

"흐응."

진시는 재미없다는 표정으로 마오마오를 쳐다보았다. 손이 심심한지 손가락 끝으로 붓만 빙글빙글 돌리고 있다. 다과에는 관심이 없는 듯 다과 그릇이 책상 끄트머리로 쫓겨나 있었다. 묘하게도 앳되어 보이는 얼굴이라고, 마오마오는 생각했다.

"그럼 이런 건 어떻지?"

진시가 히죽 웃더니 가오슌을 불렀다. 그리고 귓가에 무어라 속삭이자 가오슌은 노골적으로 싫은 표정을 지었다.

"…진시 님."

"알아들었으면 가서 조처 부탁해."

가오슌이 떨떠름한 표정으로 물러나자 진시는 빙빙 돌리며 가지고 놀던 붓에 먹물을 듬뿍 묻혀 유려한 동작으로 종이에 글씨를 써 나갔다.

"얼마 전 교역상들에게 들렀을 때 재미있는 물건이 나왔다는 이야기를 들었거든. 이런 이름이었는데."

진시는 종이를 활짝 펼쳐 마오마오에게 보여 주었다. 마오마오의 눈이 번쩍 빛났다.

거기에는 '우황牛黃'이라고 적혀 있었다.

"필요한가?"

"필요하죠!"

정신을 차리고 보니 마오마오는 진시의 책상에 다리를 걸치고 올라가, 몸을 바짝 들이밀고 있었다.

우황이란 약의 일종인데, 소에 생기는 담석을 말한다. 소가 천 마리 있으면 그중 한 마리밖에 생기지 않는다는 이것은 약 중에서도 최고급품으로 취급된다.

가난한 유곽의 약방 주인으로서는 쉽게 구경도 못 하는 물건이니 당연히 침이 줄줄 흐를 수밖에 없다.

도대체 이 환관은 뭘 어쩌겠다는 걸까. 혹시 그걸 자신에게 준다는 말일까. 정말일까. 거짓말이 아닐까.

진시는 몸을 들이민 마오마오를 보고 자기 몸을 뒤로 살짝 뺀 상태였다. 마오마오는 가오슌이 소맷자락을 잡아당기고 나서야 비로소 자신이 상당히 버릇없는 자세를 취하고 있었다는 사실을 알아차렸다. 마오마오는 천천히 책상에서 내려와 치맛자락을 툭툭 털어 매무새를 고쳤다.

"…이제 좀 마음이 내키는 모양이군."

"정말로 주실 건가요?"

날카로운 눈빛으로 자신을 응시하는 마오마오를 보고 진시는 아까와는 다른, 다소 어른스러운 표정을 지었다. 후궁에서 궁녀들을 구워삶을 때 자주 사용하는 눈빛이라고 마오마오는 생각했다.

"네가 어떻게 일하느냐에 달렸지. 정보는 하나하나 자세히 다 알려 주마."

진시는 종이를 구깃구깃 뭉쳐 쓰레기통에 던져 버리고 나서 녹아내릴 듯한 미소를 지었다.

마오마오에게는 그러거나 말거나 상관없는 미소였지만, 자신이 이 일에 적극적으로 나서기를 상대가 바란다면 뭐 그걸로 족하다고 생각했다.

"알겠습니다. 진시 님이 원하시는 대로 하겠습니다."

마오마오는 그렇게 말하고 나서 찻잔과 손도 대지 않은 다과를 치웠다.

약사의 혼잣말

1 2 화 ⁞ 중사(中祀)

진시가 시킨 대로 마오마오는 다음 날 오후부터 서고에 틀어박혔다. 그곳은 공적인 문서를 보관하는 서고였는데, 안에 들어가니 곰팡내가 났다.

창백한 얼굴의 문관이 대량의 두루마리를 가져다주었다. 다른 관리는 없어 보였고, 그야말로 한적한 분위기였다.

'가끔은 햇볕을 봐야 건강도 좋아질 텐데.'

마오마오는 고급 종이로 만들어진 두루마리를 펼쳤다. 거기에는 요 몇 년 동안 궁정 내에서 일어난 사건 사고가 주석이 달린 채 적혀 있었다. 딱히 기밀문서는 아니고, 그냥 부탁하면 보여 줄 수 있는 정도의 공적 문서였다.

마오마오는 혼자 고개를 열심히 끄덕이며 서류를 훑어보았다. 그 대부분이 흔한 사고들이었지만 그래도 마음에 걸리는 게 몇 가지 있었다.

'식중독이라든가….'

식중독은 보통 여름에 많이 걸린다고 생각하기 쉽지만 의외로 겨울에도 많고, 가을에는 또 버섯 때문에 걸리는 사람이 적지 않다.

마오마오는 문관에게 더 많은 두루마리를 가져다 달라고 부탁했다.

한가해 보이던 문관은 귀찮다고 여기기보다는 일을 할 수 있어서 뜻밖에도 기쁜 눈치였다. 자기가 원해서 이런 곳에서 시간을 죽이고 있었던 건 아닌 모양이다. 마오마오가 조사하고 있는 것에도 다소 흥미가 있는지 흘끔흘끔 쳐다보고 있었다.

마오마오는 그것을 무시하고 해당하는 항목을 팔랑팔랑 넘겨보았다. 지난번 사건에 관한 부분이었다.

'예부 禮部?'

식중독을 일으킨 관리는 예부 소속이었다고 한다. 그럴듯한 관직 이름도 적혀 있었다. 예부라는 곳은 교육과 외교를 관장하는 부서였다고, 마오마오의 어설픈 기억이 가르쳐 주었다. 관녀 시험공부를 열심히 했다면 더 확실히 기억하고 있었을 텐데.

"뭐 모르는 데라도 있나?"

안색 나빠 보이는 문관이 물었다. 한가해서 죽을 지경인 모양이었다.

"네. 이게 어떤 관직인지 알 수가 없어서요."

새삼 무지를 부끄러워할 일도 아니었기에 마오마오는 질문했다. 상당히 한심한 질문으로 들렸을 것이다.

"아, 이건 제사를 관장하는 직위야."

문관은 조금 자랑스러운 얼굴로 말했다.

"제사?"

그러고 보니 제사 도구를 관리하는 자리라고 들었던 것 같다.

"그래, 자세히 적혀 있는 책을 갖다줄까?"

마오마오는 친절하게 말을 거는 문관에게는 신경도 쓰지 않고 머릿속을 열심히 굴렸다. 그러다 무심코 눈앞의 긴 탁자를 세차게 쾅 내리쳤다.

그 소리에 문관이 깜짝 놀라 몸을 움츠렸다.

"뭐 적을 만한 것 없을까요?"

"앗, 응."

마오마오는 방금 전까지 조사하던 사건의 장부를 뒤적여 보면서, 일에 관련된 부서와 시기를 하나하나 적어 나갔다.

우연과 우연이 겹치면 필연이 된다.

마오마오는 우연을 가장한 여러 개의 사고를 겹쳐 보고, 거기서 공통되는 부분을 찾아 나갔다.

"제사, 제사 도구."

제사 자체는 연중 내내 행해지기 때문에 별로 신기한 일이 아니다. 큰 제사는 황족이 지내고, 작은 제사는 촌장 등이 주관하는 경우가 많다. 지난번에 도둑맞았다는 제사 도구는 아마도 중사中祀[*] 이상의 제사에 사용되는 물건이었을 것이다.

'중사라….'

그러고 보니 진시도 툭하면 목욕재계를 하곤 했다. 제사에 대해서라면 그 환관에게 묻는 게 빠를 것 같았다.

"제사에 관심이라도 있나?"

한가할 뿐만 아니라 사람 좋기까지 한 문관은 커다란 설계도 같은 것을 가져다주었다.

"이건…."

거기에는 제사 현장의 그림이 아주 세밀하게 그려져 있었다. 중앙에 제단이 있고, 그 위에 천 같은 것이 흘러내리고 있었다. 아래에 놓여 있는 커다란 가마 같은 것은 불을 피우는 것인 듯했다.

"희한하게 생겼지?"

"네."

분위기는 장엄했다. 천장에서 늘어뜨려진 천에는 무어라 글자가 적혀 있었다. 제사가 있을 때마다 글자가 늘어나는 걸까.

'매번 떼었다 붙였다 하기도 번거로울 텐데.'

마오마오는 그런 현실적인 생각을 했다. 높은 위치에 있으

※중사 : 국가적으로 지내는 커다란 제사인 대사(大祀)보다 한 단계 작은 규모의 제사를 말함.

니 사다리를 타고 올라가는 것도 힘들 텐데, 하면서 보고 있는데….

"구조가 특수하거든. 천장에 일부러 커다란 기둥을 매달아 놓았어. 그걸 매번 내려서 축하의 말을 계속 덧붙여 쓰곤 해."

"…굉장히 자세히 알고 계시네요."

마오마오는 안색 나쁜 문관을 물끄러미 바라보았다.

"음. 부끄럽지만 예전에는 더 그럴듯한 일을 했었지. 살짝 실수를 저지르는 바람에 이쪽으로 쫓겨나고 말았지만."

문관은 "예전에는 예부에 있었어." 하고 덧붙였다. 그렇구나. 어쩐지 자꾸 마오마오 자신에게 말을 거는 이유를 알 것 같은 기분이었다.

그리고 문관은 신경 쓰이는 말을 한마디 덧붙였다.

"처음에는 강도強度가 걱정스러웠는데, 문제없는 것 같아서 안심했어."

"강도요?"

무슨 소리지, 하고 마오마오는 고개를 갸웃거렸다.

"천장에 기둥을 매달아 놓았잖아. 그게 엄청나게 크니까, 혹시 떨어지게 되면 무시무시한 일이 벌어질 거야. 그래서 강도에 대해서 충고했다가 이런 곳으로 쫓겨난 거야."

"……."

마오마오는 설계도를 노려보았다. 만약 천장에서 기둥이 떨어진다면 제일 위험한 것은, 바로 아래에 있는 제사를 주관하는 사람이다. 그리고 그럴 경우 고귀한 분이 희생당할 수 있다.

'강도가 문제라….'

위에 기둥을 매달아 놓기 위해서는 무언가로 고정시켜야만 한다. 만일 그 고정시키는 금속 부분이 망가진다면.

'강도….'

근처에는 불을 피우는 가마가 있다. 문득 마오마오는 어떤 제사 도구가 없어졌는지에 대한 의문에 부딪혔다.

"?!"

마오마오는 또다시 책상을 내리쳤다. 그리고 다시 한번 몸을 움츠린 문관을 쳐다보았다.

"죄송한데요! 여기서 다음에 올릴 제사가 언제인가요? 그리고 이건 어디인가요?"

"이건 외정 서쪽 끄트머리에 있는 창궁단蒼穹壇이라는 곳이야. 그리고 언제냐니…."

달력을 넘겨 보던 문관이 귀 뒤를 긁었다.

"마침 오늘인데."

문관이 말을 끝냄과 동시에 마오마오는 두루마리를 정리하지도 않고 서고를 뛰쳐나갔다.

'서쪽 창궁단.'

마오마오는 달려가면서 머릿속을 정리했다.

마오마오의 예상이 맞는다면 이건 오랜 시간을 들여 진행된 계획일 터였다. 하나하나가 전부 확실하지는 않지만, 그것들을 여러 개 설치해 놓으면 그중 몇 개가 겹친다. 그것을 잘 이용하여, 드디어 오늘 여기까지 이어 올 수 있었다고 봐야 한다.

'이건 어디까지나 예상일 뿐이야.'

예상에 지나지 않는다. 하지만 만약 그 예상이 적중한다면 어떻게 될까.

그러는 사이 마오마오는 지붕돌이 원형인 오층 탑을 발견했다. 양 옆에는 대칭되는 것으로 보이는 같은 건물이 늘어서고, 그것을 따라 관리들도 나란히 서 있었다. 복장으로 미루어 볼 때 무슨 제사가 한창 진행되는 중이라는 사실을 알 수 있었다.

"이봐, 너. 뭐 하는 거야."

그 안으로 지저분한 하녀가 돌진하려 하니, 늘어서 있던 관리들이 제지하는 것도 당연한 일이었다.

마오마오는 혀를 찼다. 하지만 빨리 가지 않으면 늦는다. 진시나 가오슌을 찾으면 좋겠지만 둘은 오늘 하루 외출하고 없었다.

"들여보내 주세요."

"안 돼. 제사 지내는 중이야."

무시무시한 육각봉을 든 무관이 마오마오를 노려보았다. 직무를 다하려 하는 그들에게 악의는 없을 터였다.

이럴 때 세 치 혀를 제대로 놀리지 못하는 자신이 원망스러웠다.

"긴급 사태입니다. 안으로 들여보내 주세요."

"고작 하녀 따위가 하늘의 일에 참견할 생각이냐?"

당연한 말이다.

마오마오는 일개 하녀일 뿐이다. 아무런 권력도 없다. 그런 꼬마 계집애가 들여보내 달라고 한다고 쉽게 들여보내 줄 것 같으면 이 무관들의 모가지는 금세 날아가 버릴 것이다.

하지만 마오마오도 물러설 수가 없었다.

'아무 일도 일어나지 않을지도 몰라.'

하지만 무슨 일이 일어난 뒤에는 이미 늦다. 돌이킬 수 없는 사태는 항상 그런 식으로 일어난다.

마오마오는 자신보다 키가 한 척은 큰 무관의 얼굴을 마주 보았다. 다른 관리들도 웅성거리며 마오마오를 주목했다.

"참견이 아니라 목숨이 위험합니다. 제사를 중단해 주세요."

"그건 네가 정할 일이 아니야. 하고 싶은 말이 있으면 투서함에 문서부터 넣고 와라."

그 말을 한 것은 옆에 있던 관리였다. 마오마오를 말단 하녀로 취급하고 무시하는 듯한 말투였다.

"그럼 너무 늦습니다. 들여보내 주세요."

"안 돼!"

이래서야 계속 같은 말만 하면서 실랑이가 벌어질 뿐이다.

여기서 그냥 얌전히 물러나면 좋겠지만 마오마오는 그럴 수 없는 인간이었다.

마오마오는 문득 입가에 빈정거리는 미소를 지었다.

"그 제단에서 구조상 치명적인 결함이 발견되었습니다. 누군 가가 조작을 할 가능성도 있지요. 여기서 안에 들어가 보지 않으면 후회하게 될지도 모릅니다. 이렇게 제가 위험을 알리러 왔는데 그것을 거부하신다면…."

마오마오는 일부러 그러는 것처럼 손바닥을 입에 대고 눈을 커다랗게 떴다.

"앗, 혹시 그런 건가요? 그랬군요."

마오마오는 주먹을 쥐고 손바닥에 탁 치며 얄미운 웃음을 지어 보였다.

"혹시 나리께서는 저를 이렇게 계속 방해하시면서 무슨 일이 일어나기를 기다리고 계시는 건가요? 조작한 놈들과 한패라거나…."

말이 끝나기도 전에 묵직한 감각이 쿵, 하고 머리를 강타했다.

정신을 차리고 보니 마오마오는 땅바닥에 쓰러져 있었고 시야는 새하얗게 물들어 있었다.

'기절할 것 같아.'

알고는 있지만 그럴 수는 없었다.

멀리서 아까 그 무관의 목소리가 들렸지만 내용은 알 수 없었다. 일단 격노했다는 사실은 알겠다. 이런 꼬마 계집애가 그런 식으로 시비를 걸었으니 화가 나는 것도 당연하리라. 저도 모르게 손을 올릴 만큼.

그런 짓을 하도록 자신이 자극했으니 어쩔 수 없다. 그리고 여기서 정신을 잃으면 다 끝장이다.

마오마오는 천천히 몸을 일으켰다. 귀가 뜨겁고 시야가 온통 새하얬다. 천천히 풍경에 색이 돌아오기를 기다리고 있자니, 손찌검을 한 무관을 다른 관리가 말리고 있었다.

'소란을 피워도 안 되나?'

약간의 소동이 벌어졌을 뿐 제사는 계속 이어지고 있는 모양이었다. 제단 쪽에서 음악이 들려왔다.

어질어질한 몸을 겨우 일으켜 세웠다. 지면에 붉은 물방울이 툭 떨어졌다.

'코피가 났구나.'

별로 대단한 일은 아니다. 귀 옆을 구타당한 것 같지만 뜨겁기만 할 뿐 아프진 않았다.

마오마오는 엄지로 한쪽 콧구멍을 막고 피를 닦았다. 그 모습을 본 주위 관리들이 술렁거렸다. 제사 장소에서 피를 흘리는 건 너무 불경한 짓이었나, 하고 마오마오는 약간 반성했지만 사과할 시간도 없었다.

"이제 성이 좀 풀리셨습니까?"

"……."

흐릿한 시야 속에서 주위가 어떻게 반응하고 있는지는 알 수 없었다. 하지만 웅성거리고 있다는 사실만큼은 인지할 수 있었다.

이런 짓을 하고 있을 때가 아니다.

마오마오는 꼭 해야만 하는 일이 있었다.

"들여보내 주십시오."

힘이 실린 목소리로 꼿꼿하게 말했다.

'들여보내 주지 않으면 곤란해.'

큰일이 일어난 뒤에는 이미 늦다. 그러면 모든 일이 다 수포로 돌아간다.

그렇게 되면.

'우황을 받을 수가 없어!'

머리가 어질어질하고 시야는 아직도 하얬다. 그래도 마오마오에게는 굳이 일어나야만 하는 이유가 있었다.

마오마오는 눈에 힘을 주고 주위를 둘러보았다.

"제사를 중단하라고 말씀드리진 않겠습니다. 저를 그냥 못 본 척만 해 주십시오. 우연히 생쥐가 들어갔다는 핑계라도 대시고요."

현 황제는 자비로운 인물이니, 목이 날아가는 건 자신 하나만으로 그칠 것이다.

물론 마오마오도 목이 잘리는 걸 원치는 않았다. 어떻게든 진 시에게 부탁을 해서 매달려 보자. 안 된다면 하다못해 독살로 바꿔 달라고 하기라도 해야겠다.

"여기서 저를 막았다가 안에서 무슨 일이 일어나면 어쩌려고 그러시나요? 고귀한 분들이 안에 계실 텐데요. 그때는 여러분 의 목이 날아가지 않을까요?"

안에 누가 있는지는 모른다. 하지만 주위 분위기로 미루어 볼 때 어지간히 큰 제사가 이루어지는 중이라는 사실은 알 수 있었다.

몇 명 정도는 마오마오의 말이 먹혔는지 아무 말 없이 서로 얼굴만 마주 보고 있었다. 하지만 전원이 물러서진 않았다.

"너 같은 꼬마 계집애의 말을 어떻게 믿으라는 거지?"

그런 식으로 나오면 할 말이 없다.

마오마오는 어떻게 대꾸해야 좋을지 알 수가 없어, 자신의 앞 을 가로막는 무관을 그저 마주 보고만 있었다. 그때 뒤에서 뚜 벅뚜벅 발걸음 소리가 들려왔다.

"그럼 내 말이라면 어떨까?"

뒤에서 익살스러운 목소리가 들려왔다. 어딘가 모르게 의미 심장한 미소를 띠고 있는 듯 장난기 어린 목소리였다.

마오마오는 이 목소리의 주인을 알고 있었다.

마오마오를 가로막고 있던 무관이 반걸음 뒤로 물러섰다. 주위 관리들의 얼굴도 일제히 새파래졌다. 조우해서는 안 되는 무언가를 마주쳐 버린 얼굴들이었다.

마오마오는 뒤를 돌아보지 않았다. 그저 얼굴이 이 이상 일그러지지 않도록 애쓸 뿐이었다. 자연스럽게 관자놀이 부근이 움찔움찔 경련했다.

"그나저나 젊은 처자를 그렇게 무자비하게 때리다니 너무하는군. 저렇게 다치지 않았나? 누가 그랬지?"

장난스러운 말투 속에 차가운 기운이 섞여 들었다. 모든 사람들의 시선이 육각봉을 든 사내에게 집중되었다. 사내의 얼굴이 굳어졌다.

"아무튼 이 아이가 말하는 대로 해 주는 게 어떨까? 책임은 내가 질 테니."

뒤에 누가 있는지는 모른다. 하지만 마치 잰 듯 완벽한 순간에 나타났다. 마오마오는 그만 이를 빠득 악물고 말았다.

'지금은 그런 걸 신경 쓸 때가 아니야.'

마오마오는 뒤를 돌아보지 않았다. 대신 주위 사람들을 둘러보고는 제단 쪽으로 달려갔다.

목소리의 주인이 누구인지는 아무래도 상관없는 사실이었다.

향과 연기 냄새가 풍겼다. 관현의 선율과 함께 느슨하게 천장에서 드리워져 있던 천이 나부꼈다. 유려한 필체로 글자가 적혀 있고, 그것은 소망이 되어 하늘로 가 닿는다고 한다.

그런 장소에 지저분한 꼬마 계집애가 들어오는 바람에 주위에서 술렁거리는 소리가 들렸다.

'꼬락서니가 엉망이긴 할 거야.'

뛰어오느라 땀투성이가 되어 있는 하녀의 얼굴에 덜 마른 코피가 덕지덕지 묻어 더럽혀져 있을 테니 말이다.

이 일이 다 끝나면 느긋하게 뜨거운 물로 목욕이나 해야겠다고 마오마오는 생각했다. 진시의 방에 있는 욕조를 빌리겠다는 건 너무 분수 모르는 일이니, 가오슌에게 부탁해 보자.

문제는 그 전에 목이 날아갈 수도 있다는 점이지만.

길게 이어진 붉은 융단 건너편에는 검은 옷을 입은 남자가 서 있었다. 머리에는 구슬이 주렁주렁 매달린 독특한 관을 쓰고, 낭랑하게 소리 높여 무어라 말하고 있었다.

마오마오는 달렸다.

남자의 앞에는 불을 피운 커다란 가마가 있었다. 그리고 머리 위에는 천이 펄럭이는 거대한 기둥이 있었다. 그리고 그 기둥을 고정하는 것은….

쩔걱쩔걱 귀에 거슬리는 소리가 들린 듯한 느낌이 들었다.

착각일지도 모른다. 이렇게 먼 곳까지 들릴 리가 없다. 하지만 마오마오는 움직였다. 융단을 박차고, 눈앞에 있는 남자에게로 정신없이 달려갔다.

제사를 지내던 남자가 마오마오의 존재를 알아차리고 뒤를 돌아보았다. 마오마오는 신경도 쓰지 않고 남자의 옆구리를 끌어안은 채 옆으로 쓰러졌다.

그와 동시에 고막이 찢어질 정도로 커다란 소리가 들려왔다. 다리에 급격한 뜨거움을 느낀 마오마오는 살며시 뒤를 돌아보았다. 커다란 금속 기둥이 마오마오의 다리를 짓누르고 있었다. 피부가 후벼 파이고 찢긴 상태였다.

'꿰매야겠네.'

마오마오는 부스럭부스럭 가슴팍을 뒤졌다. 항상 품에는 약과 간단한 의료 기구를 가지고 다니곤 했다. 그런 마오마오의 손을, 뼈가 튀어나온 단단한 손이 움켜쥐었다.

문득 위를 올려다보니 관에 달려 있던 구슬들이 흔들리고 있었다. 그 안쪽으로 흑요석 같은 눈동자가 보였다.

"어쩌다 이런 상황이 된 거지?"

의아한 울림을 띤 천상의 선율 같은 목소리가 흘렀다.

바닥에는 천장에서 떨어진 기둥이 굴러다니고 있었다. 가만히 서 있었다면 즉사했을 것이다.

"…진시 님, 우황 주실 건가요?"

마오마오는 눈앞에서 제사를 지내고 있던 아름다운 환관에게 물었다.

그보다 왜 진시가 여기 있는지가 더 궁금했다. 오히려 자신이 더 묻고 싶었다.

"지금 그럴 때가 아니잖아."

진시는 쓰디쓴 무언가를 씹은 표정을 짓고 있었다.

커다란 손이 마오마오의 얼굴을 어루만졌다. 엄지손가락이 뺨을 쓸었다.

"얼굴은 또 왜 이래….."

진시가 괴로운 듯 말했다. 왜 그런 얼굴을 하고 있을까. 그보다 이 상황을 어떻게든 해결하는 편이 좋겠다고 마오마오는 생각했다.

"그보다 전 다리를 꿰매야 할 것 같습니다."

아프다기보단 뜨거웠다. 몸을 뒤틀어 후벼 파인 상처 자국을 보려 하는데 몸이 휘청 흔들렸다.

"앗, 이봐!"

진시의 목소리가 먼 곳에서 들렸다.

'큰일이네.'

머리를 세게 얻어맞은 탓이었다. 단숨에 힘이 빠져 버렸다.

다시 새하얗게 물든 시야 속에서 마오마오는 자신의 몸을 세차게 흔드는 진시가 진심으로 짜증난다고 생각했다.

약사^의 혼잣말

편안한 감각이 몸을 흔들었다.

고상한 향이 희미하게 콧구멍을 스쳤다. 요람을 흔드는 듯한 감각은 아주 잠깐일 뿐이었고, 금세 부드러운 무언가의 위에 몸이 눕혀지는 느낌이 들었다.

그 후로 시간이 얼마나 흘렀는지는 모른다.

'여긴 어딜까?'

천천히 눈을 뜨니 호화로운 천개가 보였다. 매일 열심히 닦고 청소했던 기억이 났다.

향 냄새가 난다. 최고급 백단향이었다.

진시의 침실. 그렇다면 지금 마오마오가 누워 자고 있던 곳은 침대라는 말이 된다.

"눈을 떴구나."

차분하고 다정한 목소리가 들렸다. 긴 의자에 앉아 있던 초로의 시녀가 자리에서 일어섰다. 시녀는 원탁에서 물병을 집어 들고 잔에 물을 따랐다.

"의국에 재우기도 뭣하다면서 진시 님이 데려오셨단다."

스이렌은 후후후 웃으며 마오마오에게 잔을 건넸다.

마오마오는 그것을 입으로 가져갔다.

어느샌가 잠옷으로 갈아입혀져 있었다. 머리가 묵직하고 다리가 뻣뻣한 느낌이 들었다.

"무리하면 안 돼. 열다섯 바늘이나 꿰맸단 말이야."

홑이불을 들춰 보니 마오마오의 왼다리에는 붕대가 감겨 있었다. 통증이 둔하게 느껴지는 것을 보면 마취라도 된 모양이었다. 머리를 만져 보자 똑같이 붕대가 감겨 있었다.

"지금 막 일어났는데 미안하지만 다른 분들을 불러와도 될까? 옷을 갈아입고 싶다면 시간을 좀 줄게."

마오마오는 침대 옆에 놓여 있던 자신의 옷을 집어 들고는 "알겠습니다." 하고 고개를 끄덕였다.

들어온 것은 진시와 가오슌, 그리고 바센이었다.

옷을 다 갈아입은 마오마오는 앉은 채 그들을 맞이했다. 무례한 행동이긴 하지만 스이렌이 괜찮다고 했으니 그냥 그러기로 했다.

"이게 도대체 어떻게 된 일이지?"

맨 처음 입을 연 사람은 바센이었다. 바센은 다소 짜증이 난 표정으로 마오마오를 쳐다보고 있었다.

"바센."

가오슌이 험악한 목소리로 말하자 바센은 혀를 차고는 의자에 앉았다.

진시는 무표정하게 긴 의자에 앉아 있었다.

'그야 주인이 위험에 처할 뻔했으니 당연한 일이겠지.'

그렇다고 자신이 야단을 맞을 이유도 없으므로, 마오마오는 차분한 표정으로 찻잔에 담긴 물만 마셨다.

진시는 소매 속에 양손을 넣은 채 마오마오를 바라보았다.

"어떤 경위로 그 장소에 오게 되었는지, 또 기둥이 떨어질지 어떻게 알았는지 설명을 좀 들어야겠는데."

"알겠습니다."

마오마오는 잔을 내려놓고 한숨을 내쉬었다.

"우선 이것은 여러 가지 우연이 겹쳐져 일어난 사건입니다. 우연이라고는 해도 높은 확률로 필연이 될 수 있는 요소가 많이 포함되어 있죠. 그런 의미에서는 사고가 아니라 사건이라 할 수 있습니다."

마오마오가 아는 것만으로도 벌써 몇 개인지 모른다.

우선 작년에 코녠이라는 고관이 죽은 일. 그리고 창고에서 화재가 일어나고, 동시에 다른 장소에서 제사 도구를 도둑맞은 일. 그와 거의 같은 시기에 그 제사 도구를 담당하던 관리가 식중독으로 쓰러진 일.

"그 모든 일들이 누군가가 의도해서 벌어진 일이라고?"

"네, 그렇습니다. 그리고 또 한 가지, 제가 미처 보지 못했던 것을 떠올렸습니다."

어떤 제사 도구를 도둑맞았는지 마오마오는 몰랐다. 하지만 거기에는 제사에 사용되기에 적합한 장식이 달려 있지 않았을까. 숙련된 직공이 만든 물건이었음이 분명하다.

숙련된 직공이라 하면, 또 최근에 비슷한 이야기를 들은 바 있다.

"…혹시 그 직공 일가 말인가?"

진시가 움찔한 표정으로 말했다. 눈치 빠른 사람이라고, 마오마오는 생각했다.

"맞습니다."

직공이 죽은 이유를 마오마오는 어느 정도 상상할 수 있었다. 납 중독일 터였다. 이것은 직업병이라고 생각할 수도 있겠지만, 또 그렇지 않을 가능성도 있었다.

이 또한 의도적으로 일어난 일이라고 볼 수도 있다. 선물로 포도주와 납으로 만든 잔을 준 뒤, 몸이 약해지기를 기다리면 그만이다. 이것은 한 가지 예에 불과하며 다른 방법도 얼마든지 있다.

"죽은 직공은 아들인 제자들에게 직접 기술을 가르쳐 주려 하지 않았습니다. 어쩌면 그 누구도 수수께끼를 풀지 못한 채로 기술이 사라져 버렸을 수도 있습니다. 그랬다면 범인에게는 더욱 유리해졌겠죠."

거기서 생각할 수 있는 점은, 일을 부탁한 사람은 이미 그 기술이 무엇인지를 알고 있었으리라는 것이다. 자세히는 모르더라도 최소한 그 성질에 대해서는 몰랐을 리가 없다.

"즉, 도둑맞은 제사 도구는 그 직공이 만든 물건이라는 뜻인가?"

진시의 물음에 마오마오는 고개를 가로저었다.

"아닙니다. 반대로 없어진 제사 도구 대신 직공이 만든 것을 사용했을 겁니다."

마오마오는 종이와 붓을 찾아 꺼내서 거기에 슥슥 그림을 그려 나갔다. 한가운데에 커다란 가마와 제단이 있고, 천장에 늘어뜨려져 있는 기둥도 그렸다.

기둥의 양 끝에는 끈 같은 것이 묶여 있다. 그것을 천장의 도르래에 꿰고, 바닥에 박힌 금속 장식에 고정시켜 놓았다.

"제사 도구 몇 개가 없어졌는지는 모르지만 그 외에도 다른 부품이 없어지지 않았나요? 부품이라고는 해도 상당히 정교한 장식이 붙은 것을 사용할 것으로 여겨집니다."

"…아마 그럴 가능성도 있겠군요."

가오슌이 애매하게 말했다. 그런 문제의 관할은 진시 쪽에서 담당하지 않기 때문에 자세한 정보가 없을 터였다.

"불을 피우는 장소의 바로 옆에 기둥을 매달아 놓은 금속 줄이 고정되는 부분이 있을 것입니다. 그곳의 금속 연결구에 문제의 장식이 사용되었다면, 그리고 불에 달궈지는 바람에 망가졌다면…."

"어리석은 소리. 그런 건 처음에 만들 때부터 이미 다 알고 있었던 일이 아니냐. 불 때문에 망가질 만한 재질은 사용되지 않았을 텐데."

바센이 코웃음을 치며 말했다.

"하지만 실제로 기둥은 떨어졌습니다. 연결구 장식에 사용된 금속이 망가졌으니까요."

"아무리 뜨겁게 달궈진다고 그렇게 쉽게 망가질 만한 것은 아닐 것이다. 그 정도는 이미 다 생각해 놓고 설계했을 테니."

진시도 바센의 말에 동의했다.

"아뇨, 망가집니다. 녹아 버립니다."

모든 사람들이 마오마오의 얼굴을 쳐다보았다.

마오마오는 그 직공 집안의 비전 기술에 대해 말했다.

"금속 하나하나는 아주 높은 온도까지 올라가야만 녹습니다. 하지만 다른 금속들을 녹여서 서로 섞으면 신기하게도 녹는 온도가 낮아지는 경우가 생깁니다.”

아주 오래전부터 사용되었던 방법이다. 하지만 그래도 상당한 열을 가해야 한다.

그 직공 일가의 비전 기술이 비전인 이유가 거기에 있다. 죽은 직공이 만들어 낸 금속 배합 비율, 그것은 상당히 낮은 온도로도 금속을 녹일 수 있게끔 만드는 비밀이었다.

그렇다. 달궈진 가마 곁에 놓아두기만 해도 충분히 녹아내릴 수 있을 정도로….

마오마오의 설명에 모든 사람들이 입을 다물었다. 스이렌 혼자만 느긋하게 차를 마시고 있었다.

구조상 천장 기둥은 절대 떨어지지 않도록 설계되어 있을 터였다. 그렇지 않았다면 그런 설계 구조가 통과될 리가 없다. 그 밑에서 고귀한 분이 제사를 지내니 말이다.

만일 마오마오가 알아차리지 못했다면 진시는 그 자리에서 즉사했을 가능성이 높다.

설마 진시가 그 자리에 있을 거라고는 생각지 못했지만.

‘이 인간 도대체 정체가 뭐야?’

그 부분까지 캐물을 만큼 자신의 입장이 대단하지는 않다는 사실을 잘 알고 있었기에, 마오마오는 입을 다물었다. 알게 된다 한들 어차피 귀찮은 일에 말려들기만 할 뿐이다.

모두 빙 둘러 가는 방법이었지만 그래도 전부 이어지는 일들이라고 생각하는 편이 타당하다. 직접적으로든 간접적으로든 누군가가 실을 당기고 있을 것이다.

"제가 말씀드릴 수 있는 것은 여기까지입니다."

이야기를 다 들었으니 이제 진시 일행도 거기에 관련된 사람들을 샅샅이 뒤져 찾아낼 것이다. 이미 리하쿠가 움직이고 있을 가능성도 있다.

마오마오는 문득 그 키 큰 관녀를 떠올렸다.

'나하고는 상관없는 일이야.'

마오마오는 천천히 고개를 가로젓고는 눈을 내리깔았다.

하지만 그 관녀의 무기력한 얼굴이 어째서인지 자꾸만 떠올랐다. 이젠 뭐가 어떻게 되든 아무래도 상관없다는 듯, 다소 무책임한 분위기가 풍기던 표정.

그리고 그 밭에서 했던 말이 묘하게 마음에 걸렸다.

죽은 사람을 되살리는 약이라는 말….

얼마 후 리하쿠에게서 연락이 왔다. 예상대로 스이레이라는 관녀 이야기였다.

스이레이는 독을 마시고 죽었다.

그렇게 덧없는 최후를 맞이했다는 이야기를 듣고 마오마오는 통 알 수 없게 되고 말았다.

증거를 모아서 형부刑部 소속, 즉 형법을 관장하는 관리들이 달려갔을 때 스이레이는 이미 침대 위에 쓰러져 있었다. 쓰러진 잔 속 내용물에는 독이 포함되어 있었다고 한다. 의관에게 검시를 부탁하니 사망이 확인되었다.

스이레이는 죄인으로서 관에 넣어진 채 형벌을 받는다. 하루 밤낮으로 화형, 즉 화장을 당한다고 한다. 지금 스이레이의 시체는 옥중에서 사망한 죄인을 안치하는 장소에 놓여 있었다.

형부가 신속하게 움직인 이유는 리하쿠와 부하들이 모아 온 증거가 빈틈없고 꼼꼼했기 때문일 것이다. 아니면 전부터 이미 움직이고 있었는지도 모른다.

그러나 죄인으로 드러난 사람은 스이레이 한 명뿐이었다.

'그렇게 자질구레하고 사소한 것들까지 전부 한 사람이 다 했다고?'

영 석연치 않았다. 마오마오가 스이레이의 최후를 보고 할 수 있는 말은 그것뿐이었다.

꼬리를 잘라 낸 도마뱀일까. 하지만 그 이전의 무언가가 자꾸만 마오마오의 마음에 걸렸다.

'그것을 받아들일 만한 여자였던가.'

마오마오가 스이레이와 접촉한 것은 그리 긴 시간이 아니다. 그 짧은 시간 동안 타인의 마음을 파악할 만큼 마오마오는 인심술人心術에 능숙하지 않았다.

무기력한 그 분위기는 살아갈 기력이 없었기 때문에 뿜어져 나온다고 볼 수도 있었다.

하지만 마오마오에게는 마음에 걸리는 것이 있었다.

스이레이의 말이 자꾸만 생각났다.

마치 마오마오를 시험하는 듯한 말투였다.

'감만 가지고는 안 돼. 단언할 수가 없어.'

하지만 마오마오는 그 이상 아무 말도 하지 않고, 매일 조용히 하루 일과를 마치는 수밖에 없었다.

그것이 하녀라는 존재다.

그래야 하지만….

호기심에 패배하고 말았다.

"진시 님, 부탁드리고 싶은 것이 있습니다."

마오마오는 먼저 입을 열었다.

"검시를 한 의관과 이야기를 나눠 보고 싶은데요."

장소는 시체 안치소.

그렇게 말하는 마오마오의 얼굴에는 이상하게도 웃음이 가득했다.

시체 안치소는 어두컴컴하고 송장 썩는 냄새로 가득했다. 옥중에서 죽은 자는 무덤에 들어가는 일이 허락되지 않고, 화장

처리를 해 버리는 것이 이 나라의 방식이다.

관들이 방 한구석에 착착 쌓인 채 죄인을 기다리고 있었다. 스이레이가 들어가 있는 관은 거기에서 조금 떨어진 장소에 놓여 있었고, 흑백 패가 붙어 있었다.

그 자리에는 진시와 가오슌도 함께 있었다. 가오슌은 진시가 시체 안치소에 있는 게 마음에 걸리는 듯했지만, 진시가 가고 싶다고 했더니 말리진 않았다.

불려온 의관은 어두운 표정을 짓고 있었다.

당연한 일이다. 친근하게 말을 걸곤 하던 관녀가 죽고, 심지어 죄인 취급까지 받고 있으니 말이다.

'하지만 정말 그게 전부일까?'

검시한 게 이 사내였다면 아무도 모르는 사실을 혼자 알고 있을지도 모른다. 예를 들어….

"혹시 그 관녀가 먹고 죽은 독에 만다라화曼茶羅華가 사용되지 않았던가요?"

마오마오는 단도직입적으로 말했다. 다리 부상 때문에 가오슌이 준비한 의자에 앉은 자세로 의관을 바라보고 있었다. 그 옆에는 괭이가 놓여 있었다. 이것도 가오슌이 준비해 준 물건이었다. 진시가 그것이 뭔지 궁금한 듯 흘끔흘끔 쳐다보고 있었지만, 설명하기 귀찮아 그냥 무시했다.

반론할 틈도 없이 의관의 얼굴이 새파래졌다.

하지만 긍정은 하지 않고 고개를 가로저었다.

"여러 종류의 약이 섞여 있어 특정하기는 어려워. 증상으로 볼 때 그럴 가능성이 높긴 하지만 단정할 수는 없어."

얼굴이 새파래지긴 했지만 그래도 멀쩡한 대답이 돌아왔다. 맞는 말이다. 마오마오도 그 독을 본다 한들 뭐가 몇 종류 들어 있는지까지는 알 수 없을 것이다.

"마구간 위쪽의 작은 언덕에 밭이 하나 있죠. 그곳에 만다라화가 자라고 있는 게 아닌가요? 지금 계절에는 없더라도, 이 의국에 그것이 없을 리가 없습니다."

만다라화는 독성이 강하지만 적정량을 투여하면 마취약으로 작용한다. 의국에 있는 만다라화를 스이레이가 가져갔다면.

의관은 침묵했다.

이 의관은 유능한 자일 거라고 마오마오는 생각했다. 하지만 거짓말은 잘 못 하는 모양이었다.

만다라화는 다른 이름으로 조선나팔꽃이라고 한다.[*]

싸늘한 표정으로 **나팔꽃**을 키우고 있다고 말하던 여자의 옆얼굴이 떠올랐다.

"그럼 정말로 그 독인지 아닌지 확인해 볼까요."

마오마오는 의자에서 일어나 괭이를 집어 들었다. 그리고 흑

※만다라화는~ : 만다라화는 원래 불교에서 천상에 핀다고 하는 흰 연꽃을 가리키지만, 만드라고라나 마취 작용 성분을 갖고 있는 나팔꽃을 말하기도 한다.

백 패가 붙어 있는 관 앞에 서서 괭이로 관을 내리쳤다.

"뭐 하는 거야?!"

"가만히 보고 계세요!"

마오마오는 괭이를 관의 빈틈으로 쑤셔 넣고 괭이자루를 꾹 눌렀다. 뚜껑에 박혀 있던 못이 솟아올랐다. 담담하게 작업을 계속하는 마오마오를, 전원이 아연실색한 채 지켜보고 있었다.

못을 전부 빼내고 뚜껑을 열자 그 속에는 여자 시체가 들어 있었다. 다리 밑에서 죽음을 맞이한, 가엾은 몰락 기녀 같은 시체였다.

"스이레이가… 아닌가?"

의관은 무릎을 꿇고 관 속을 들여다보았다. 그는 굉장히 당황했는지 관을 짚은 손이 떨리고 있었다.

'이게 연기라면 상당히 여우 같은 인간이겠지.'

보아하니 의관은 스이레이가 죽었다고 철석같이 믿은 모양이었다. 그리고 그 시체가 없다는 사실에 진심으로 놀라고 있었다.

"정말로 죽었었군요, 그 스이레이라는 관녀는."

"그래. 내가 아무리 얼간이 같은 인간이라고 해도 그 정도는 알아. 아주 깨끗한 시체였지만 맥도 심장도 뛰지 않았어."

의관이 창백한 얼굴로 말했다. 이 사내는 스이레이의 시체를 아주 조심스럽게 다루었을 것이다. 그리고 스이레이 또한 그 사실을 미리 꿰뚫어 보았으리라.

무슨 독인지 확실히 알아내기 위해 시체를 토막 내는 일은 없을 것이라고 확신하고.

"즉, 상대의 술수에 완전히 놀아나신 겁니다."

마오마오의 말에 새파랬던 의관의 얼굴이 순식간에 벌겋게 달아올랐다. 저도 모르게 마오마오의 멱살을 잡으려 하는 의관을 가오슌이 뒤에서 제압했다.

스이레이는 독을 만들 때 만다라화를 이용했다. 그 외에도 마음만 먹으면 여러 종류의 약을 손에 넣을 수 있었을 것이다. 의국의 약 서랍을 조사해 보면 재고에 차이가 난다는 사실을 금세 알아낼 수 있으리라.

이 의관을 책망할 일은 재고의 관리 소홀 문제 정도겠지.

"어떻게 된 일이지? 시체가 바뀌었다고?"

진시가 눈을 가늘게 떴다.

"불태우려 할 때 내용물이 없으면 의심을 살 테니까요."

시체 안치소에는 관이 여러 개 있다. 스이레이 외에도 불태울 시체가 있었을 것이다. 그때 새 관을 갖고 들어오는 일도 있었을 테고 말이다.

그 틈에 섞여 대용 시체를 준비하여, 시체를 바꿔치기하면 된다.

"스이레이의 시체는 어떻게 하고? 가지고 나가려면 너무 눈에 띌 텐데.”

“가지고 돌아갈 필요가 없지요. 자기 발로 걸어서 돌아갔을 테니까요.”

마오마오의 말에 일동은 경악했다.

“저쪽 관을 조사해 봐 주시겠습니까?”

마오마오는 직접 열어 보려 했으나 다리가 너무 욱신욱신 아팠기에 가오슌에게 부탁했다.

가오슌은 싫은 기색 하나 보이지 않고 빈 관 쪽을 돌아보았다. 그리고 이 성실한 사내는 여러 개의 관들 중 하나에서 위화감을 느끼고, 쌓여 있던 관들 속에서 하나를 끄집어냈다. 가오슌은 단련된 체격을 가지고 있으니 혼자 꺼낼 수 있었지만, 보통은 사람 둘 이상이 덤벼들어야 옮길 수 있는 무게였을 것이다.

“못 자국이 보이는 관이 하나 있습니다.”

마오마오는 다리를 질질 끌면서 가오슌이 꺼낸 관 쪽으로 다가갔다.

“아마 이게 바로 스이레이가 들어 있던 관일 겁니다. 죽은 스이레이는 이 속에서 계속 도움의 손길을 기다리고 있었겠죠.”

그리고 도와주러 온 사람이 관을 열었을 무렵 스이레이는 되살아났다. 그 후 관을 바꿔치기한 뒤에는, 스이레이는 관을 가지고 온 사람들과 같은 차림새를 하고 시체 안치소 밖으로 나가면 된다. 시체를 다루는 직업을 가진 사람들의 모습을 보면 보통 다른 사람들은 시선을 피하곤 한다. 키가 큰 스이레이는 남자들 속에 섞여 있어도 큰 위화감이 없었을 것이다.

"산 사람을 죽은 사람으로 보이게 하는 약이 있다는 사실을 알고 계십니까?"

마오마오가 물었다. 의관은 망연한 표정으로 입을 열었다.

"…그런 게 있다는 말을 들어 본 적은 있지만, 만드는 법은 잘 몰라."

죽은 사람을 되살아나게 만드는 약이라는 것은 환상에 불과하다고 말하고 싶지만, 꼭 그런 것만도 아니다. 비슷하면서도 다른 효용을 가진 약이 없지는 않으니 말이다.

"안타깝게도 저 역시 그건 잘 모릅니다. 하지만 재료에 만다라화와 복어 독이 들어간다는 건 들은 적이 있습니다."

딱 한 번, 아버지가 가르쳐 준 적이 있었다. 머나먼 이국에서는 사람 하나를 죽였다가 되살리는 약이 있다고 말이다.

만다라화와 복어 독을 포함한 독. 거기에 여러 가지 다른 독을 섞음으로써 만들 수 있다. 원래 그것들은 전부 맹독이지만, 일정한 조정을 가함으로써 독이 독을 서로 죽이게 만들어 시간이 지나면 그걸 먹은 사람이 되살아나는 구조라고 한다.

물론 아버지는 그런 약을 만들지도 않고, 무엇보다 마오마오에게 가르쳐 줄 리도 없었다.

마오마오가 만다라화와 복어 독이 재료라는 사실을 알고 있는 것도 아버지의 장서를 몰래 읽었기 때문이다. 아버지는 먼 이국의 언어로 적힌 그 책을 마오마오가 읽을 거라고는 생각지도 못했으리라.

아버지는 방심한 모양이었지만 독에 대한 마오마오의 집념은 보통이 아니었다. 마오마오는 가끔 찾아오는 이국 손님에게 부탁하여 글자를 배운 뒤, 책 내용을 조금씩 해독해 나갔다. 중간에 아버지가 알아차리는 바람에 그 책은 분서당하는 신세가 되어 버렸지만 말이다.

"그런 확증도 없는 방법을 스이레이가 이용했다고?"

"어차피 들키면 사형을 당하겠지요. 그럴 게 뻔하다면 저라도 기꺼이 도박을 해 보겠습니다."

"아니, 넌 좀 다르잖아."

웬일로 진시가 재빠르게 끼어들었다. 이야기가 탈선할 것 같았기에 마오마오는 무시했다.

"이곳에 시체가 없다면 도박에서 승리했다는 이야기가 됩니다. 시체가 깨끗이 불태워지기까지 했다면 완벽한 승리를 거둘 수 있었겠지만요."

'그렇게 내버려 둘 수는 없지.'

마오마오는 관을 응시하며 웃었다. 그 속에는 이름도 모르는 행려병자 여자가 들어 있을 뿐이다. 웃을 이유 따위는 전혀 없다.

'불경한 짓이겠지?'

모르는 사람의 죽음에 고통을 느낄 만큼 마오마오는 인정이 많지 않다. 그보다 더 중요한 것이 있었다.

배 속 깊은 곳에서 큭큭큭 웃음이 솟아났다. 몸 깊은 곳에서 솟구치는 기묘한 감각에 온몸을 빼앗길 것만 같았다.

"살아 있다면 꼭 만나 보고 싶군요."

딱히 누구에게 하는 말은 아니지만, 마오마오는 그렇게 말했다. 체포하려는 목적이 아니라, 만나고 싶은 이유는 따로 있었다.

다양한 사건들을 사고로 위장할 수 있는 지식, 그것을 실제로 저지를 수 있는 배짱. 무엇보다 자신의 목숨까지 도박에 걸고 모든 사람들을 속이려 했던 당찬 의지.

그런 인물이 너무 쉽게 죽어 버리면 재미없다고 생각하는 건 마오마오뿐일까. 죽은 사람이 나왔는데도, 그런 것보다 솟구치는 감정을 억누를 수가 없었다.

'죽은 사람을 되살리는 묘약 제조법을 꼭 배우고 싶어!'

머릿속에는 온통 그 생각뿐이었다. 그 때문인지 어느새부턴가 마오마오는 소리 높여 웃음을 터뜨리고 있었다.

결과적으로 주위에 있던 세 사람이 기묘한 표정으로 마오마오를 쳐다보게 되었다는 사실은 말할 필요도 없다.

마오마오는 에헴, 하고 헛기침을 한 뒤 의관을 쳐다보았다.

"죄송합니다. 다리를 좀 꿰매 주실 수 있을까요? 아까 상처 자국이 벌어졌거든요."

마오마오는 질질 끌고 다니던 다리를 뒤늦게 쓸어내렸다. 붕대에 피가 배어 나와 있었다.

"그런 건 빨리 말하란 말이다!"

진시의 외침이 시체 안치소 안에 울려 퍼졌다.

약사의 혼잣말

14화 : 가오슌

진시는 목욕을 마치고 느긋하게 술잔을 기울이고 있었다.

요즘 들어 올라오는 안건이라고는 하나같이 머리 아픈 것들 뿐이다. 정말 곤란한 상황이었다. 얼마 전에도 하마터면 죽을 뻔했다.

그 시체 안치소 사건이 있은 이후로 스이레이 일은 비밀리에 조사를 끝냈다. 그러는 편이 낫기 때문이었다. 스이레이의 관이 놓여 있었던 기간 중에 관을 납품한 업자를 찾아보았으나, 기묘하게도 그 업자는 그런 의뢰를 받은 적이 없다고 했다.

스이레이라는 관녀에 대해서도 애매한 점이 많았다. 그 의관이 스이레이와 친했던 이유는 스이레이의 후견인이 의관의 스승이기 때문이라고 했다. 하지만 스승이 스이레이를 양녀로 삼은 것은 고작 몇 년 전이라고 했다. 재능을 꿰뚫어 보고 양녀로 삼은 모양이었지만, 그 이전의 일에 대해서는 잘 모른다는 보고

가 들어왔다.

이거 장기전이 되겠는걸, 하고 진시는 생각했다. 별로 드문 일은 아니다. 문제가 해결되지 않고 계속 병행되는 것들이 늘어 나는 건 자주 벌어지는 일이다.

이럴 경우에는 그냥 잊지 않도록 신경 쓰는 정도로만 담아 두는 편이 낫다. 그리고 지금 할 수 있는 일을 할 뿐이다.

파직파직 숯 타는 소리가 들리나 싶더니 밖은 어느샌가 눈으로 새하얗게 뒤덮여 있었다. 추운 것도 당연한 일이었다.

진시가 긴 의자에 걸려 있던 상의를 걸치고 있는데 딸그랑딸 그랑 소리가 났다. 이 건물은 그 소리가 현관 쪽에서 울려 퍼지도록 설계되어 있다. 그 소리를 통해 대략 누가 왔는지를 알 수 있었다.

예상대로 미간 주름이 뚜렷하게 박힌 종자가 들어왔다.

"무사히 바래다주었습니다."

"항상 미안하군."

진시는 너무 늦어졌을 때는 가오슌에게 마오마오를 바래다주도록 부탁해 놓았다. 마오마오는 얼마 전 진시를 감싸다 다리를 다쳤다. 내버려 두면 또 상처가 벌어질 만한 짓을 저지를 것 같아 두려웠다.

다리 부상도 있지만, 진시에게는 걱정거리가 하나 더 있었다.

그 괴짜 라칸 문제였다.

마오마오의 부친이라는 그 사내의 말은 거짓말이 아닌 모양이었지만, 마오마오의 반응을 보아하니 보통 일은 아닌 듯했다. 궁중에서도 그 사내가 무슨 짓을 저지를지 모른다는 것은 거의 상식이나 다름없는 일이었으므로, 만일을 대비하는 수밖에 없었다.

지난번 중사 때 마오마오가 제단에 난입한 데에도 그 남자가 개입했다고 한다. 마오마오를 때렸던 무관은 지금쯤 집요하게 괴롭힘을 당하고 있을 것이다.

여타 관리와 다른 가오슌은 진시의 얼굴색을 파악했는지 말 없이 일만 해 주고 있으니 고마운 일이다.

가오슌은 진시가 젖을 떼자마자 바로 교육 담당으로 붙은 남자였다. 한때 다른 일을 하느라 잠시 떨어져 있었던 시기가 있긴 했지만, 진시를 가장 잘 이해해 주는 사람이었다.

이 사내의 처가 자신의 유모였다는 사실까지 생각하면 정말이지 평생 가오슌 앞에서는 고개를 들 수가 없다.

"내일은 후궁에 가야 해."

"네."

가오슌은 그릇 두 개와 냄비를 가져왔다. 기묘한 단맛을 지닌 그 액체는 매일 마셔야만 효력을 발휘한다.

냄비의 내용물을 은 식기 두 개에 나눠 담고 우선 가오슌이 먼저 마셨다. 원래는 마오마오가 솔선해서 하고 싶어 할 일이겠지만 마오마오가 마셔서는 의미가 없다. 여자가 먹으면 아무 의미가 없기 때문이다. 가오슌은 미간에 한층 더 깊은 주름을 잡으며 액체를 다 마신 뒤 잠시 기다렸다.

"문제없을 것 같습니다. 평소와 똑같습니다."

평소와 똑같다, 즉 별로 맛이 없다는 말인 듯했다. 이국에서 들여 온, 감자와 비슷한 뿌리채소의 가루를 녹인 그 액체는 어떤 특수한 작용을 하는 약이었다.

진시와 가오슌은 이것 외에 다른 여러 가지 식재료를 매일 섭취하고 있었다.

"알았어."

진시는 그릇을 받아 들고 코를 막으며 단숨에 들이켰다. 그리고 입가에 묻은 액체를 손등으로 닦고, 스이렌이 가져다준 끓여서 식힌 물을 마셨다.

벌써 5년을 마시고 있지만 이 맛에는 통 익숙해질 수가 없다.

"사람들 앞에서는 그렇게 코를 막고 드시면 안 됩니다."

"알고 있어."

"그 동작만으로도 훨씬 어리게 보입니다."

"알았다니까."

진시는 토라진 채 긴 의자에 앉았다.

목소리, 말투, 걸음걸이, 행동거지 및 기타 등등. 그 모든 것에 주의를 기울여야만 한다.

진시라는 환관은 약관 24세의 남성이다.

곧은 자세를 유지하고, 환관 진시의 표정을 지으려 애썼지만 그래도 약 맛의 여운이 남아 있었기에 자꾸만 표정이 무너지려 했다. 가오슌이 또 얼굴을 찌푸렸다.

"그렇게 싫으시면, 그냥 안 드시면 될 것을."

"그래도 형식적으로 구분은 지어야지. 환관으로서는."

후궁이 현 황제의 소유가 된 지 5년. 진시가 일그러진 가면을 쓰게 된 지 5년, 아니 이제 6년이 되려 하고 있었다.

그동안 진시는 이렇게 쭉 남성성을 없애는 약을 먹고 있었다.

하급 비 이하는 마음대로 해도 좋다는 황제의 말을 들었음에도 불구하고.

가오슌이 미간에 주름을 잡았다.

"그러다 진짜로 불능이 되는 수가 있습니다."

가오슌의 말에 진시는 마시던 물을 뿜었다. 진시는 입을 막으며 원망스러운 표정으로 가오슌을 쳐다보았다.

가끔 이런 식으로 한마디쯤은 하게 해 주어야 하는 것 아니냐는 얼굴로 가오슌이 이쪽을 보고 있었다.

"너도 마찬가지잖아!"

"아뇨, 전 지난달에 손자가 태어났다고 합니다."

가오슌의 자식들은 모두 성인이 된 상태다. 그러니 이제 와서 자신은 굳이 더 아이를 낳을 필요가 없다는 소리인 모양이었다.

"네가 몇 살이었지?"

"세는나이로 서른일곱입니다."

가오슌은 열여섯 살에 아내를 맞이한 후, 그다음 해부터 연달아 아이 셋을 낳았다. 진시에게는 젖형제가 되는 셈이다. 특히 막내아들과는 접점이 많다.

지난번 해초에 의한 중독 사건이 벌어졌을 때 마오마오를 고관의 집에 데려갔던 청년이 바로 가오슌의 막내아들이었다.

"첫째랑 둘째 중 누구 아이인데?"

"큰아이입니다. 둘째도 이제 슬슬 처를 들이는 편이 좋지 않을까 생각하고 있습니다."

"아직 열아홉이잖아."

"네. **당신**과 마찬가지로 열아홉이지요."

가오슌은 '진시'라고 부르지 않았다. '진시'는 24세, 5년 전 환관이 된 사내이니 지금 나이가 열아홉일 리가 없다.

왠지 진시에게 뭔가 할 말이 있는 듯한 눈치였다. 황제와 마찬가지로 빨리 여자를 들이라고 말하고 싶은 걸까.

진시는 시치미 뚝 떼고 다리를 반대편으로 꼬아 앉았다.

"빨리 손자를 안겨 주십시오."

이런 일 따위는 빨리 끝내 달라는 소리인 모양이었다.

"노력할게."

가오슌은 스이렌에게서 따뜻한 차를 받아 한 모금 마셨다.

진시는 원망스러운 시선을 흘끔흘끔 보내는 종자의 눈을 무시하고 끓여 식힌 물을 단숨에 다 마셔 버렸다.

거의 정례화된 행사인 진시의 사부인 방문 역시 아무 문제없이 끝났다.

새로 들어온 러우란 비는 후궁에 큰 문제없이 적응하며 잘 지내고 있는 모양이었다.

어떤 의미에서는 억지로 강행해서 들인 비이기 때문에 무슨 소동이 일어나지 않을까 걱정했지만, 교쿠요 비도 리화 비도 굳이 일일이 트집을 잡아 시비를 거는 성격은 아니다. 예전에 두 사람이 실랑이를 벌인 적이 있긴 했지만 그것은 특별한 경우였으며 그 후로는 서로 마찰이 일어나지 않도록 조심조심 신경 쓰며 지내고 있었다.

리슈 비의 경우 성격이 그 모양이니 먼저 싸움을 걸지는 않을 것이다. 하지만 만약 시녀가 바람을 넣을 경우에는 어떻게 될지 모르니 그 부분만 주의해 두자.

하지만 새로 들어온 비가 예전 비였던 아둬가 살던 궁에 들어가는 일은 솔직히 섭섭하게 느껴졌다.

예전에는 깔끔하게 정리되어 군더더기 하나 없던 그 궁은, 현란한 장식품들로 가득 찬 화려한 공간으로 바뀌어 있었다.

러우란 비의 부친은 선대 황제, 아니 정확히 말하면 선대 황태후의 신임이 두텁던 관리였으며 후궁의 궁녀를 3천 명까지 늘린 장본인이었다.

지금 황제에게 가장 총애를 받고 있는 비는 교쿠요 비이고 그 다음이 리화 비지만, 황제라는 입장상 자기가 좋아하는 비의 처소에만 마냥 드나들 수도 없다.

후궁에는 궁정 내의 권력 균형을 유지하는 기능도 있으며, 그 것을 파괴하는 기능도 있다.

황제는 러우란 비를 소홀히 대할 수 없기 때문에 열흘에 한 번 정도는 찾아간다고 했다.

그렇게 되면 다른 비들은 또 전전긍긍할 수밖에 없다. 자신들에게 찾아오는 횟수가 더 잦다고는 하지만 원래 아이는 생길 때는 생기고 안 생길 때는 안 생기는 법이다.

그러나 궁합이라는 것이 또 존재하며, 황제는 러우란 비에게는 통 구미가 안 당기는 모양이었다.

진시는 러우란 비를 보며 그 이유를 왠지 알 것 같다고 생각했다.

약사 소녀가 후궁 수업을 할 때 러우란 비는 화려한 남국의 새 깃털 장식이 달린 신기한 의상을 입고 왔다.

러우란 비는 어느 때는 남국풍 의상을 입고, 또 어느 때는 북방 이민족의 복장을 입곤 했다. 소년 같은 호복을 입을 때도 있는가 하면 허리를 바짝 졸라맨 서방의 의상인 드레스 같은 옷을 입을 때도 있었다. 머리 모양과 화장 방식도 매번 바뀐다.

어떤 의미에서는 멋쟁이이고, 어떤 의미에서는 과하다. 본래 이목구비가 단정하지만 특징 없는 얼굴이라서, 그 반동으로 이렇게 됐다는 소문이 있는데 과연 어떨지.

황제는 매번 찾아갈 때마다 비가 누구인지 몰라 혼란에 빠진다고 했다. 그러니 마음이 썩 내킬 수가 없다고 말이다.

구미가 당기지 않는 건 리슈 비도 마찬가지지만, 그쪽은 또 다른 이유가 있다. 부친 되는 선제의 기호에 대해 구토가 날 정도라며 부정한 적이 있었던 현 황제는, 아직 어린 소녀에 불과한 리슈 비에게 손을 댈 생각은 없는 모양이다.

황태후의 배에는 커다란 흉터 자국이 있다. 그것은 황태후가 아직 소녀였을 무렵 너무 작은 몸으로 현 황제를 낳았기 때문이다. 산도가 좁아서 배를 갈라 아이를 꺼내는 수밖에 없었다.

산모가 살아남기는 힘들 거라고 다들 생각했지만 아이도 산모도 무사했다. 이국에서 돌아온 의관의 기술 덕분이었다고 했다.

그 사내의 기술은 실로 훌륭하여 흉터는 남았을지언정 자궁은 멀쩡할 수 있었고, 덕분에 십수 년 후 황태후는 아이를 하나 더 낳았다. 선제의 아이는 이전에도 이후에도 그 둘뿐이다.

그러나 예전 출산 문제도 있었기에 그 의관은 당시 비였던 황태후 곁에만 붙어 있었다. 그리하여 같은 시기에 출산이 겹쳤던 동궁비는 소홀한 취급을 받아, 결과적으로 안타까운 사태가 벌어지고 말았다.

진시는 이렇게 생각하지 않고는 견딜 수가 없었다. 만일, 지금 현 황제의 첫 아이가 살아 있었더라면.

그러다 시시한 망상 따위는 해 봤자 소용없다며 고개를 가로저었다.

그리고 이렇게 생각했다. 빨리 다음 동궁을 생산하면 되는 일이라고.

진시도 가오슌도 같은 마음이다.

마오마오의 비 교육 이후 황제가 비들의 처소에 드나드는 발길은 전보다 잦아졌다. 결과가 생각보다 빨리 나타날 수도 있다.

교쿠요 비의 시녀장인 홍냥이 걱정스러운 표정으로 한 가지 사실을 털어놓았다.

어제도 비취궁에 황제가 찾아왔는데, 교쿠요 비가 영 나른한 태도를 취했다고 한다. 그래서 걱정이 된 홍냥이 열심히 비를 돌봤다는 이야기였다. 홍냥의 칠흑처럼 검은 머리카락이 산발이 다 되고 흐트러져 있었다. 여하간 고생 많아 보이는 이 시녀장에게 가오슌은 공감을 느낀 듯했다. 홍냥도 가오슌이 썩 싫지는 않은 눈치였지만, 가오슌은 공처가이니 조만간 포기할 수밖에 없을 것이다.

마침 잘되었다며 진시가 한 가지 제안을 했다.

교쿠요 비는 눈을 반짝이며 바로 고개를 끄덕였다.

홍냥도 고개를 절레절레 젓긴 했지만 오히려 환영하는 눈치인지 방 밖에서 엿듣고 있던 시녀 삼인방에게도 바로 이야기해 주었다.

선택이 틀리진 않은 모양이다.

○ ● ○

"후궁이라고요?"

"그래, 네가 아주 좋아하는 일이지."

마오마오는 은 식기를 거울처럼 반짝반짝 닦아서, 흐림 한 점 없다는 사실을 확인한 뒤 선반 위에 올려놓고 있었다. 아직 다리가 원 상태로 돌아오진 않은 탓에 의자에 앉아서 하는 일이 많지만 일 자체는 스이렌이 막힘없이 찾아다 주고 있었다. 정말이지 불필요할 정도로 훌륭한 시녀의 귀감이다.

진시는 귤을 먹고 있었다. 귤껍질 정도는 스스로 깔 수 있을 텐데 스이렌이 하나하나 다 까서 속껍질까지 깨끗하게 벗긴 뒤 접시 위에 예쁘게 놓아 주었다.

그야말로 도련님 그 자체다.

초로의 시녀는 이 환관을 지나치게 귀여워하는 경향이 있었다. 추울 때는 솜옷을 입혀 주고, 뜨거운 차는 미지근하게 식혀서 주곤 한다.

다 큰 어른이 창피한 줄도 모르고.

"교쿠요 비의 달의 길이 끊겼다고 한다."

달의 길, 즉 월경을 말한다.

'임신의 가능성이 있네.'

링리 공주를 회임했을 때 교쿠요 비는 두 번의 독살 미수를 겪었다. 범인은 아직 찾지 못했다.

마음속이 편치 못할 것이다.

"언제부터 가면 될까요?"

"오늘 당장 갈 수 있겠어?"

"오히려 저는 그러면 더 좋습니다."

후궁 안은 금남의 구역이다. 이름도 듣기 싫은 그자와 얼굴을 마주칠 일은 없으리라.

진시가 신경을 써 준 것일 수도 있고, 그냥 우연히 사정상 그렇게 된 것일 수도 있다.

어쨌든 마오마오에게는 상관없는 일이었다.

마오마오는 최대한 냉정하게 행동하려 했지만,

"어머, 뭐 좋은 일이라도 있니?"

스이렌이 그렇게 물은 걸 보면 어지간히도 들뜬 태도를 보인 모양이었다.

"아뇨, 그런 건 아닙니다."

"후후, 안타깝구나. 모처럼 교육하는 보람이 있는 아이가 들어왔나 했더니."

생글생글 웃는 스이렌의 얼굴이 무섭다고 생각하면서 마오마오는 재빨리 일을 끝마쳤다.

약사의 혼잣말

15화 : 다시 후궁으로

'예전에는 나한테 참 안 맞는 곳이라고 생각했는데.'

마오마오는 의외로 그렇지도 않은 모양이라고 느꼈다.

마오마오는 오랜만의 후궁 생활을 만끽하고 있었다.

원래 여자들밖에 없는 곳에서 자랐기 때문에 그런 분위기가 성질에 잘 맞는지도 모른다.

마오마오는 예전과 다름없이 독 시식과 약 조제, 산책으로 하루하루를 보내고 있었다. 다리의 상처도 있기 때문에 너무 바깥을 자주 나돌아 다니지 말라는 이야기를 듣긴 했지만 상처가 벌어질 정도로 격렬한 운동만 하지 않으면 괜찮을 거라고 마오마오는 생각했다. 솔직히 말하면 오히려 왼팔에 난 상처가 더 심하다.

교쿠요 비의 회임에 대해서는 아직 아는 바가 없다.

링리 공주를 임신했을 때도 입덧은 별로 없었다더니, 이번에도 미각 자체에는 큰 변화가 없었다. 월경 불순 이외에는 이렇다 할 확증이 없었다.

하지만 비취궁 안에는 함구령이 내려지고, 만에 하나의 사태를 대비한 대책도 이루어지고 있었다.

교쿠요 비의 회임을 달가워하지 않는 인물은 틀림없이 가장 유산되기 쉬운 시기를 노릴 것이다. 음식에 독이라도 들어갔다간 큰일이다.

호색한 아저씨인 황제에게는 만일을 대비하여 밤에 사랑을 속삭이는 일은 좀 참으시라고 말해 놓았다.

일이 평범하게 치러진다면 별문제가 없겠지만, 교쿠요 비가 지난번 후궁 수업 때 받았던 교육을 실천하고 있다면 **평범**의 범위를 넘어가기 때문에 뭐 이래저래 문제가 생길 가능성도 부정할 수는 없다.

'교육 내용을 좀 덜 과격한 방향으로 끌고 갈 걸 그랬나.'

하지만 그랬다면 교쿠요 비도 황제도 만족하지 못했을 것이다. 결과적으로 리슈 비는 겁을 잔뜩 먹었고, 리화 비의 시녀들은 마오마오를 한층 더 괴물 취급하게 되었다.

이런 이야기를 황제에게 자신이 직접 하기도 뭣했기에 마오마오는 진시에게 그 내용을 전해 달라고 부탁했다. 일개 하녀가 그런 말을 직접 할 수는 없는 노릇이었다.

가능하면 황제가 교쿠요 비의 처소를 찾아오는 횟수를 줄이게 만들고 싶진 않았지만, 거기까지 부탁을 할 수는 없었다. 황제의 비는 한 명이 아니니 말이다.

밤에 찾아오는 횟수가 갑자기 줄어들면 낌새를 채는 자도 생겨나겠지만.

그러나 황제는 의외로 방문 횟수를 줄이지 않았고, 귀여운 딸과 놀아 주며 교쿠요 비와 별 내용 없는 대화를 나누는 시간을 즐기곤 했다.

아둬 비 일까지 생각해 보면 황제를 단순히 호색한 아저씨라고 단정 지을 수도 없을 듯했다.

어쩌면 황제에게도 나름대로의 생각이 있을지도 모른다. 현 황제는 현명한 황제라고 불리는 사람이었다. 물론 그것은 선황제가 워낙 암군暗君이라 불렸던 탓에 그에 비해 멀쩡해 보인다는 이점 때문이기도 하겠지만, 어쨌든 마오마오도 썩 어리석은 왕이라고 생각하진 않았다.

'아무튼 나하고는 상관없어.'

요컨대 지나치게 향락에 빠진 생활을 하지만 않아 주면 고맙겠다는 말이다. 어리석은 왕은 국민이 무한히 존재한다고 여기고, 현명한 왕은 국민이 유한하다는 사실을 알고 있다. 적어도 이 황제는 후자였다.

하지만 때때로 섭섭해하는 표정을 지을 때도 있었기 때문에, 마오마오는 황제에게 비 교육 때 쓰고 남은 교재를 주기로 했다. 심심풀이라도 되면 좋겠다고 생각하면서.

예비용으로 여러 권 가져갔지만, 안타깝게도 그걸 갖고 싶어하는 시녀는 없었다.

어떤 교재인지는 말할 필요도 없다.

'2차원으로 참아 주세요.'

눈에 잘 띄는 곳에 슬그머니 놓아두었다. 알아차리면 좋을 텐데.

후일 다른 것을 또 준비하라는 이야기를 듣고, 마오마오는 황제를 그냥 호색한 아저씨가 맞다고 생각하기로 했다.

후궁 안에서는 여전히 만성적인 남자 부족 현상과 단조로운 하루하루의 반복 때문인지 소문이 무성했다.

그런 연유로 현재 주방에서는 일을 일단락지은 시녀들이 수다를 떨고 있었다. 과자로는 다과회 때 쓰고 남은 것을 주워 먹곤 했는데 오늘은 용수당龍鬚糖이 있었다. 실처럼 가느다랗게 뽑은 설탕을 누에처럼 돌돌 말아 먹는 과자로 입 안에서 사르르 녹아내리는 맛이었다. 속에 찻잎도 섞여 있는지 다소 향기가 나고 맛이 좋았다.

"그나저나 그 복장은 정말 말도 안 돼."

입 안 가득 과자를 베어 물고 우물우물 씹으며, 비취궁 시녀 삼인방 중 하나인 잉화가 말했다. 성격이 괄괄한 잉화는 생각한 바를 바로 입 밖으로 뱉곤 했다.

"그러게 말이야. 그래도 지난번 의상은 괜찮던데. 호복 멋지지 않아?"

그 느긋한 말투는 구이위엔이었다. 사탕과자가 입 안에 들어있어서인지 통통한 뺨에는 행복한 기색이 가득했다.

"그런 옷은 아무나 못 입거든. 생각보다 그렇게 안 어울리는 것도 아니었어."

날씬한 몸매의 아이란이 말했다. 아이란은 과자에는 그다지 손을 대지 않고 차만 마시고 있었다.

잉화는 동료 시녀 둘에게 배신당했다는 표정으로 마지막 마오마오를 바라보았다.

마오마오는 귀찮다고 생각하면서도 "네, 맞아요." 하고 고개를 끄덕여 주었다. 하지만 마오마오의 애교는 그게 끝이었다.

지원군을 기대했던 잉화는 토라져서 뺨을 부풀렸다.

"으으~ 그런 사람보다 아둬 님이 훨씬 더 멋있었는데."

잉화는 토라져서 차를 홀짝홀짝 마셨다.

그 모습을 보던 구이위엔과 아이란이 얼굴을 마주 보며 히죽히죽 웃었다.

"어머, 잉화 혹시 아둬 님을 좋아했어?"

"그, 그런 거 아니야!"

구이위엔의 말에 잉화는 당황했다. 아이란이 빈틈을 주지 않고 바로 씩 웃었다.

"딱히 감출 필요는 없지 않아? 우리 주인님이 교쿠요 님이긴 하지만, 그런 마음을 갖는다고 나쁠 건 없다고 봐."

"그러니까 그런 거 아니라고!"

마오마오는 여전히 시끌시끌한 시녀 삼인방의 수다를 들으며 차를 훌쩍 다 마셔 버렸다. 짭짤한 것을 좋아하는 마오마오에게 사탕과자는 지나치게 달게 느껴졌다. 입가심으로 짭짤한 전병이 먹고 싶었다.

시녀들의 이야기에 화제로 오른 사람은 새로 들어온 러우란 비였다. 이 비는 독특한 데가 있었기 때문에 사람들의 입방아에 오르내리기 딱 좋은 모양이었다.

뭐가 문제냐 하면 바로 그 의상이다.

틈만 나면 의상의 분위기가 바뀌곤 한다. 어느 때는 서방의 의상인 드레스도 입었다가, 또 어느 때는 이민족 기수 같은 옷을 입을 때도 있었다.

'뭐라고 해야 하나, 이런 건.'

돈이 썩어 넘치는 걸까. 그렇게 매번 의상을 바꿔 입다가는 궁 전체가 의상실이 되어 버릴 것이다.

따라서 살림살이가 간소했던 예전 석류궁의 모습은 이제 흔적도 없이 사라져 버렸다. 예전에 살았던 아둬의 그림자를 완전히 내쫓기라도 하려는 듯한 기세였다.

어떻게 보면 정답이라고 할 수도 있었고, 또 어떻게 보면 틀렸다고 할 수도 있었다.

후궁은 무조건 눈에 띄어야 살아남을 수 있는 세계인 동시에 모난 돌일수록 정을 맞는 세계이기도 했다. 러우란 비는 사실 모난 돌 취급을 받아야 하는 존재였지만 아버지가 선제 시절부터 신임이 두터운 중신이기 때문에 모난 돌을 때릴 정이 없는 상황이었다.

'그렇구나.'

그렇다면 아둬가 쫓겨난 이유도 충분히 이해가 된다. 오히려 러우란 비의 나이를 생각하면 러우란 비가 자라기를 기다려 줬다고 볼 수도 있었다.

마오마오는 문득 생각했다.

어쩌면 황제에게는 솔직히 아둬가 후궁 내에 있어 주는 편이 훨씬 나았을지도 모른다고.

국모가 될 일이 없다고는 하나 아둬는 똑바로 앞을 바라볼 수 있는 눈을 가지고 있었다. 남자였다면 얼마나 좋았을까 하는 생각이 들 정도로 총명한 사람이었다.

상담을 할 상대로도 든든했던 아둬는 이제 사라지고, 대신 후궁 안뿐만 아니라 궁정에까지 영향을 끼칠 수 있는 소녀가 입궁하게 되었으니 아무리 황제라 해도 골치가 아플 수밖에 없을 것이다.

마냥 무시할 수도 없고, 그렇다고 너무 사이가 좋아져서 아이가 생겨도 곤란하다. 비의 후견인이 믿음직스럽게 여겨지는 건 자신에게 힘이 없는 동궁 시절뿐이다. 황제가 되고 아이도 생기면 그 뒤로는 이제 볼일이 없다고 봐야 한다.

자, 이제 어떻게 될까.

마오마오는 이런저런 생각을 하며 주전자에서 차를 따랐다.

16화 ⁝ 종이

　오랜만에 의국에 가 보았더니 여전히 태평한 환관이 그 자리에 있었다.

　"오랜만이야, 아가씨. 날씨가 많이 따뜻해졌지?"

　돌팔이 의관은 느긋하게 차를 따르며 말했다. 친절하게도 의학서를 쟁반 대신 받쳐 가지고 왔다. 그 고급품을 가지고 무슨 짓이냐고 속으로 비명을 지른 마오마오는 책과 함께 찻잔을 빼앗았다.

　의국에는 여전히 돌팔이 의관밖에 없었다. 개점휴업도 이쯤 되면 너무하다 싶을 정도다. 용케 안 잘리고 버티고 있지 싶다.

　"아직 추워요."

　마오마오는 빨래 바구니를 책상 위에 올려놓았다.

　날씨는 아직 쌀쌀했다. 머윗대가 고개를 내밀까 말까 망설이는 온도다. 따뜻해졌다고 느끼는 건 돌팔이 의관이 통통한 체형이기 때문이리라.

이제부터 다가올 계절에 마오마오는 새로운 약초를 잔뜩 따야 한다. 그런데 그 전에 미리 해 두고 싶은 일이 있었다. 마오마오가 의국을 찾아온 이유도 거기에 있었다.

돌아오자마자 바로 할 일도 아니긴 했지만, 상대가 상대다 보니 어쩔 수가 없다.

"저런, 아가씨. 오자마자 뭐 하는 거지?"

세탁 바구니에서 무언가를 꺼낸 마오마오를 보고 돌팔이 의관이 물었다.

"아무것도 아닌데요."

마오마오가 바구니에서 꺼낸 것은 청소 도구 일습과 꾸역꾸역 잔뜩 채워 넣을 수 있을 만큼 채워 넣은 대나무 솔이었다.

"청소 좀 해요, 이 방."

눈을 번득이며 마오마오가 말했다. 난감하게도 스이렌에게 부려 먹히며 지낸 요 두 달 동안 마오마오는 청소하는 습관이 몸에 완전히 배어 버린 모양이었다. 비취궁에서 할 일이 없었던 마오마오는 후궁 안에서 제일 자기 마음대로 할 수 있는 공간인 이곳을 일부러 찾아왔다. 예전부터 너무 지저분한 곳이라고 생각하고 있었던 만큼, 한 번 불이 붙어 버리니 스스로를 막을 수가 없었다.

"응?"

돌팔이 의관의 얼굴이 금세 어두워졌지만 그것은 알 바 아니었다.

돌팔이 의관은 그리 나쁜 사람은 아니다. 오히려 사람이 너무 좋다.

하지만 그것과 일을 잘하는 건 다르다고 마오마오는 생각했다.

돌팔이 의관이 상주하는 방 안쪽에는 약 보관 창고가 있었다. 세 방향 벽에 약 선반이 꽉꽉 들어차 있는 그곳은 마오마오에게는 그야말로 극락정토나 다름없는 곳이었다. 하지만 항상 만족스러울 수는 없다.

많은 약들을 상비하고는 있으나, 그걸 사용하는 사람은 돌팔이 의관이다. 정기적으로 사용하지 않아 먼지를 뒤집어쓰고 있거나 벌레 먹은 것도 적지 않았다.

그리고 건조된 약초 최대의 적은 습기다. 조금만 방심하면 금세 썩어 버린다. 기온이 따스해지기만 해도 덩달아 습도가 올라가기 마련이며, 사실 그 이전에 깨끗하게 청소하지 않으면 전부도로 아미타불이 되고 만다.

마오마오는 딱히 청소를 좋아하는 건 아니다.

의국에 드나드는 건 그냥 시간 때우기일 뿐이고 이곳 일을 도울 이유도 없다.

하지만 해야만 한다.

그런 사명감에 불탄 채 마오마오는 총채를 휘둘렀다. 스이렌에게 완전히 물들어 버린 것 같긴 했지만 어쩔 수가 없었다.

"아가씨, 굳이 아가씨가 안 해도 청소는 다른 사람한테 부탁하면 되는데…."

돌팔이 의관이 의욕 없이 그런 말을 하는 모습을 보고 마오마오는 저도 모르게 평소 진시 보듯 의관을 쳐다보고 말았다. 간단히 말하면 마치 장구벌레 보는 듯한 시선을 의관에게 보냈다는 이야기다.

"헉!"

돌팔이 의관은 미꾸라지 수염을 바들바들 떨었다. 위엄이고 나발이고 하나도 없다.

'안 되지, 안 돼.'

아무리 돌팔이 의관이라고는 해도 자신의 상관이다. 최소한 겉으로는 성의를 갖고 대해야만 한다. 그렇지 않으면 다음에 왔을 때 전병을 대접받지 못하게 될 수도 있다.

후궁의 간식으로는 단것이 너무 많이 나오기 때문에 마오마오는 항상 짠 것을 먹고 싶었다.

"다른 사람에게 부탁했다가 누가 약을 바꿔치기하기라도 하면 어떻게 해요?"

"……."

돌팔이 의관은 입을 다물었다.

솔직히 그렇게 말하면 마오마오가 이렇게 제멋대로 드나들면서 청소를 하는 것도 문제이긴 했지만 그 점에 대해서는 언급하지 않기로 했다. 쫓겨날 수는 없는 노릇이다.

스이레이와 친근하게 대화를 나누던 의관은 만다라화가 줄어든 일 때문에 처벌을 받았다고 한다. 하지만 원래 우수한 인재였기 때문에 해고를 당하진 않았고, 그냥 급료 삭감 정도로 끝났다고 가오순이 말했다. 마오마오는 먼지를 털어 내고 서랍을 하나하나 열어서 마른 걸레로 안을 닦았다. 명백히 상태가 나빠진 것은 버리고 목간에 이름을 적어 두었다. 약은 새 약 봉투로 바꿔 담아서 원래 위치에 넣어 두었다.

격렬하게 움직여야 할 때는 돌팔이 의관을 시켰다. 다리가 아직 멀쩡한 상태로 돌아오지 못했기 때문이다. 돌팔이 의관은 다소 살이 쪘으니 이 정도 운동은 마침 필요할 것이다.

'좋은 종이를 쓰고 있네.'

장기간 보존이 가능한 종이는 값이 비싸고, 시정市井에 나도는 종이의 대부분은 한 번 쓰고 버려야 하는 조악한 물건이었다. 한 번밖에 쓰지 못하는 데다 보존도 불가능하기 때문에 서민들은 대부분 목간에 기록하는 일이 많았다. 장작은 여기저기 널려 있고, 그중에 얇게 잘라 불을 붙이기 쉽게 만든 것이 있어 그것을 사용했다. 사용이 끝나면 그대로 장작으로 썼다.

옛날엔 다른 나라에 종이를 수출하기도 했다고 하지만 선제, 아니 그 모후인 여제 때문에 질 좋은 종이의 원료가 되는 나무를 벌채하는 일이 금지되고 말았다. 지금은 많이 완화되긴 했지만 그래도 아직 양이 충분하지 못하다.

왜 여제가 나무의 벌채를 금지했는지, 그것을 물어볼 정도로 목숨 아까운 줄 모르는 관리는 그 당시 없었다.

그리고 지금도 벌채는 제한되고 있는데, 뭔가 이유가 있을 거라고 마오마오는 생각했다.

따라서 현재는 일부 고급품을 제외하면 다른 목재, 풀, 넝마천 등을 이용해 종이를 만들 수밖에 없다. 나무만큼 많은 양을 얻을 수가 없고 가공하는 데 손이 많이 가기 때문에 비싸다. 따라서 제작 과정에서 성의 없이 대충 만든 조악품들이 많아 시정에서는 종이라 하면 그냥 비싸기만 하고 별 쓸모가 없다며 평판이 나쁘다.

종이가 더 편리하긴 하지만 보급률이 목간의 반도 못 미치는 데에는 그런 이유가 있었다.

"후우."

"이제 끝난 거야, 아가씨?"

한숨 돌리는 마오마오를 보고 돌팔이 의관이 신이 난 듯 물었다.

"아뇨, 이제 반 했어요."

"……."

종류가 너무 방대해서 하루 안에 다 끝나질 않아, 마오마오는 나머지 작업을 내일로 미루기로 했다.

가져온 숯은 방 안에 놔두고 제습용으로 사용했다. 하지만 양이 부족하기 때문에 돌팔이 의관에게 추가분 발주를 부탁했다.

돌팔이 의관은 지친 표정으로 어깨를 토닥토닥 두드리면서도 선반에서 부스럭부스럭 간식을 챙겼다. 도자기로 만든 술병에서 과일 음료를 잔에 따라 가지고 왔다.

"역시 피곤할 때는 단 게 최고지."

돌팔이 의관은 나무 숟가락으로 킨톤金團*을 잘라서 종이 위에 담아 마오마오에게 건넸다.

'이 아저씨, 좋은 집안 도련님이구나.'

이 계절에 고구마 같은 건 쉽게 구할 수도 없는데 그것으로 만든 킨톤을 간식으로 먹자는 모습도 그렇지만, 무엇보다 아주 당연하다는 듯 비싼 종이를 접시 대용으로 쓰고 있다.

마오마오는 킨톤을 한입에 먹어 치우고는 동그랗게 기름 자국이 남은 종이를 멍하니 바라보았다. 표면이 반질반질해진 걸 보니 아주 좋은 종이인 모양이었다.

"좋은 종이를 쓰시네요."

※킨톤 : 강낭콩과 고구마를 삶아 으깨어, 밤 따위를 넣은 단 식품.

"오, 알아보겠어?"

별생각 없이 한 말인데 돌팔이 의관은 냉큼 대꾸했다.

"사실은 우리 본가에서 만든 물건이거든. 궁정에 종이를 납품하는 곳이야. 대단하지?"

"네, 대단하네요."

여기 이렇게 놓여 있는 이상 당연히 그런 물건일 것이다.

그나저나 빈말이 아니라 정말 좋은 종이라고 마오마오는 생각했다. 아버지 약방에서 쓰는 약 봉투는 한 번 쓰고 버리는 조악한 물건들 중에서 그나마 좀 쓸 만한 것으로 매번 꼼꼼히 골라 사 오는 것이었다. 습기를 막고 가루가 흘러나오지 않도록 하기 위해서도 이런 좋은 종이가 있었으면 했지만, 고객층을 생각하면 약 이외의 다른 곳에 경비를 낭비할 수는 없다. 그랬다 간 부녀가 사이좋게 쫄쫄 굶게 될 것이다.

'지인이니까 좀 싸게 살 수는 없을까?'

마오마오는 그런 교활한 생각을 하면서 과일 음료를 마셨다. 미지근한 단맛이 목구멍으로 흘러내렸다. 자신에게는 영 안 맞는다고 생각한 마오마오는 물을 끓이고 차를 우리기로 했다. 의국은 항상 불을 꺼뜨리지 않는 곳이기 때문에 그런 점에서는 편리하다.

"마을 하나가 통째로 종이를 만들고 있어. 한때는 폐업을 고려한 적도 있었지만 어떻게든 살아남았으니 다행이지."

돌팔이 의관은 묻지도 않은 이야기를 줄줄이 늘어놓았다.

예전에는 종이를 만들기만 해도 돈이 꽤 벌렸다. 그래서 나무를 열심히 벌채해다가 그것을 잘게 부숴, 종이를 만드는 데에만 전념했다. 국내에서 팔기보다는 외국에 파는 편이 더 큰돈이 되었기 때문에 교역품으로 열심히 수출도 했다. 돌팔이 의관이 어렸을 때는 달콤한 과자를 먹고 싶은 대로 실컷 먹을 수 있을 만큼 유복했다고 한다.

하지만 그게 문제였는지 여제의 노여움을 사, 재료가 되는 나무를 벌채할 수 없게 되고 말았다. 할 수 없이 다른 재료를 이용하여 종이를 만들었으나 물건이 너무 조악했다. 교역상까지 화를 냈고, 그 이후로는 일을 주지 않았다.

그때까지 순풍에 돛 단 배 같던 하루하루가 갑자기 뒤바뀌고 말았다. 촌장이었던 돌팔이 의관의 할아버지는 마을 사람들에게 어떻게든 상황을 해결하라고 질책을 당했다고 한다.

촌장은 지금까지처럼 종이를 만드는 일은 이제 불가능하다고 생각했다. 하지만 그 현실을 받아들일 만큼 어른스러운 사람은 주위에 없었고, 그들은 울분과 분노를 촌장 및 그 가족들에게 토했다고 한다.

마오마오는 찻잔에 차를 조르륵 따르며 그 이야기를 들었다.

"누님이 후궁에 가 버리시는 바람에 난 정말 쓸쓸했어."

종이를 만들기에 적합한 곳에 마을을 세웠지만, 그럴 수 없게 되자 이제 그 장소에는 볼일이 없었다. 이주를 결심했지만 선두에 서려는 자가 없었다.

그 즈음 후궁에서 궁녀를 모집하기 시작했기에, 누나가 나가 버렸다고 한다.

"웃으면서 '국모가 되어서 돌아올게' 하고 말하긴 했지만 결국 그 뒤로 한 번도 만나지 못했어."

새로운 토지에서도 설비를 어떻게 하느냐에 대한 문제가 분분했다. 여기서도 역시 선두에 서서 설비를 개발할 자가 필요했다. 그래서 돌팔이 의관의 누나에 이어 여동생까지 후궁으로 가겠다고 나섰다.

"할 수 없이 내가 가기로 했지만 말이야."

후궁을 넓혔으니 그만큼 환관도 늘려야 했다. 궁녀보다 되려는 사람이 훨씬 적은 환관은 더욱 비싸게 팔렸다고 한다.

'생각보다 꽤 고생하고 산 아저씨였네.'

마오마오는 그런 생각을 하며 차를 다 마셨다.

청소는 하면 할수록 더러운 부분이 눈에 띈다. 약 선반 청소는 이틀로 끝났지만 다음으로 눈에 띈 것은 옆방이었다.

돌팔이 의관은 청소를 성실하게 하고 지내는 모양이었으나 사소한 부분까지는 눈이 닿지 못했다. 천장의 거미줄을 떨어내고 벽의 먼지를 꼼꼼히 터는 사이 사흘이 지나고, 그다음은 도

구 정비였다.

도구의 양은 생각보다 꽤 많았다. 놀랍게도 돌팔이 의관은 평소 잘 쓰지 않는 도구를 전부 한 방에 몰아넣어 두고 있었던 모양이었다.

'뭐 이렇게 아까운 짓을….'

옆방은 사용되지 않고 그냥 버려져 있는 줄로만 알았더니 마오마오에게는 그야말로 보물산이 겹겹이 펼쳐진 셈이었다. 의학서도 잔뜩 있어서 마오마오는 흐뭇한 얼굴로, 돌팔이 의관은 떨떠름한 얼굴로 정리를 하게 되었다.

그런 연유로 입을 삐죽거리는 돌팔이 의관과 청소를 시작한지 이레가 지났다. 그러는 사이 마오마오는 열심히 교쿠요 비의독 시식 역할을 했지만 큰 문제는 없었다.

입꼬리를 뚱하게 축 늘어뜨리고 열심히 약연을 문질러 닦고 있는 돌팔이 의관을 어떤 환관이 찾아왔다. 무슨 일인가 했더니 무슨 서한을 전해 주러 온 사람이었다.

"아니, 이건…."

돌팔이 의관은 이제 농땡이를 피울 수 있어서 기쁘다는 듯 환한 얼굴로 편지를 펼쳤다.

"누가 보낸 건가요?"

마오마오는 그냥 예의상 물어봤다는 기색을 감추지 않았다.

"여동생한테서 온 거야."

돌팔이 의관은 부스럭부스럭 편지를 보여 주었다. 표면이 마치 김 같은 종이라고 마오마오는 생각했다. 시정에서 자주 볼 수 있는 조악품 같았다.

'그러고 보니 본가가 종이를 만드는 곳이라고 했지?'

식구한테 보낼 편지니까 만들다 실패한 종이로도 충분했던 걸까, 하고 마오마오가 생각하고 있는데….

"?!"

돌팔이 의관이 놀란 얼굴로 편지를 잡아먹을 듯 들여다보았다.

무슨 일인가 싶어 마오마오가 옆에 가서 서자 돌팔이 의관은 어깨를 축 늘어뜨렸다. 그리고 의자에 털썩 주저앉아서는 고개를 푹 숙이고 편지를 탁자 위에 집어 던졌다.

'이젠 어용업자가 아니게 될지도 모릅니다.'

편지에는 짧게 그런 말이 적혀 있었다.

돌팔이 의관은 안 그래도 바로 며칠 전, 마오마오에게 본가가 궁정에 종이를 올리는 곳이라고 자랑했었다.

"어떻게 된 걸까. 이제 간신히 더 많은 종이를 만들 수 있게 되었는데."

어용이라는 이름이 붙었다가 떨어진다면 앞으로 매상에 큰 지장이 생긴다. 고급 종이를 사용하는 대상은 주로 상류 계급 사람들이며 이들은 어용이라는 말에 약할 터였다.

"많이 만들 수 있게 되면서 제작할 때 힘을 좀 뺐던 걸까요?"

마오마오는 고개를 갸웃거리며 까칠한 편지 종이 표면을 만져 보았다.

"그런 짓을 할 리가 있겠어? 소를 사들여서 이제부터 소를 이용해 작업을 더 열심히 해야겠다며 다들 의욕에 넘치고 있었단 말이야. 인력으로 하던 일을 소가 하게 되었다고 재질이 달라지겠어?"

종이를 만들 때는 힘을 쓸 일이 자주 있다. 그것이 소로 바뀌면 작업이 편해질까.

"하지만 이것만 봐서는 절대 궁중에 납품할 수 있는 물건으로는 보이지 않는데요."

마오마오는 돌팔이 의관에게 도착한 편지를 팔랑팔랑 흔들어 보였다.

조악한 종이는 조금만 물에 젖어도 금세 찢어진다. 게다가 표면도 까칠까칠해서 붓글씨를 써도 엄청나게 읽기 힘들다.

"……"

돌팔이 의관이 입을 다문 걸 보면 스스로도 물건이 조악하다는 인식이 있는 모양이었다.

"…어떻게 된 걸까?"

의관은 책상에 엎드려 머리를 박았다.

마오마오는 이래서야 청소나 하고 있을 때가 아닌 것 같다는 생각에 편지지 표면을 가만히 관찰했다.

시정에 나도는 조악한 종이는 보통 불순물이 많고 식물의 섬유질이 조잡하다. 섬유질을 잘게 부수지 않고 만들기 때문에 풀이 잘 굳지 않아 부슬부슬 떨어지게 된다.

하지만 이것만 봐서는 섬유질이 균등하게 분포되어 있었다. 두께도 전체적으로 비슷하고, 꼼꼼하게 만든 종이라는 사실을 알 수 있었다. 그런데 표면은 손에 닿는 느낌이 까칠까칠하고 끄트머리를 잡아당겨 보니 금세 찢어졌다.

마오마오는 고개를 갸웃거리며 편지를 다시 읽었다.

만드는 공정은 예전과 달라지지 않았고, 재료도 지금까지와 똑같은 것들을 사용하고 있다고 적혀 있었다. 이 상황을 어떻게 하면 좋겠느냐고 오라비에게 의지하려 하는 여동생의 편지였지만 안타깝게도 절반은 남자가 아니게 된 오라버니는 그저 당황해 어쩔 줄 몰라 하는 수밖에 없었다.

"예전과 똑같은 공정이라는 게 어떤 식으로 이루어지는 건가요?"

마오마오는 약연을 깨끗이 닦은 뒤 선반에 올려놓고, 한숨 돌리기 위해 주전자를 불 위에 올렸다.

"보통 종이 제작과 똑같아. 하지만 우리 집안에서는 재료를 부수는 방법과 풀 만드는 방법에 특히 심혈을 기울이고 있고, 거기에 대해서는 말해 줄 수가 없어."

'이런 건 또 수다스럽게 떠들어 대지 않네.'

마오마오는 생각에 잠긴 채 선반에서 찻잎 통을 꺼냈다. 무슨 차가 좋을까 뒤적거리고 있는데 속에서 칡가루가 나왔다. 마오마오는 칡가루를 꺼내 찻잔에 넣고, 주전자를 다시 한번 불 위에 제대로 올려서 물을 펄펄 끓였다.

"사용하는 물에도 고집하는 바가 있나요?"

"응. 풀이 적당하게 굳도록 온도를 조절하기 위해서 샘에서 일부러 물을 길어다 쓰고 있어. 그 이상은 비밀이야."

역시 돌팔이는 돌팔이라고 생각하면서 마오마오는 찻잔을 하나 더 가져다 놓았다. 그리고 뜨거운 물을 부은 뒤, 물이 식기 전 숟가락으로 열심히 휘젓자 끈끈한 액체가 만들어졌다.

갈탕葛湯이 완성되었다.

"풀은 쌀뜨물을 끓여 만드는 건가요?"

"아니, 밀가루를 물에 풀어서 쓰고 있어. 쌀은 잘 안 굳거든."

돌팔이는 말하다 말고 자기 입을 틀어막았다.

마오마오로서는 밀가루든 쌀뜨물이든 자기 알 바 아니니 상관없는 일이었다.

마오마오는 완성된 갈탕을 돌팔이 의관 앞에 내려놓고,

"그럼 소는 언제 쓰는데요?"

하고 물었다.

"나도 거기까지는 모르지."

돌팔이 의관은 왜 하필 갈탕이냐는 표정으로 얼굴을 찌푸리면서도 뜨거운 액체를 후후 불기 시작했다. 끈끈하고 점성이 강한 액체이기 때문에 찻잔에 달라붙어서 마시기가 쉽지 않았다.

"아가씨, 이거 분량 잘못 넣었어. 이래선 마실 수가 없잖아."

항의하는 돌팔이 의관에게 마오마오는 숟가락을 건넸다.

"죄송합니다. 마시기 쉽게 해 주는 방법을 가르쳐 드릴 테니 따라하시겠어요?"

"어떻게 하는 건데?"

마오마오는 들고 있던 숟가락을 입에 물고 핥은 뒤 찻잔에 넣고 휘저었다. 그러기를 여러 번 반복했다.

"왠지 버릇없는 짓 같은걸."

돌팔이 의관은 얼굴을 찌푸리면서도 흉내를 냈다. 그리고 입에 넣었다가 빼서 찻잔을 젓기를 여러 번 반복하는 사이, 변화를 깨달은 듯했다.

"끈끈한 느낌이 없어졌는데?"

"그렇겠죠."

"물 같아졌어."

의관이 감탄한 표정으로 잔을 들여다보고 있는데 마오마오가 말했다.

"갈탕이랑 풀은 비슷하지 않나요?"

"비슷하다고도 볼 수 있겠지. 침을 섞으면 풀도 끈끈함이 사라지려나?"

"그런 거예요."

돌팔이 의관은 멍한 표정으로 입을 딱 벌렸다.

"그런 거라니 뭐가?"

눈치 없는 돌팔이 의관은 갈탕을 휘저으며 고개를 갸웃거렸다.

'여기까지 가르쳐 줬는데….'

아직도 눈치를 못 채고 있는 건가 싶은 마오마오는 딱 한 가지만 더 알려 주기로 했다.

"소는 입 안에 침을 엄청나게 많이 담아 두고 있어요."

"그러고 보니 그렇지."

"어디서 물을 마시는지 확인해 보는 게 좋지 않을까요? 만일을 대비해서."

이제 이 이상은 말해 주지 않을 생각이었다. 마오마오는 찻잔을 정리한 뒤 잽싸게 비취궁으로 돌아가기로 했다.

돌팔이 의관은 그제야 뭔가 깨달은 듯 종이에 무언가 열심히 적은 뒤 편지를 보내기 위해 서둘러 의국을 나섰다.

마오마오는 청소가 다 끝나면 뭘 할까 고민하기 시작했다.

그리고 잠깐 잘 풀리는가 싶으면 금세 그다음에 골치 아픈 일이 닥쳐오는 것이 세상의 이치다.

17화 : 낙적 작전

"기녀를 낙적하려면 돈이 얼마나 들지?"

마오마오는 후궁과 바깥세상을 잇는 방 안에서 기다리던 리하쿠가 그렇게 묻는 바람에 깜짝 놀랐다.

편지가 아니라 일부러 자신을 불러낸 걸 보면, 마오마오가 그 사건에 대해 자세히 알고 있을 거라고 생각한 모양이다.

'역시 똥개라니까.'

리하쿠는 머리를 부둥켜안고 "내 얘기 좀 들어 줘, 아가씨!" 하고 책상을 쾅쾅 내리쳤다.

방에 있는 두 개의 출구 앞에서는 각각 환관이 지키고 서서 두 사람의 동향을 유심히 감시하고는 있었지만, 얼굴에는 귀찮다는 기색이 역력히 드러나 있었다.

아무래도 지난번에 녹청관에 갔다가 기녀의 낙적 이야기를 얼핏 들은 모양이었다. 심지어 그 대상이 녹청관의 세 아가씨

중 하나라는 것도.

세 아가씨 중 하나인 바이링에게 열을 올리고 있는 리하쿠로
서는 그냥 듣고 지나칠 수 없는 이야기였을 것이다.

"누구냐에 따라 천지 차이인데요."

"초일류인데."

"…알겠습니다."

마오마오는 실눈을 뜨고 리하쿠를 쳐다보며 말했다.

그리고 감시하던 환관에게 부탁하여 붓과 벼루를 얻어 왔다.
종이는 리하쿠가 꺼내 주었다.

"일단 시세는 시가時價이기 때문에 어디까지나 어림짐작이라
고 생각해 주십시오."

마오마오는 붓으로 '이백'이라고 적었다. 이것은 농민이 한
해 동안 버는 은의 기본 액수라고 해도 좋다. 그리고 저렴한 기
녀라면 낙적료는 이 액수의 두 배가 있으면 충분하다. 리하쿠가
납득한 듯 고개를 끄덕였다.

"하지만 이건 축하금 등을 제외한 금액입니다."

낙적료는 기녀가 앞으로 기루에서 몇 년 동안 더 일할 수 있
는지를 역산한 금액을 살짝 부풀려 산정된 금액으로, 거기에
그 두 배 정도의 가격이 추가된다. 낙적을 성대하게 축하받으
며 배웅을 받는 것이 유곽의 관습이기 때문이다.

"단도직입적으로 부탁해. 총 액수는 얼마나 되지?"

진지해 보이는데, 어떻게 하나 하고 마오마오는 말문이 막혔다.

'어렵겠는걸.'

바이링은 가게가 처음 생겼을 때부터 손님을 받았고, 돈도 잘 벌어들이는 기녀다. 옷과 비녀 등을 사느라 기루에 진 빚도 없으며 사실은 이미 기녀 기간도 다 지났을 것이다. 그런데도 바이링이 기루에 남아서 돈을 버는 이유는 본인의 성벽性癖이 기녀라는 직업과 잘 맞기 때문이다.

낙적료가 기녀의 빚을 대신 갚아 주는 돈이라면, 바이링에게는 사실 그런 것이 필요치 않다.

'올해 몇 살이더라?'

피부도 매끈매끈하고 특기인 무용은 해가 갈수록 더욱 갈고 닦아 나날이 실력이 좋아지고 있는 바이링이지만, 마오마오가 태어나기 전부터 기루에 있었으니 세 아가씨 중에서 최연장자인 셈이다.

그런데도 그토록 젊은 모습을 유지하고 있으니 가끔 '사람의 정기를 빨아먹고 젊음을 유지한다'는 소문이 돌 때도 있다.

세상에는 방중술이라고, 남녀가 한방에서 야릇한 행위를 함으로써 기력을 얻는 기술이 있는데 마오마오는 혹시 바이링이 그것을 깨우친 게 아닌가 의심해 보기도 했다.

연령으로 따지면 이미 가치가 없어졌을 나이인데도 바이링의 미모는 시들지 않았고, 본인도 여전히 의욕이 넘친다.

한편 녹청관 할멈도 언제까지나 세 아가씨가 기세등등하게 설치고 다니게 내버려 두진 않을 테니, 슬슬 최연장자인 바이링을 치워 버리고 싶을 터였다. 지난번에 마오마오가 잠깐 집에 다녀 갔을 때 할멈이 은근히 그런 식으로 투덜거리는 것을 들었다.

바이링은 녹청관이 기울어 가고 있을 때 가게를 탄탄하게 받쳐 준 상징적인 기녀다. 그 사실은 확실하지만 한없이 거기에만 의지하고 있을 수도 없는 노릇이다. 가게가 견실하게 잘 굴러가고 있을 때 신진대사를 확실히 시켜 놓지 않으면 어느샌가 묵은 때만 잔뜩 끼고 말 것이다.

마오마오는 뒷목을 긁으며 신음을 흘렸다.

"만약 바이링 언니가 낙적이 된다면, 언니를 데려갈 후보는 둘 있어요."

마오마오는 기억을 더듬었다.

만일 낙적이 된다면 오래 알고 지낸 사람에게로 갈 것이다. 녹청관은 신규 고객을 잘 받지 않는다.

한 명은 교역상 큰어르신으로 인심 후한 노인이다. 녹청관이 기울었을 때도 자주 드나들던 호호 할아버지다. 마오마오도 어릴 때 자주 사탕을 받곤 했다.

주로 밤일 목적이 아니라 그냥 술을 마시고 무용을 보며 즐기러 오는 분으로, 바이링에게 여러 번 낙적을 제안하곤 했다. 그럴 때마다 욕심 많은 할멈이 끼어들어 이야기를 얼버무리곤 했지만 지금이라면 그 제안을 받아들일 것이다.

다른 한 명은 녹청관 단골인 어느 상급 관리다. 아직 나이가 젊어 갓 서른을 넘은 듯하다. 무슨 직무를 맡았는지는 모르지만 몇 년 전 그 손님이 패용하고 있던 칼자루에 달려 있던 구슬 장식의 색깔을 떠올려 보면, 당시에도 지금의 리하쿠보다 높은 지위였던 것 같다. 지금은 아마 더 출세하지 않았을까.

관리는 밤일 상대로서 바이링과 죽이 잘 맞았고, 관리가 다녀간 다음 날이면 바이링은 굉장히 기분이 좋아지곤 했다.

하지만 마음에 걸리는 점이 있다면 피부가 빤질빤질해지는 바이링과 달리 관리는 다소 피로하고 지친 기색을 보이는 경우가 많다는 것이었다.

낙적 후의 생활을 생각하면 양쪽 모두 마오마오로서는 불안해지는 사람들이었다.

바이링은 무용이 특기인 아름다운 기녀지만 동시에 밤의 전장에서 한 번도 져 본 적이 없기로도 유명했다. 가끔 욕구 불만 상태에 빠지면 기루의 남자 하인들뿐만 아니라 다른 기녀나 여동에게까지 손을 뻗을 정도로….

즉, 색욕마인 셈이다.

할멈이 낙적 이외에, 바이링에게 추후 녹청관의 관리를 맡길까 생각하고 있는 데에는 그런 이유가 있었다.

그 외에도 바이링이 기루를 나갈 수 있는 방법은 있지만, 오히려 성격상 그럴 가능성은 낮아 보였다.

'그게 제일 평화로운 길일 것 같아.'

겉으로는 은퇴라는 형식을 취하고서 특별한 경우에는 손님을 받으면 되고, 한가할 때는 자유롭게 연애를 할 수도 있다. 지금까지보다 훨씬 자유로워질 수 있는 만큼 바이링은 기뻐할지도 모른다.

'흐음….'

마오마오는 리하쿠를 쳐다보았다.

나이는 아직 20대 중반쯤 되어 보이고, 체격은 아주 탄탄하다. 무관답게 단련되어 있는 어깨와 위팔은 그야말로 바이링의 취향에 딱 맞는다.

게다가 예전에 녹청관에 처음 왔을 때 리하쿠는 결국 마오마오가 돌아갈 때까지 꼬박 이틀 이상을 바이링의 방에 틀어박혀 지냈으나 전혀 지친 기색을 보이지 않았다.

"리하쿠 님, 급료는 어느 정도 받고 계십니까?"

"갑자기 무슨 소리야?"

조금 당황한 표정으로 리하쿠가 말했다.

"한 해에 은 팔백 정도쯤 되나요?"

"이봐, 사람을 그렇게 값어치를 매기면…."

리하쿠는 살짝 굳은 표정을 지었다. 아직 여유가 있는 얼굴이었다.

"그럼 천이백?"

"⋯⋯."

입을 다무는 것을 보니 그 중간인 은 천 냥쯤 된다고 생각하면 될 것 같았다. 나이로 따지면 상당한 벌이라고 볼 수 있었다.

그래도 상급 기녀를 낙적해 오려면 은을 일만은 준비해야 한다. 함께 차 한 잔 마시는 것만으로도 백, 밤일을 한 번 치르려면 삼백은 받는 기녀이니 말이다.

리하쿠는 그 후로 두세 번 더 바이링과 거사를 치렀다. 급료로 따져 볼 때 그리 쉽게 낼 수 있는 금액은 아니겠지만, 아마 뒤에서 할멈이 손을 썼을 것이다. 바이링이 욕구 불만에 빠지지 않도록 리하쿠를 제공했을 가능성이 크다.

"부족한가?"

"부족합니다."

"출세해서 갚는 건 안 되나?"

"안 됩니다. 현금으로 바로 일만은 준비하셔야 합니다."

"이, 일만?!"

얼어 버린 리하쿠를 보고 마오마오는 어떻게 해야 하나 고민이 되었다.

돈만 마련된다면 낙적처로 리하쿠를 선택하는 것도 그리 나쁘지는 않다. 쓸데없이 체력은 넘치는 모양이니 바이링도 싫진 않을 것이다.

하지만 싫어하지는 않는다 해도, 좋아하게 될지 어떨지는 알 수 없는 일이다.

'흐음….'

풀이 죽은 리하쿠를 보며 마오마오는 한숨을 푸욱 내쉬었다.

그것은 리하쿠 역시 마찬가지였는지, 불안한 표정으로 마오마오를 쳐다보았다.

"…만약 내가 일만을 모아서 간다 해도, 정말 낙적을 할 수 있을까?"

"바이링 언니가 리하쿠 님을 차갑게 거절할 가능성 말씀이신가요?"

마오마오가 가볍게 말하자 리하쿠는 눈에 핏발이 선 채 이를 으드득 갈았다.

가능성을 말했을 뿐, 단언한 건 아닌데 말이다.

'할 수 없지.'

마오마오는 자리에서 일어나 리하쿠 앞에 가서 섰다.

"리하쿠 님, 잠시 일어나 보시겠어요?"

"…그래."

풀이 죽은 대형 견은 고분고분 마오마오의 말에 따랐다.

"그럼 상의를 벗고 양팔을 어깨 위치까지 들어서 알통을 만들어 보여 주시겠어요?"

"그래."

리하쿠가 시키는 대로 따르는 모습을 보고, 감시하던 환관들은 당황해서 어쩔 줄을 몰라 하며 옷을 벗어젖히는 리하쿠를 뜯어말렸다.

"딱히 수상쩍은 짓을 하려는 건 아닙니다. 저는 그냥 보기만 할 거라서요."

마오마오가 그렇게 말한다 한들 환관들이 납득할 리가 없었다.

리하쿠는 풀이 죽은 채 의자 위에 주저앉았다.

"벗으면 안 차인다는 뜻이야?"

"제가 아는 건 바이링 언니의 성벽뿐인데요."

"…벗을게."

리하쿠는 옷을 벗었다. 말리려 하는 환관들에게는 자신의 지위를 나타내는 구슬 장식을 들이밀어 입 다물게 했다.

마오마오는 자세를 취한 리하쿠의 주위를 빙빙 돌면서 온갖 각도에서 바라보았다. 때로 양손 엄지와 검지로 사각형을 만들어 그 속을 통해 들여다보기도 했다.

무관인 만큼 충분히 단련된 체격을 갖고 있었다. 골격에도 일그러진 부분이 없었고, 몸 전체에 균등하게 근육이 붙어 있다. 오른팔이 조금 더 두꺼운 건 오른손잡이이기 때문인 듯했다.

바이링은 정 없으면 아무거나 집어 먹는 대식가지만 그래도 취향이라는 게 있다. 지금 이 자리에 바이링이 있었다면 혀로 입술을 핥으며 입맛을 다셨을 것이다.

"그럼 그 아래도 부탁드립니다."

"…아래도?"

"아래도 부탁드립니다."

마오마오가 진지한 얼굴로 말했다.

리하쿠는 마지못해 허리띠를 풀고 속옷 하의 한 장만 입은 차림이 되었다.

그래도 마오마오는 바뀌지 않은 표정으로 물끄러미 관찰했다.

허리와 다리가 탄탄한 걸 보니 리하쿠가 매일같이 훈련을 게을리 하지 않는다는 사실을 알 수 있었다. 눈에 띄게 튀어나온 허벅지 근육이 군더더기 없는 흐름으로 무릎 관절까지 이어지고, 그 아래로 다시 장딴지 근육이 부풀어 오른다.

'정말 괜찮은 근육이야.'

기루에 오는 사내들의 술로 후덕해진 뱃살과는 비교도 안 된다.

창백하고 건강 나빠 보이는 피부도 아니다.

'언니 취향이네.'

이거 잘될지도 모른다고 생각한 마오마오는 리하쿠에게 다양한 자세를 취하게 하며 근육의 흐름을 관찰했다.

리하쿠도 상당히 기분파인 데가 있는 듯, 점점 자세 취하는 데 적극적인 태도를 보이기 시작했다.

마지막으로 가장 중요한 부분을 확인하기 위해,

"그러면 마지막 한 장까지 벗어⋯."

라고 말하려 했을 때 문이 덜컹 열렸다.

신이 났던 리하쿠의 표정이 창백해졌다.

환관들은 사형 선고라도 받은 표정을 지었다.

마오마오도 입을 딱 벌렸다.

"도대체 뭣들 하고 있는 거야?"

얼굴에 시퍼런 핏줄을 세운 후궁 관리관이 그 부관과 함께 문 앞에 서 있었다.

문 너머에서는 진시를 노리고 쫓아와 안을 엿보던 궁녀들이 생각지도 못한 것을 봐 버리는 바람에 이쪽저쪽에서 픽픽 쓰러지고 있었다.

일단 마오마오는,

"평안하십니까, 진시 님."

하고 대꾸해 두었다.

세상에는 신기한 일이 많다.

마오마오는 생각했다.

왜 자신은 지금 무릎을 꿇고 있는가. 그리고 눈앞의 진시는 왜 자신을 싸늘한 눈길로 쳐다보고 있는가.

방금 전까지 같은 방에 있던 리하쿠는 잔뜩 풀이 죽은 채 반라 상태로 돌아갔다. 한심하기 짝이 없는 꼴이었다.

치사하다고 생각했지만, 같이 있으면 오히려 더 번거로워질 수도 있으니 그냥 없는 게 나을 것 같기도 했다.

"넌 대체 뭘 하고 있었던 거지?"

미인이 화를 내니까 더 무서운걸. 마오마오는 그렇게 생각하며 고개를 들었다.

진시는 위압하는 듯 팔짱을 끼고 떡 버티고 서 있었다. 그 뒤에서는 가오슌이 마치 무아의 경지에 이른 승려 같은 표정으로 합장을 하고 있었다.

두 개의 입구 앞에는 환관 두 명이 지친 표정으로도 아름다운 환관장을 흘끔흘끔 쳐다보고 있었다.

꽉 닫은 문 너머에서는 궁녀들이 안을 엿보려 혈안이 되어 있을 것이다. 밖에 나갔을 때 어떻게 해야 좋을지, 마오마오는 뒷일이 걱정되었다.

"딱히 뭘 하고 있었던 건 아닙니다. 그냥 상담을 받고 있었을 뿐인데요."

비취궁 홍냥에게는 확실히 보고를 하고 왔다. 빨래는 오전 중에 다 마쳤고, 오늘은 다과회 예정도 없으니 독 시식 담당이 곁에 있을 필요도 없다. 저녁 식사 때까지만 돌아가면 일에는 지장이 없을 것이다.

"그럼 그 남자는 왜 그런 차림이었지?"

아, 그것 때문이구나. 마오마오는 납득했다.

하기야 아무리 보초 서는 사람이 있다고는 해도 후궁 밖 남자가 거의 알몸이나 다름없는 그런 몰골로 서 있는 건 문제가 너무 지나치다.

이 부분의 오해는 확실히 풀어야겠다는 생각이 들었다.

"수상한 일은 하지 않았습니다. 그저 빤히 쳐다보기만 했을 뿐입니다."

그냥 보고만 있었다는 부분을 강조했다. 손가락 하나 건드리지 않았다는 점만은 알아주길 바랐다.

하지만 진시는 눈을 커다랗게 뜨고 몸을 거의 뒤로 젖히다시피 했다.

가오슌의 얼굴이 무아의 경지에서 해탈의 방향으로 이동한 것 같은 느낌이 들었다. 왜 보살 같은 얼굴로 마오마오를 바라보고 있는 걸까.

"빤히, 쳐다보기만, 했다고?"

"네, 보기만 했을 뿐입니다."

"도대체 왜?"

"도대체 왜 그랬느냐고 물으신다면… 취향에 맞는 몸인지 아닌지를 조사하기 위해서는 실물을 확인하는 편이 가장 좋으니까요."

바이링의 낙적에 대해 이래저래 이야기를 나누긴 했지만 마오마오 입장에서는 바이링의 마음을 가장 중시하고 싶었다. 워낙 연애가 잦은 여자이긴 해도 기왕이면 그중에서 가장 좋아하는 남자에게 가는 편이 좋지 않을까 하고 마오마오는 생각했다.

아무리 마오마오라도 리하쿠가 바이링의 취향과 몹시 동떨어져 있는 사람이라면 이렇게 상담을 받아 주지도 않았을 것이다. 그렇게까지 남의 일에 참견할 만큼 사람 좋은 성격도 아니다.

마오마오는 아버지의 양녀가 되기 전까지 녹청관에서 자랐다. 그때 자신을 돌봐 줬던 게 세 아가씨인 바이링, 메이메이, 죠카와 할멈이었다.

바이링은 출산 경험도 없는데 모유가 나오는 특이한 체질을 갖고 있었기 때문에 마오마오는 그 젖을 먹고 자랐다. 마오마오가 태어났을 때 바이링은 갓 여동을 졸업한 나이였지만 육체는 이미 충분히 성숙한 상태였다고 한다.

항상 바이링을 '언니'라고 부르긴 하지만 마오마오에게 사실은 '엄마'에 가까운 존재다. 참고로 '이모'가 아니라 '언니'라고 부르는 이유는 그렇게 불렀다가는 메이메이와 죠카에게 야단맞기 때문이다.

낙적처가 오래된 단골 둘 중 한 군데로 결정된다면 아마 바이링은 원하는 삶을 살지 못하게 될 것이다.

그렇다고 계속 녹청관에서 그렇게 살다가 할멈 같은 말로를 맞이하는 것도 마오마오는 원치 않았다.

기녀였다는 이유로 자식 낳기를 포기하는 여자는 많다. 항상 피임약과 낙태약에 찌들어 살았던 탓에, 태에 아이가 깃들 힘을 잃어버린 경우도 있다.

마오마오는 바이링이 그런지 아닌지는 모른다. 하지만 어린 시절 자신을 얼러 주는 그 품에 안겨 잠들곤 했던 일을 떠올리면 너무 아까운 일이라고 생각한다.

바이링은 색욕이 강하지만 그만큼 모성도 강한 여자였다.

리하쿠는 기녀인 바이링에게 반했다. 바이링이 기녀이며 자신 이외의 다른 손님들에게도 그런 식으로 봉사하고 있다는 사실도 충분히 이해하고 있다.

다소 똥개 같은 면을 보이긴 하지만 기본적으로는 성실한 사람인 것 같고, 여자를 위해서 출세하겠다는 사랑스러운 바보 같은 부분도 있다.

이런 성격은 보통 한 여자만 한결같이 바라보며 쉽게 정이 식지도 않는다. 식는다 해도, 두 사람이 헤어질 때의 문제는 마오마오도 얼마든지 해결할 수 있을 것이다.

무엇보다 체력이 절륜하다.

그런 식으로 한창 물건의 가치를 따져 보고 있는데 진시가 찾아온 것이다.

후궁을 관리하는 자로서 후궁 안에 있는 여자가 바깥 남자와 그리 쉽게 만나는 게 마음에 들지 않았던 모양이다. 엉뚱한 데서 일에 열심이다.

"취향에 맞는 몸이라고?!"

"네. 겉모습은 인간의 한 요소에 불과하지만 그래도 취향에 맞는다면 더할 나위 없이 좋겠지요."

리하쿠의 체격은 거의 합격이다. 마오마오는 마지막으로 가장 중요한 부분을 확인하고, 앞으로 바이링이 리하쿠에게 관심을 갖도록 어떻게 꼬드길 것인가에 대해 생각하고 있었다.

마오마오는 낙적료로 은이 일만은 필요하다고 했지만, 방법에 따라서는 그 절반으로 깎을 수도 있다. 그것은 바이링이 리하쿠를 어떻게 생각하느냐에 달렸다.

"겉모습이 그렇게 중요한가?"

여태껏 떡 버티고 서 있던 진시가 겨우 의자에 앉았다. 아직도 짜증이 가라앉지 않은 듯 신발로 바닥을 뻑뻑 섣어차고 있었다.

"나름대로 중요하죠."

진시가 그런 말을 하니 왠지 울분이 솟아오르는 것 같다고 마오마오는 생각했다.

"네가 그렇게 말하다니 의외인걸. 그래서 그 남자의 겉모습은 어땠지?"

계속 질문만 퍼붓는다. 하지만 그 질문에 전부 대답해야만 하는 것이 말단의 숙명이다.

"실로 균형이 잘 잡힌 육체였습니다. 기초 단련을 성실히 한 덕분에 상하 근육에 군더더기가 없었습니다. 매일 훈련을 거르지 않고 빠짐없이 하시는 분으로 여겨지니, 무관들 중에서도 상당히 실력이 있는 분이 아니신지요."

마오마오의 발언에 진시는 눈을 둥그렇게 떴다. 마오마오의 입에서 그런 말을 듣다니 뜻밖이라는 표정이었다. 그리고 엄청나게 불쾌한 얼굴이 되었다.

"너는 사람의 체격만 보고도 어떤 인간인지 알 수 있는 건가?"

"대략 압니다. 생활 습관은 몸에 여실히 드러나니까요."

자신에 대해 말하지 않는 손님에게 약을 지어 줄 때는 그 부분을 확실히 알아내는 게 중요하다. 약사 노릇을 하며 살다 보니 싫어도 얻은 능력이었다.

"내 몸을 보고도 같은 말을 할 수 있겠나?"

"…네?"

마오마오는 저도 모르게 얼빠진 소리를 내뱉고 말았다.

진시의 얼굴을 보니 약간 토라진 눈치인 것 같기도 했다.

'혹시….'

이 사내는 리하쿠를 질투하는 게 아닐까.

아까 한층 더 불쾌한 표정을 지었던 이유가 이것이었나 보다. 마오마오가 마냥 리하쿠의 육체미를 칭찬하기만 한 일 말이다.

'뭐 이런 남자가 다 있어.'

마오마오는 한숨이 나올 것만 같았다.

'자기가 더 아름답다고 과시하려 하다니.'

진시의 얼굴은 아름답다. 그야말로 여자였다면 나라 하나를 무너뜨려 버릴 수도 있을 정도의 미모이며, 남자라도 아주 불가능하지는 않을 것 같다.

그토록 차고 넘칠 정도의 아름다움을 갖고 있으면서 이번에는 몸매까지 자랑하려 하다니.

'뭐 해도 상관은 없어. 나하고 상관은 없는 일인데….'

흘끔 쳐다본 진시의 몸은 의외로 균형이 잘 잡혀 있었다. 굳이 노골적으로 쳐다보지 않아도 아름다운 몸매라는 사실은 잘 알 수 있었다.

하지만 그걸 본들 뭐가 달라질까. 리하쿠보다 아름다운 몸매를 갖고 있으니 진시를 바이링에게 권하라는 말일까? 아니, 바이링 이야기는 진시에게 한 적이 없는 것 같은데.

진시는 탁자에 팔꿈치를 짚고 입술을 삐죽 내민 채 마오마오를 빤히 쳐다보고 있었다.

그 뒤에서는 보초 환관이 어쩔 줄 몰라 하면서도 화가 난 진시의 얼굴을 넋이 나간 채 바라보는 중이었다.

가오슌은 마치 열반에 든 듯 온화한 얼굴로 마오마오를 지켜보고 있었다.

진시에게는 미안하지만 이 부분은 딱 잘라 말해야만 한다. 바이링이 육체적 요소 중 가장 중요하게 여기는 부분은 이미 진시에게는 없는 물건이라고.

아무리 다른 부분이 뛰어나게 아름다워도 그것이 없으면 아무 소용도 없다.

"진시 님의 몸을 봐 봤자 아무 의미도 없습니다."

마오마오는 조심스럽게 말했다.

주변 공기가 단숨에 얼어붙었다.

열반에 들었던 가오슌은 느닷없이 천국으로 이어져 있던 거미줄이 끊어져 버린 지옥의 죄인 같은 표정으로 바뀌었다.

"안타깝게도 진시 님은 제 언니와 어울릴 것 같지는 않으니까요."

"뭐?"

진시의 입에서 한심한 한마디가 흘러나왔다.

가오슌은 벽에 이마를 찧고 있었다.

○ ● ○

리하쿠는 뭐가 어떻게 된 거지, 하고 생각했다.

며칠 전 약간의 사고를 치는 바람에 자신을 노려보았던 환관이 지금 바로 눈앞에 있었다. 심지어 몹시도 아름다운 미소를 지은 채 말이다.

환관의 이름은 진시라고 들었던 것 같다. 아마 리하쿠보다 나이가 어릴 텐데 이미 황제의 신임을 받고 있다. 미모 때문에 황제가 손을 댔다는 소문도 있지만, 일은 성실하고 빈틈없이 잘하는 사람이다.

주위에서 남녀를 가리지 않고 하나같이 진시에게 반하는 게 다소 문제이긴 하지만 그 이외에 딱히 신경 쓸 일은 없다고 리하쿠는 생각했다. 리하쿠는 그 점에서는 확고한 취향을 가지고 있었기에 아무리 아름답다 해도 남자에게는 끌리지 않는다.

그렇다 해도 갑자기 쳐들어와서 말끄러미 쳐다보니, 참으로 대응하기 곤란하다 하지 않을 수 없었다.

그나마 주위에 아무도 없어서 다행이었다. 장소는 자신의 상관이 있는 건물이다. 이 부근에는 지나다니는 사람이 거의 없다. 그렇다, 이곳에는 괴짜 군사가 있기 때문에 누구나가 필요 최소한의 접촉 이외에는 하지 않으려 한다.

최근 들어 괴짜 군사가 외부를 괜히 어슬렁거리곤 한다는 소문을 듣긴 했는데, 이런 곳까지 찾아온 걸 보니 업무상 군사를 상대하고 있었던 게 바로 이 환관이었나 보다. 리하쿠는 그렇게 생각했다.

리하쿠도 귀찮은 일에 말려들지 않기 위해 서류만 제출하고 후딱 나가려 했지만, 때마침 라칸의 집무실에서 나온 이 환관과 딱 마주치고 말았다.

그런데 느닷없이 이렇게 환하게 웃다니 도무지 영문을 알 수가 없었다.

그리고 신기한 일은 하나 더 있다.

진시라는 환관 뒤에 대기하고 서 있는 부관은 예전에 리하쿠에게 창관에 알선을 좀 해 달라고 부탁했던 관리다. 리하쿠의 상관과도 오래 알고 지낸 지인일 터였다.

주근깨 많은 궁녀 마오마오에 대해서도 잘 알고 있는 것 같다 했더니 이런 곳에서 이어질 줄이야. 리하쿠는 납득했다.

"잠깐 시간을 내줄 수 있을까?"

리하쿠는 그 말 앞에서 거역할 수 없는 입장이었다. 상대는 자신보다 나이가 어리다고는 하나 더욱 고귀한 신분을 나타내는 색깔의 구슬 장식을 허리에 달고 있었다. 그 말을 거역하려면 앞으로 한참은 더 출세를 해야 한다.

"분부대로 하겠습니다."

짧게 대답한 리하쿠는 환관 둘의 뒤를 따라갔다.

장소는 궁정의 중앙 정원이었다. 상관들이 여름이면 종종 저녁 무렵에 바람을 쐬러 나오는 장소다. 지금 계절은 바람을 쐬

기엔 너무 추웠고, 특히 이 시간대에는 사람이 없다. 풍류나 정취와는 인연이 없는 리하쿠는 굳이 찾아올 일도 없는 장소였다.

여름이라면 수국이라는 식물이 융단처럼 커다란 꽃을 피운다. 동쪽에 있는 섬나라에서 전래되어 왔다는 진기한 꽃으로 하루하루 붉은색이나 파란색으로 색깔을 바꾼다고 한다. 괴짜 군사가 일부러 이쪽에 심어 놓은 꽃이다. 꽃 모양은 자정향화*를 닮았지만, 지금은 그저 키가 작은 나무에 불과하다.

너무 제멋대로인 인간이 아닌가 싶기도 했지만 이야기에 따르면 장군도, 저 외알 안경 괴짜도 고개를 못 드는 높은 분이라고 하니 어쩔 수가 없다.

진시는 정자의 의자에 앉아 리하쿠에게도 앉으라고 손짓했다.

시키는 대로 앉을 수밖에 없었고, 앉고 보니 서로 마주 앉은 모습이 되었다.

환관은 깍지 낀 손 위에 턱을 얹고 반짝반짝 빛나는 미소를 지었다. 뒤에 서 있는 부관은 익숙해 보이는 눈치였지만 리하쿠는 도무지 견디기가 힘들었다. 솔직히 말하면 고개를 돌리고 싶을 정도로 눈이 부셨다.

여자라면 나라가 기울었을지도 모른다는 이야기가 아주 거짓말은 아니라고 리하쿠는 생각했다. 하지만 이 녀석은 남자다.

※자정향화 : 라일락.

아무리 소중한 그것이 이미 없다 해도 남자란 말이다.

천녀 같은 얼굴과 비단실 같은 머리카락에 속기 쉽지만 상체가 탄탄하고 어깨 폭도 제법 넓다. 무관 같은 체형의 부관이 옆에 있어도 빈약해 보이지 않는 체격이다.

만일 그 부드러운 미소에 속아, 넘어뜨리려 했다가는 제법 쓴맛을 보게 될 것이다. 우아해 보이는 행동거지는 사실 움직임에 군더더기가 없다는 뜻이다.

리하쿠는 뒤를 따라가며 환관에 대해 쭉 그렇게 생각했다. 그리고 그 얼굴을 어디서 많이 본 것 같은 기분이 들긴 했지만 통 생각이 나질 않았다.

예전부터 얼핏 얼굴을 본 적은 있어도 이렇게 물끄러미 관찰한 적은 없었는데, 자꾸만 뭔가가 마음에 걸렸다.

아무튼 그런 분이 자신에게 무슨 볼일일까.

"내 시녀한테서 들었는데, **자넨** 지금 의중에 둔 상대가 있다면서?"

'자네'라는 호칭이 벌써 수상쩍게 느껴지는 건 리하쿠의 생각이 지나친 탓일까.

내 '시녀'가 누구인지 리하쿠는 잠시 생각했으나, 이야기의 흐름으로 보건대 그 비쩍 마른 주근깨 소녀를 말하는 게 분명했다.

그러고 보니 외정에서 일하던 시기가 있었던 것 같은데 설마

이 환관 밑에 소속되어 있었단 말인가. 리하쿠는 저도 모르게 턱을 어루만졌다.

그 소녀를 고용하는 희한한 인간이 도대체 누구인가 했지만, 이 미모의 환관이었을 거라고 도대체 누가 생각이나 했을까.

하지만 그때는 상황이 워낙 기묘했으니 어느 정도 설명이 필요했다 치더라도 남의 낙적 이야기까지 털어놓은 건가. 리하쿠는 살짝 기분이 좋지 않았다. 그래서 이 환관이 이렇게 웃으면서 말을 거는 모양이었다.

이렇게 나이도 젊고, 이 나라 최고의 미모라 일컬어지는 용모를 지녔으며 고귀한 신분을 가진 사람이라면 유녀의 낙적 이야기 정도는 그냥 웃음거리에 불과할 것이다.

자신을 비웃는 건 상관없지만 자신의 소중한 사람인 바이링에 대해 우스갯소리라도 한다면 리하쿠도 가만히 있지는 않을 생각이었다.

바이링은 좋은 여자다. 기녀로서뿐만이 아니라 그냥 한 여자로서도.

침실에서 웃던 얼굴이 떠올랐다. 손끝으로 옷자락을 잡고 춤을 추던 모습도 생각났다. 차를 내오고, 사소한 부분에서도 배려하는 모습까지.

그런 건 기녀의 일이니 당연하다고 말한다면 리하쿠도 할 말은 없다.

하지만 그래도 상관없다고 리하쿠는 생각했다.

진짜든 가짜든 아무래도 좋았다.

자신이 믿어 주기만 한다면 어느 쪽이든 문제가 없다.

유녀나 도박에 미치는 동료를 리하쿠도 여럿 보았다. 주위에서 보기에는 자신도 그중 하나로 보일 것이다. 리하쿠를 붙잡고 바이링을 악녀라고 욕하는 사람들도 사실은 리하쿠를 걱정해서 하는 말이리라.

고맙긴 했지만 결국은 참견이 지나친 사람들이었다.

리하쿠는 자신의 의지로 녹청관에 드나들고 있다. 바이링을 만나지 못하고 현관 앞에서 여동에게 차만 대접받고 끝나는 일도 자주 있다.

그래도 좋았다.

그 누구의 손도 닿지 못하는 높은 곳에 피어난 꽃으로 존재하는 것 역시 바이링의 일이다.

함께 차 한 잔을 마시기만 해도 한 달 번 은을 다 받아 가다니, 혹자는 그것을 보고 욕심이 지나치다고 할 수도 있다.

하지만 자기 자신이라는 개체를 전부 기녀 일에 써 버리며 평생을 상품으로서 살아가는 기녀들을 보고 비싸다고 하는 건, 그녀들의 가치를 모르기 때문이다.

만일 눈앞의 환관이 바이링에 대해 모욕적인 말을 꺼낸다면 리하쿠는 주먹을 날릴 각오가 되어 있었다.

그렇게 되면 자신은 목이 날아갈지도 모른다.

그래도 상관없다고 리하쿠는 생각했다.

생각을 결코 굽히지 않고 저돌맹진猪突猛進하는 삶의 방식이야말로 자신에게 잘 어울린다. 주위 사람들이 자신을 보고 기녀에 미친 어리석은 자라고 비웃고 욕해도 상관없다.

일단은 자제하려는 노력이 필요하다는 생각에 리하쿠는 왼손으로 오른손을 꾹 누르며 진시를 바라보았다.

"그게 뭐 어쨌다는 겁니까?"

당신하고는 상관없는 일일 텐데요, 하는 쓸데없는 말을 덧붙이지 않으려 조심했다.

진시는 불쾌해 보이는 리하쿠의 태도는 개의치도 않고 천상의 미소를 짓고 있었다.

그리고 그 입술에서는 놀라운 말이 흘러나왔다.

"낙적료를 내가 대신 내 주겠다고 하면 어떻게 하겠나?"

"?!"

리하쿠는 깜짝 놀라 저도 모르게 벌떡 일어서며 탁자를 쾅 내리쳤다. 화강암을 깎아 만든 탁자이기 때문에 손바닥이 욱신욱신 아팠다.

떨림이 온몸으로 퍼졌을 무렵 리하쿠는 간신히 입을 열었다.

"그게 무슨 뜻입니까?"

"있는 그대로의 의미다. 낙적료는 얼마면 되지? 은 이만 정도 있으면 충분한가?"

이만이라는 말을 당연한 듯 내뱉는 상대를 보며 리하쿠는 마른침을 꿀꺽 삼켰다. 그리 간단히 내 줄 수 있는 금액이 아니다. 하물며 잘 알지도 못하는 관리에게 느닷없이 할 말은 아닐 텐데.

마오마오에게 벌써 낙적료에 대해 들은 걸까, 아니면 이 남자에게 그것은 푼돈에 불과하다는 말일까. 리하쿠는 머리를 부둥켜안았다.

동시에 이만을 제시한 걸 보니 그 절반이라면 더 쉽게 내 주지 않을까 하는 생각도 문득 들었지만, 리하쿠는 그 이상의 달콤한 생각을 접기로 했다.

"말씀은 감사하지만 전혀 알지도 못하는 관리에게 느닷없이 그렇게 말씀하셔도 되는 겁니까?"

달콤한 말에는 덫이 있다. 어린애라도 아는 상식을 미처 놓칠 만큼 리하쿠도 바보는 아니다.

리하쿠는 다시 의자에 앉아 상대의 눈을 바라보았다. 방대한 금액을 제시한 상대는 안색 하나 바뀌지 않았고, 뒤에 있는 부관은 고개라도 절레절레 젓고 싶은 듯한 표정이었다.

"내가 키우는 고양이는 상당히 경계심이 강한 편이지. 그런 녀석이 자네의 상담을 받아 줄 정도인 데다 심지어 친언니처럼 가까운 사람의 반려로서도 괜찮다고 여기고 있어."

고양이猫란 이름 그대로 마오마오猫猫를 말하는 모양이었다. 하기야 고양이라는 말을 듣고 보니 고양이 같기도 했다. 경계심 강한 들고양이지만, 먹이를 주면 은근슬쩍 다가오기도 하는데, 결국 받을 것을 받고 나면 홀랑 도망쳐 버린다.

리하쿠가 키우기에는 통 성격이 맞지 않는 생물이다. 고양이보다는 더 순종적이며 함께 사냥을 나갈 수 있는 개가 낫다.

하지만 그렇게 말하는 걸 보면 태도는 그 모양이어도 마오마오 나름대로는 리하쿠를 꽤 신뢰하고 있는 모양이었다. 하기야 귀찮다는 듯 턱을 괴고 무관심한 눈빛으로 이야기를 듣고 있긴 했지만, 리하쿠의 질문에는 다 대답해 주었던 것 같다.

결국 자신은 이렇게 환관과 대면하는 꼴이 되었지만.

"즉, 조심성 많은 고양이가 잘 따르는 걸 보면 그만큼 신용할 수 있다는 말입니까?"

리하쿠의 말에 진시가 움찔 반응했다.

뭐 말실수라도 한 걸까 리하쿠는 생각했지만, 진시가 다시 원래대로의 부드러운 미소를 짓는 걸 보니 그냥 착각인 모양이었다.

"자네 이야기는 주위에서도 많이 들었어. 지방관의 아들로서 도성에서 무관이 될 때까지 상당히 고생이 많았던 모양이던데."

"웬만큼은 했죠."

어디에나 파벌은 존재한다. 부모는 관리였지만 지방 문관이다. 리하쿠의 앞길은 그리 쉽지 않았고, 제대로 평가받지 못하는 일도 많았다.

"듣자하니 눈 밝은 군사님께 발탁되어 부대를 맡았다고 하더군."

"…네."

이 남자는 도대체 어디까지 자신에 대해 조사했을까. 겉으로는 소대장이 무관 노릇을 그만두게 되어 그 자리로 들어간 것으로 되어 있는데 말이다.

"앞길 유망한 관리와 사이좋게 지내고 싶다고 생각하는 건 당연한 일 아니겠나?"

하지만 은 이만은 씀씀이가 커도 너무 크다.

리하쿠에게 필요한 것은 그 절반 정도. 아니, 자신의 연줄이나 그간 저축해 놓은 돈을 생각하면 그 절반만으로도 충분하다.

4분의 1. 은 오천 정도는 이 남자라면 쉽게 주머니에서 꺼내줄 수 있는 돈일까.

죽도록 응하고 싶은 제안이었지만 리하쿠는 고개를 가로저었다.

그리고 성실한 얼굴로 진시의 얼굴을 마주 보았다.

"저를 높이 평가해 주시는 건 솔직히 무척이나 감사한 일이고, 말씀해 주신 내용 역시 너무나 바라마지 않는 일입니다. 하지만 그렇다고 은을 받을 수는 없습니다. 당신에게는 고작 기녀한 명에 불과하겠지만 제게는 단 하나뿐인 여자입니다. 아내로 맞이하고 싶은 여자를 자기 스스로 번 돈으로 데려오지 못해서야 남자라고 할 수 없습니다."

익숙지 않은 존댓말을 쓰느라 피곤하긴 했지만, 리하쿠는 환관에게 말했다.

진시가 불쾌하게 생각하지 않았으면 좋겠다고 리하쿠는 생각했지만 천녀의 얼굴에는 큰 변화가 없었다. 아니, 아까보다 훨씬 더 부드러워진 것 같았다.

희미한 미소가 환한 웃음으로 바뀌었다.

"그렇군, 이거 실례했네."

환관은 우아한 동작으로 자리에서 일어나며 매끄러운 머리카락을 손가락으로 쓸어 올렸다.

마치 한 폭의 미인도 같은 자태를 지닌 상대는 만족스러운 표정을 짓고 있었다.

"앞으로 또 이야기를 하게 될 일이 있을지도 모르니, 잘 부탁하지."

"알겠습니다."

리하쿠도 자리에서 일어나 손바닥에 주먹을 갖다 대고 고개를 숙였다.

아름다운 환관은 가볍게 고개를 끄덕이더니 부관을 데리고 돌아갔다.

리하쿠는 멍한 기분을 맛보며 그 우아한 뒷모습이 완전히 시야에서 사라질 때까지 기다렸다.

그리고….

"도대체 무슨 일이 있었던 거지?"

영문을 알 수가 없어 뒤통수만 벅벅 긁었다. 그러다 지난번에 화상을 입어 아직 머리카락이 나지 않은 부분이 손에 닿는 바람에 다소 풀이 죽었다.

의자에 앉은 리하쿠는,

"어떻게 하나…."

하고 중얼거렸다.

일단은 다음 수련 때 상관 앞에서 조금이나마 멋진 모습을 보여 둬야겠다. 아니면 일을 좀 늘려 볼까.

아니, 그보다.

언제 만날 수 있을지 모르는 여자에게 편지를 보내야겠다. 단지 일방적으로 맞으러 가는 게 아니라, 상대의 의사도 물어야 한다.

그 대답이 그저 자신을 기분 좋게 해 주기 위한 빈말이라 해도, 그것을 믿고 하루하루를 살아갈 힘을 얻을 수 있다.

"좋아."

리하쿠는 소매 속에 손을 넣고 종종걸음으로 중앙 정원을 빠져나갔다.

편지를 묶을 나뭇가지를 무엇으로 할지 고민하면서.

○ ● ○

"마오마오, 편지가 왔어."

구이위엔이 마오마오에게 여러 겹의 목간을 건넸다. 마오마오가 겹쳐져 있던 끈을 풀자 거기에는 유려한 글씨로 매끄러운 문장들이 적혀 있었다.

며칠 전 마오마오가 녹청관에 보낸 편지의 답장이었다.

「할멈이 뭐라고 하든 상관없어. 난 아직 현역이야.」

풍만한 육체를 지닌 언니가 가슴을 펴고 말하는 모습이 눈앞을 스쳤다.

보낸 사람은 바이링이었다.

「게다가 언젠가는 어느 나라 공자님이 맞이하러 와 주실지도 모르잖아.」

여기서 공자님은 '왕자님'을 뜻한다. 먼 이국에는 백마를 탄 '왕자'라는 것이 있는데, 사로잡힌 처녀를 구출하러 와 준다고 한다.

바이링은 여자다. 여자답게 꿈에 젖은 말을 하곤 했다.

소녀라고 하기에는 이미 나이가 한참이나 지났고, 양 손가락으로 꼽아도 모자랄 정도의 남자들과 관계를 가졌지만 그래도 꿈을 꾸는 일은 포기하지 않았다.

그런 당당함이 바이링의 젊음을 유지해 주는 비결 중 하나인지도 모른다.

'왠지 그런 느낌이 들긴 했어.'

바이링의 마음에 들기만 하면 낙적료는 은 일만씩이나 필요하지도 않을 것이다. 그저 바이링이 원하는 '왕자님'을 연기해 주기만 하면 된다. 그러기 위해서는 절륜한 체력과 근육, 그리고 평범한 남자에게는 있어도 환관에게는 없는 그것이 필요하다.

그리고 약간의 연기력과 축하금만 준비하면 될 것이다.

낙적료는 어찌 됐든, 축하금까지 깎으려 들면 주위에서 가만있지 않을 것이다.

할멈도,

"은퇴하고 싶다면 뭐 상관은 없어. 하지만 갈 때 축하 잔치만큼은 성대하게 하고 가야 한다."

하고 말했다. 수전노 같은 할멈도 그런 데서는 의외로 배포가 크다.

유곽의 가장 커다란 꽃으로 피어났던 바이링이니 무대에서 물러날 때도 그에 걸맞게 화려한 마무리를 해야 한다.

그것이 기녀로서 살아온 긍지였다.

그러니 할멈도 바이링이 진심으로 좋아하는 남자라면 바가지를 씌워 돈을 왕창 뜯어내진 않을 것이다. 하지만 필요 경비로 축하금 오천은 받겠지.

그 정도는 벌 수 있는 남자가 아니면 바이링에게 어울리지도 않을 것이고, 그런 곳에서 인색하게 군다면 남편감으로 고려할 필요도 없다.

'일만은 어려워도 오천 정도라면….'

앞으로 리하쿠가 순조로이 출세하다 보면 그 정도는 몇 년 안에 해결할 수 있을 것이다.

그 후로는 운에 달렸다.

바이링이 할멈의 사고방식에 세뇌되면 끝이다. 그 전에 리하쿠가 바이링을 데려갈 수 있을 만큼의 돈을 모아야 한다.

마오마오가 굳이 나설 필요도 없는 일이다.

단 하나 주의해야 할 점이 있다면.

'설마 빚을 지고 데려가진 않겠지.'

누군가에게 돈을 빌려서 바이링을 데리러 온다면 녹청관 할멈이 그 정도는 금세 조사해서 알아낼 것이다. 그러면 끝장이다. 빚이 있는 사내에게 바이링을 어떻게 주겠느냐며 할멈이 지독하게 훼방을 놓을 테니까.

그런 짓은 하지 않을 거라고 마오마오는 생각했지만, 그건 단언할 수 없는 이야기다.

그런 생각을 하고 있는데 편지 끝에 상당히 마음에 걸리는 이야기가 적혀 있었다.

「그 **사람**이 오고, 또 낙적 이야기가 나오는 바람에 여동 아이가 잘못 듣고 착각한 것 같아.」

바이링치고는 드물게도 빙 둘러 기술해 놓은 부분이었다.

'그 사람이라….'

누구를 가리키는지 마오마오는 알 수 있었다.

마오마오는 다 읽은 목간을 끈으로 묶어 방에 있던 책상 위에 올려놓았다.

복도로 나가니 며칠 만에 진시와 가오슌이 비취궁을 찾아와 있었다.

며칠 전 헤어질 때는 상당히 불쾌해 보이던 진시였으나, 오늘의 진시는 왠지 모르게 기분이 좋은 눈치였다.

무슨 일일까 생각하며 마오마오는 차를 끓일 준비를 하러 주방으로 들어갔다.

약사의 혼잣말

18화 : 파란 장미

　추위도 점점 누그러지고 봄 새싹이 움트기 시작할 무렵이었다. 마오마오는 이불을 말리면서 따스한 햇살의 유혹에 질 뻔했지만, 이러면 안 된다는 생각에 고개를 마구 휘젓고는 다시 열심히 일하기 시작했다.

　역시 매일을 충실하게 보내면 시간 가는 것도 빠르다. 진시의 개인 하녀로 보냈던 두 달은 쓸데없이 길게 느껴졌는데 말이다.

　외정에 있는 의국의 약 서랍에는 아직 미련이 남아 있었지만 그것은 나중에 돌팔이 의관을 이용하여 후궁 의국을 개조하면 되는 문제다.

　서고도 못 가게 되었지만, 가오슌에게 부탁하면 필요한 책을 이것저것 찾아다 줄 것이다.

　이제 언제든 후궁 밖으로 나갈 수만 있다면 참 좋겠지만 그것은 너무 사치스러운 이야기였다. 후궁에 있는 이상 그리 쉽게 안팎을 드나들 수는 없다.

교쿠요 비의 임신은 이제 완전히 확신할 수 있는 사실이 되었다.

월경은 여전히 멈춰 있었고 비는 한층 더 나른한 태도를 보였다. 체온도 살짝 높아졌고, 배설 횟수도 늘어난 듯했다.

링리 공주가 어째서인지 교쿠요 비의 배에 얼굴을 대고 생글생글 웃는 걸 보면 뭔가가 있다는 사실을 아는 모양이었다.

'느껴지는 건가?'

링리 공주는 교쿠요 비의 배를 향해 안녕 안녕 손을 흔들고는 홍냥과 함께 낮잠 자는 방으로 이동했다.

아이들이란 참 신기한 존재다.

아장아장 걸음마를 시작한 공주는 황제가 선물한 빨간 신발을 신고 돌아다니며 시녀들을 번거롭게 하는 존재가 되어 있었다. 표정도 풍성해지고, 부드러운 찐빵을 수면 생긋 웃으며 미소로 답하곤 했다. 여자로서의 본능일까, 비취궁 궁녀들은 자기 아이도 없는데 공주를 몹시 사랑하며 키우고 있었다.

가끔 홍냥이 "나도 슬슬⋯." 하는 소리를 할 때면 마오마오를 비롯한 시녀들은 어떻게 반응해야 좋을지 알 수가 없었다. 조급해하는 듯 보이지만 책임감 강한 시녀장이 함부로 혼인 퇴직을 할 수도 없을 터였다. 설령 혼담이 들어온다 해도 모든 사람들이 훙냥을 뜯어말릴 것이다.

훙냥이 있기 때문에 비취궁은 이 정도 인원으로도 잘 돌아가고 있었다.

너무 유능한 것도 문제다.

마오마오는 딱히 볼일이 없을 때는 공주의 놀이 상대가 되어 주고 있었다. 다리 부상 때문이기도 했다. 일이 많고 부지런한 다른 시녀들이 돌봐 주는 것보다, 독 시식 외에는 별다른 일이 없는 자신이 돌보는 편이 훨씬 효율이 좋은 것도 사실이다.

오늘도 마오마오는 링리 공주와 놀고 있었다. 공주는 나무토막을 쌓았다가는 부수며 즐겁게 놀았다. 나무토막 장난감은 일부러 가벼운 목재를 이용하여 만든 물건이었다.

링리 공주가 그림이 그려진 책에도 흥미를 갖는 듯했기에 마오마오는 가오슌에게 빌려다 달라고 부탁한 책의 그림을 옮겨 그리고 그것의 이름을 밑에 적어서 보여 주었다. 아직 세는나이로 두 살에 불과하지만, 익숙해지게 만들면 더 빨리 배운다고 들은 바가 있었기 때문에 해 본 일이었으나 훙냥이 금방 빼앗아 갔다.

"평범한 꽃을 그리도록 해."

훙냥은 정원의 꽃을 가리키며 말했다.

아무리 예쁘다고 해도 독버섯 그림을 보여 줘서는 안 되는 모양이었다.

그런 하루하루가 흘러갔다.

그럴 때 오랜만에 나타난 아름다운 환관이 골치 아픈 이야기를 선물로 가져왔다.

"파란 장미라고요?"

마오마오가 다소 퀭해진 얼굴의 환관을 보며 물었다.

"그래, 다들 관심을 갖는 바람에."

진시는 난감한 표정으로 고개를 끄덕였다. 이런 표정도 다른 궁녀들은 수심을 띤 얼굴이 아름답다며 목소리를 높이곤 했다. 그리고 지금 현재 문 틈새로는 세 쌍의 눈이 안을 들여다보고 있었으나 마오마오는 신경 쓰지 않기로 했다. 그리고 금세 눈을 세모꼴로 뜬 홍냥이 재주 좋게도 오른손으로 두 명, 왼손으로 한 명의 귀를 잡아당기며 끌고 갔지만 이 또한 모르는 척하기로 했다.

가오슌이 그것을 보고 "훌륭한 손놀림이군." 하고 감탄했다는 사실도 어디다 말하지 않기로 했다.

본론으로 돌아가서.

"이번에 그 꽃을 보고 즐기자는 이야기가 나왔어."

어째서인지 진시가 그 꽃을 찾아 와야 하는 입장이 되었다고 한다.

'또 귀찮은 일이 생긴 것 같네.'

"저보고 찾으라는 말씀이십니까?"

"뭐 아는 바 없나?"

"저는 약사입니다."

"왠지 너라면 가능할 것 같아서."

진시는 정말이지 한심한 소리를 늘어놓고 있었다.

"어쩐지 요즘 그런 말이 많이 들리더라."

긴 의자에 앉아 있던 교쿠요 비가 한마디 거들었다. 옆에서는 공주가 과일 음료를 홀짝홀짝 마시고 있었다.

어디 사는 누구인지 모르지만 교쿠요 비의 시녀라면 혹시 알고 있지 않을까 하는 소리가 나왔다고 한다.

그래서 진시에게 화살이 돌아온 모양이었다.

'설마 돌팔이 의관은 아니겠지.'

불가능한 일은 아니다.

그 성격 태평한 아저씨는 타인을 과대평가하는 기질이 있다. 정말이지 귀찮기 그지없는 일이다.

장미에 대해 지식이 전혀 없는 건 아니다. 꽃잎에서 얻을 수 있는 향유는 피부 미용에 효과가 있다고 기녀들이 자주 사들이곤 했다. 마오마오는 향이 강한 들장미 꽃잎을 푹 끓여서 증류시켜, 그것을 팔아 용돈을 번 적도 있었다.

"옛날에 궁정에 피어 있었다더군."

진시가 팔짱을 끼며 말했다.

방 입구에서 세 시녀들의 꾸중을 마친 홍냥이 새 차를 준비해 가지고 들어왔다.

"환각이겠죠."

'아, 장딴지 가렵다.'

상처가 낫기 시작하니 자꾸만 가려워진다. 마오마오는 탁자 밑으로 다리가 가려져 있다는 사실을 이용하여 발끝으로 가려운 곳을 긁었다. 다리를 긁으니 왠지 다른 곳까지 간지러워지기 시작했다.

"처음에 말을 꺼낸 건 한 사람이지만, 물어보니 이곳저곳에서 복수의 증언이 나왔어."

진시는 무어라 형언하기 힘든 표정을 지었다.

"아편이 유행한 건 아닌가요?"

"그런 게 유행하면 나라가 망하게?"

자신도 자각하지 못한 듯 갑자기 진시의 말투가 바뀌자, 교쿠요 비와 홍냥이 눈을 동그랗게 뜨고 서로 얼굴을 마주 보았다. 가오슌이 미간에 주름을 잡고 에헴, 하고 기침을 했다.

진시는 한순간 뚱한 표정을 지었다가 금세 다음 순간 천녀의 미소를 지었다. 그리고 그 얼굴에 호소 어린 수심을 드리운 채 마오마오를 바라보았다.

역시 이 반짝반짝 빛나는 얼굴을 마오마오는 너무나도 대하기가 어려웠다.

교쿠요 비는 어머나, 하면서 재미있다는 듯 지켜보고 있었다.
마오마오는 하나도 재미가 없었다.

"어려운가?"

'그렇게 몸을 들이대지 말란 말이야.'

이 이상 가까이 다가오면 더 짜증이 날 것이다.

한숨이 나왔다.

"제가 어떻게 하면 될까요?"

"다음 달 원유회까지 찾아다 줬으면 해."

봄 원유회 이야기다.

지난번 원유회 이후로 시간이 벌써 그렇게나 흘렀나.

마오마오는 혼자 감회에 젖어 있다가 문득 어떤 사실을 깨달았다.

'응? 다음 달?'

"진시 님, 알고 계십니까?"

"뭘 말이지?"

진시가 고개를 갸웃거렸다.

역시 모르는 모양이었다.

파란 장미가 있을 리가 없다. 색깔 운운하기 이전의 문제다.

"장미가 피는 계절이 오려면 적어도 두 달은 더 기다려야 합니다."

"……."

진시는 침묵으로 몰랐다는 사실을 알려 주고 있었다.

'역시.'

어쩐지 나쁜 예감이 들었다.

사람을 곤란하게 만들기 위해 일부러 어려운 문제를 들이민 것 같은.

"내가 알아서 거절해 두마."

"한 가지 여쭈어 봐도 될까요?"

어깨를 축 늘어뜨린 진시가 마오마오 쪽을 쳐다보았다.

"혹시 그건 어떤 군사께서 꺼낸 이야기가 아닌가요?"

이 흐름으로 추정해 볼 때 그럴 가능성이 높았다.

'어쩐지 아까부터 계속 여기저기 가렵더라니.'

분위기를 대충 눈치챈 모양이었는지, 마오마오의 몸이 이름도 듣기 싫은 그 남자에게 거부 반응을 일으키고 있었던 듯했다.

"음. 라카…."

진시는 말하다 말고 다급히 입을 막았다.

교쿠요 비와 홍냥이 의아한 표정으로 고개를 갸웃거렸다.

말할 것까지도 없이 그 **남자**였다.

'할 수 없지.'

그렇게 되면 자신에게도 책임이 있다.

"할 수 있을지 없을지는 모르겠지만 하는 데까지 해 보겠습니다."

"괜찮겠어?"

"네. 그러기 위해서는 몇 가지 물건과 장소가 필요한데요."

계속 도망만 치는 것도 솔직히 화나는 일이다.

기왕이면 그 히죽거리는 얼굴에 걸려 있는 외알 안경을 박살 내 주고 싶었다.

○ ● ○

봄 원유회는 봄 모란이 가득한 정원에서 이루어진다.

보통 조금 더 이른 시기에 열리곤 했으나, 추위를 도저히 못 견디겠다는 자들이 속출하는 바람에 이 시기로 미루어졌다. 더 빨리 그랬으면 좋았겠지만 관례를 바꾸는 일은 쉽지 않다.

정원에는 붉은 융단이 깔리고 긴 탁자와 의자들이 놓였다.

악단이 이제나저제나 하는 표정으로 악기 손질을 하고 있었다.

여자들이 분주하게 이리저리 돌아다니며 원유회 준비에 문제가 없는지 확인하고, 젊은 무관들은 아직 희미하게 난 수염을 어루만지며 그 모습을 즐거운 듯 바라보고 있었다.

뒤쪽에는 가림막이 설치되었고, 그 뒤에서 누군가가 법석을 떨고 있었다.

비쩍 마르고 몸집 작은 소녀가 커다란 꽃병을 끌어안고 있었다.

거기 꽂혀 있는 것은 이 계절에는 아직 이른 색색의 장미꽃들이었다.

"정말로 찾아 온 거야?"

진시는 이제 막 봉오리가 피어나려 하는 꽃들을 바라보았다. 색은 빨강, 노랑, 하양, 분홍, 파랑. 뿐만 아니라 검정과 보라, 녹색까지도 있었다. 파란 장미를 만들라고 말하긴 했지만 설마 이렇게까지 화려한 꽃들이 나타날 줄은 아무도 생각지 못했을 것이다.

도대체 이게 어떻게 된 일인가 싶어 진시는 장미를 멍하니 쳐다보았다.

"역시 어렵더군요. 시간이 모자라 활짝 피어나게 만들지는 못했습니다."

마오마오는 진심으로 유감스러운 듯 말했다.

이것은 진시에게 미안해한다기보다는 자기가 마음먹은 대로 하지 못했다는, 스스로에 대한 답답함이 섞여 있는 말이었다. 진시도 마오마오가 그런 성격이라는 사실은 알고 있었지만, 그래도 짜증이 났다.

실로 짜증스러운 일이었다.

"아니, 충분해."

진시는 장미 한 송이를 뽑았다. 줄기에서 물방울이 뚝 떨어졌다.

"응?"

진시는 약간의 위화감을 느꼈지만 지금은 아무래도 상관없다는 생각에 장미를 다시 꽃병에 꽂아 놓았다.

그나저나 그냥 파란 장미라고 했을 뿐인데 왜 이렇게 요란하게 준비해 왔는지 모를 일이었다.

진시는 피로로 쓰러질 것 같은 소녀를 비취궁 시녀들에게 맡겨 두고, 꽃병을 가져가 연회 자리의 상석에 올려놓았다.

아직 활짝 피지 않은 꽃봉오리였지만 현란한 모란꽃에서 사람들의 시선을 빼앗기에는 충분했다.

멀찍이서 지켜보던 사람들 모두가 놀랐다.

그런 일이 가능할 리가 없다며 코웃음 치던 고관들이 웅성웅성 소란을 피우기 시작했다.

진시는 황제의 신임이 두터운 환관이다. 용모는 스스로 말하긴 뭣하지만 대부분의 사람들이 숨을 들이켤 정도로 아름다운 게 사실이다. 하지만 그렇다고 적이 없는 건 아니다.

젊은 환관 나부랭이가 나대는 꼬락서니를 그냥 내버려 두고 있을 만큼 욕심 없는 관리만 있는 건 아니니 말이다.

진시는 천녀 같은 미소가 끊이지 않는 그 얼굴에 한층 더 요염한 웃음을 띠며 등을 곧게 펴고 단상으로 향했다. 아름다운 수염을 기른 황제가 미모의 비들에게 둘러싸여 앉아 있었다.

진시에게 모여드는 시선에는 다양한 감정들이 숨겨져 있다. 색정이라면 그나마 낫다. 얼마든지 이용할 방법이 있다. 질투, 그 또한 나쁘지 않다. 다루기 쉽다. 어떤 감정이든 그게 무엇인지 알기만 하면 대처할 방법이 다 있다.

제일 곤란한 건….

진시는 황제 왼쪽에 대기하고 있던 관리를 쳐다보았다. 불룩한 뺨, 무엇을 생각하고 있는지 통 모를 눈.

불편하다면 불편한 상대다.

이 사내에게 자신은 단순한 젊은이이자 고작 환관 중 하나일 뿐이라고 인식되어 있을 것이다.

가만히 이쪽을 바라보는 듯하기도 하고, 허공을 쳐다보고 있는 듯하기도 한.

그런, 파악하기 힘든 애매한 미소.

현재 후궁에 있는 비들 중 하나, 러우란 비의 친아버지인 시쇼ㅋ를다. 선제, 아니 그 모후인 여제의 두터운 신임을 받았던 사내로 아직도 현 황제마저 그 앞에서는 위세를 부리기 힘들다.

나쁜 의미에서.

진시는 그래도 웃음을 잃지 않았다….

잃지 않았을 것이다.

시쇼에게서 시선을 돌리자 이번에는 황제의 오른쪽에 앉은 남자와 눈이 마주쳤다.

여우 같은 눈을 가진 외알 안경 남자가 자리 분위기 파악도 하지 못하고 열심히 닭 날개를 뜯고 있었다. 그래도 당사자는 나름 숨기고 먹으려는 모양인지 한입 깨물고 소매 속에 숨겼다가 다시 꺼내서 먹기를 반복하고 있었다.

현재 진시가 가장 불편하게 느끼는 인물은 바로 이 사내, 라칸이다.

그것뿐이라면 그나마 다행이었을 텐데 라칸은 옆에 서 있던 고관의 머리를 빤히 쳐다보더니, 무슨 생각을 했는지 그 고관이 쓰고 있던 관을 슬그머니 집어 올렸다.

관 밑에는 어째서인지 시커먼 머리카락 뭉치가 붙어 있었다. 라칸은 일부러 그러는 것처럼 깜짝 놀라는 표정을 지었다. 고관의 정수리가 그대로 드러나고, 맞은편에서 보고 있던 다른 고관 세 명 정도가 웃음을 참지 못하고 쓰러졌다.

정말이지 잔혹한 짓이었다.

정교하게 잘 만든 가발이었는데.

마치 어린애 같은 그 행동을 보고 쓴웃음을 짓는 자도 있고, 어처구니없어하는 자도 있고, 웃음을 터뜨릴 것만 같아 죽어라 참는 자도 있다.

표정이 무너진 것은 진시 한 사람만이 아니었다.

하지만 거기서 박장대소를 터뜨릴 수도 없었기에, 진시는 긴장한 표정이 풀리지 않도록 간신히 꾹 참고 붉은 융단 위에 무름을 꿇었다.

그리고 색색의 장미를 황제에게 바치자 황제는 아름다운 수염을 쓰다듬으며 만족스러운 듯 고개를 끄덕였다.

진시는 크게 숨을 내쉬고 싶은 것을 꾹 참으며 뒤로 물러섰다.

라칸은 일부러 그러는 것처럼 장미 꽃병을 한참 쳐다보더니, 이번에는 건포도를 집어 먹었다.

왜 이 인간의 행동은 아무도 무례하다고 제지하지 않는 걸까. 진시는 그렇게 생각하지 않고는 배길 수 없었다.

○ ● ○

"넌 이제 수정궁에 가면 안 돼."

연회장에서 조금 떨어진 곳에 있는 정자에서 잉화가 마오마오에게 무릎베개를 해 주고 있었다.

잉화는 마오마오가 걱정이 되어 계속 옆에 붙어 있었다.

회임의 기색이 뚜렷해진 교쿠요 비는 이번 연회에는 불참했다. 겉으로는 새로운 숙비, 즉 러우란 비를 선보이는 자리이기 때문에 교쿠요 비가 자리를 양보한 것으로 되어 있다.

왜 잉화가 걱정할 정도로 마오마오가 비쩍 말라 버렸는가 하면 다 이유가 있었다.

아무래도 마오마오는 수정궁에만 가면 과로를 하는 모양이

다.

요 한 달 정도 마오마오는 또다시 수정궁에 드나들었다.

수정궁 시녀들이 여전히 자신을 괴물 보듯 쳐다보는 건 마음에 들지 않는다.

그래도 마오마오는 파란 장미를 만들기 위해 수정궁에 갈 필요가 있었다. 그 수속은 이미 진시를 통해 다 밟아 두었기에 아무런 문제도 없었다.

진시에게 미리 부탁해서 확보해 놓은 장소는 바로 수정궁의 증기 욕탕이었다.

예전에 마오마오가 리화 비를 치료하기 위해 억지로 공사를 강행해서 만들게 한 곳이다.

리화 비는 여전히 고귀한 분이셨지만, 진시의 부탁에는 두말 않고 허락해 주었다고 한다. 배포가 제법 크다는 사실을 알고 있었기에 타진해 본 일이긴 하다.

마오마오는 공짜로 쓰기는 좀 미안하다는 생각에,

"이건 황제 폐하의 애독서입니다."

하고 얼마 전 기루에서 새롭게 얻어 온 책을 내놓았다. 황제가 다른 책을 더 가져오라고 말했기 때문에 구해 온 책이었다.

리화 비는 그 내용을 알아차리고는 우아한 발걸음으로 자기방으로 돌아가 버렸다.

마오마오는 무심한 눈으로, 시녀들이 자기들끼리 소곤소곤 귓속말을 하며 주인의 뒷모습을 지켜보던 일을 떠올렸다.

설마 저토록 고귀한 분의 소맷자락 속에 그런 물건이 들어가 있으리라고는 아무도 생각지 못할 터였다.

저택 주인의 비위를 맞춰 드린 뒤 마오마오는 증기 욕탕에서 흘러나오는 증기를 받을 수 있도록 정원에 작은 오두막을 하나 만들었다. 창이 크고 천장에도 커다란 창이 달려 있는 기묘한 구조의 오두막이었다. 만드느라 돈이 펑펑 들어갔지만 그 부분은 진시가 사비를 털어 주었으니 신경 쓰지 않는다. 그나저나 도대체 얼마나 급료를 많이 받는 걸까.

거기에 날라져 온 것이 장미 화분이었다. 하나가 아니라 수십, 아니 수백을 넘는 장미들이 도착했다.

마오마오는 증기로 뜨겁게 데운 공기 속에서 장미를 키웠다. 가능한 한 햇볕을 많이 받도록 하고, 날씨가 좋은 날에는 밖에 화분을 내놓기도 했다.

서리가 내리는 추운 날에는 달군 돌에 물을 끼얹어, 밤새 오두막 안을 따뜻하게 유지했다.

계속 움직이며 돌아다닌 탓에 다리의 상처가 여러 번 터질 뻔했다. 가오슌에게 그 모습을 들키는 바람에 감시역으로 다른 곳 하녀가 파견되어 왔다. 어떻게 알았는지 이곳을 찾아온 하녀는 바로 샤오란이었다. 샤오란은 일도 쉴 수 있는 데다 간식도 얻어먹을 수 있었기에 매우 기뻐하고 있었고, 가오슌에게는 완전히 먹이로 길들여진 상태였다.

아마 마오마오가 과로로 쓰러지지 않았던 건 이러한 배려 덕분이었으리라.

마오마오가 무슨 일을 했는가 하면 그야말로 장미를 미치게 만드는 일이었다. 꽃은 계절에 맞춰 피어나지만, 가끔 어째서인지 엉뚱한 계절에 꽃이 피는 경우가 있다.

다시 말해 마오마오는 장미가 정신을 잃고 어긋난 때에 꽃을 피우도록 한 것이다.

그러므로 모든 화분에 다 꽃봉오리가 피어날 거라고는 생각할 수 없어, 대량의 장미를 준비했다. 꽃 종류도 최대한 일찍 피는 것으로 고르면서도 가능한 한 다양하게 가져왔다.

기간은 고작 한 달. 너무 짧았기에 할 수 있으리라는 확증은 없었지만, 꽃봉오리가 피어난 것을 보았을 때는 얼마나 기뻤는지 모른다.

꽃에 색깔을 넣는 일보다 꽃봉오리를 피우는 게 훨씬 더 힘들었다.

진시가 환관을 몇 명 보내 주었으나 결국 온도 조절 등 섬세한 일은 전부 마오마오가 해야만 했다. 실수로 장미를 전부 말려 죽였다가는 도로 아미타불이니 말이다.

때때로 신기해서인지, 아니면 무서운데도 굳이 보고 싶어서인지 수정궁 궁녀들이 주위를 어슬렁거리는 게 짜증이 났기에 다른 쪽으로 시선을 돌려 놓기로 했다.

뭘 하면 좋을까, 마오마오는 손가락을 내려다보다 떠올렸다.

손톱에 연지를 바르고 천으로 정성스럽게 문지른다.

유곽에서는 당연한 듯 손톱물瓜紅을 들이고 다녔지만 후궁 안에서는 별로 본 적이 없다. 일하는 데 방해가 되겠지만, 평소 별로 일을 하지 않는 시녀들은 흥미진진한 얼굴로 그 모습을 뚫어져라 쳐다보았다.

마오마오가 보란 듯 일부러 손을 드러내 보이자 시녀들은 각자 자기 방에 연지를 찾으러 가 버렸다.

'이제 겨우 좀 살겠네.'

아주 작은 못된 짓을 떠올린 마오마오는 리화 비에게도 손톱물을 추천했다.

후궁에도 유행이란 게 있다. 그리고 그 유행의 선봉에 서는 것은 보통 총애를 받는 비들이다.

아무리 하잘것없는 하녀라 해도 황제의 승은을 입으면 비로 승격된다. 그렇다면 너도나도 황제가 마음에 들어 하는 여자의 흉내를 내는 것은 어쩌면 당연한 일이다.

현재 후궁 안에서 가장 멋을 잘 부리고 다니는 사람은 아마도 러우란 비겠지만, 그렇게 차림새를 자주 바꾸면 유행을 선도할 수가 없다.

독 시식 일 때문에 비취궁으로 돌아갔을 때, 마오마오는 교쿠요 비와 다른 시녀들에게도 손톱물을 보여 주었다. 홍냥은 비효율적인 일이라고 했지만 다른 사람들은 모두 관심이 많아 보였다.

'봉선화와 괭이밥만 있으면 돼.'

조홍爪紅이라고도 부르는 봉선화鳳仙花와 고양이발ねこあし이라고도 부르는 괭이밥片喰을 으깨서 짜낸 물을 손톱에 바르면 된다. 괭이밥은 붉은 봉선화물의 발색을 돋보이게 해 주는 역할을 한다.

손톱물이 후궁 안 궁녀들 사이에서 한창 유행할 무렵 장미에는 꽃봉오리가 맺히고, 하나같이 새하얀 꽃잎이 엿보이기 시작했다.

마오마오가 골라 온 장미들은 전부 흰 장미였다.

"그건 도대체 뭐였지?"

장미를 선보인 뒤 돌아온 진시가 물었다. 미간에는 주름이 잡혀 있었다.

뒤에서 대기하고 있던 가오슌도 흥미로운 표정으로 지켜보고 있었다.

잉화는 진시가 이제 그만 가 봐도 괜찮다고 했기에 물러났다. 겉으로 마오마오는 교쿠요 비 소속 시녀로 되어 있었지만, 실제

고용 형태는 아직 진시의 개인 하녀였다.

"물들인 것뿐입니다."

"물들였다고? 꽃잎에는 아무것도 묻어 있지 않았는데?"

손가락으로 꽃잎을 만져 보았던 진시가 대꾸했다.

"겉에 칠한 게 아니라, 속에서부터 물들인 겁니다."

마오마오는 장미 한 송이를 뽑았다.

그리고 줄기의 잘린 자리를 손가락으로 문질렀다. 파란 장미
의 줄기에는 파란 액체가 묻어 있었다.

하얀 장미를 색이 든 물에 꽂아 놓고 방치해 놓는 일.

고작 그게 전부였다.

줄기가 물과 함께 색소까지 빨아들여, 하얀 꽃잎을 그 색으로
물들인다.

그러니 줄기가 빨아들일 수 있는 물이라면 그 어떤 색이든 다
낼 수 있었다.

하지만 이파리 색깔은 금세 시커멓게 물들기 때문에, 마오마
오는 꽃병에 꽂을 때 줄기에서 하얀 꽃송이를 제외한 모든 부분
을 다 떼어 내 버렸다.

전부 같은 꽃병에서 자라난 듯 보이는 장미였지만 그 하나하
나의 줄기 끄트머리는 색으로 물든 솜에 싸인 채 기름종이로 고
정되어 있었다. 제출하기 직전 그것을 떼어 내기만 하면 되는
일이다.

실로 간단한 방법이었다.

방법이 방법인 만큼 혹시 트집을 잡는 인간이 나타날지도 모른다. 그래서 그럴 때를 대비하여 마오마오는 전날 밤 비취궁을 찾아온 황제에게 미리 비밀을 밝혀 놓았다. 누구나 비밀을 제일 먼저 알게 되면 기분이 좋은 법이니, 혹시 누가 뭐라 하더라도 황제가 의기양양하게 설명해 줄 것이다.

진시는 황제의 이야기를 듣기 전에 퇴장한 모양이었다.

"즉, 예전에 파란 장미를 봤다는 건, 매일같이 파란 물을 장미에게 준 한가한 사람이 있었다는 소리죠."

마오마오는 장미 화원이 있는 방향으로 시선을 돌리며 말했다.

"도대체 그런 짓을 왜?"

"글쎄요. 여자 꼬드길 도구가 필요한 게 아니었을까요?"

마오마오는 쌀쌀맞게 대꾸하고는 품에서 길고 가느다란 오동나무 상자를 꺼냈다. 동충하초가 든 상자를 닮았지만 내용물은 달랐다. 비장의 책을 가지고 올 때 겸사겸사 같이 집어 왔던 물건이었다.

"별일이 다 있군."

진시가 들여다보더니 놀랐다.

"손톱에 물을 들인 건가?"

"네, 안 어울리지만요."

마오마오의 손은 약과 독과 물을 쓰는 많은 잡일 때문에 거칠었고, 왼손 새끼손가락 손톱이 기묘한 모양으로 일그러져 있었다. 붉게 물들여도 일그러진 모양은 돌아오지 않는다.

그래도 이 정도면 많이 멀쩡해진 수준이다.

재미있다는 듯 물끄러미 쳐다보는 통에 마오마오는 또 늘 그렇듯 수면에 둥둥 떠오른 물고기라도 쳐다보는 듯한 시선을 보내고 말았다.

'안 되지, 안 돼.'

마오마오는 고개를 가로저었다. 고작 이 정도 가지고 신경을 썼다간 뒷이야기를 이어 갈 수가 없다.

아직 할 일이 남아 있다.

"가오슌 님, 부탁드렸던 건요?"

"네, 말씀하신 대로."

"감사합니다."

무대가 설치되었다.

이젠 그 꼴 보기 싫은 인간한테 한 방 먹여 주는 일만 남았다.

약사의 혼잣말

19화 : 손톱물

　사람을 약 올리듯 색색으로 물든 장미들은 연회석의 주목을 모았다.

　라칸은 멍하니 그 모습을 지켜보고 있었다. 너무나도 졸음이 오는 관현 음악이 울려 퍼지고 있었기 때문인지, 정신을 차리고 보니 손에는 누군가의 관과 그 밑에 달린 머리카락 뭉치가 들려 있었다.

　라칸은 이제 어떻게 할까 생각하며 그것을 옆 탁자 위에 올려 놓았다.

　그러자 옆자리 관료가 당황한 채 그것을 뒤집어썼다.

　무언가가 자신을 빤히 쳐다보는 듯한 기분이 들었지만 라칸은 그게 뭔지 알 수가 없었다. 일단 외알 안경을 벗고 수건으로 표면을 닦은 뒤 이번에는 다른 편 눈에 썼다.

　장미는 연회석 중앙에 놓여 있었다.

마치 보란 듯 놓여 있는 그 모습은, 꽃을 피운 사람의 고약한 성격을 드러내는 듯했다.

연회가 열렸다는 건 기억이 난다.

얇은 비단 천이 흩날리고, 관현악기 소리가 주위를 가득 메웠다.

호화로운 전채 요리가 나오고 술 냄새가 곳곳에서 피어올랐다.

하지만 예전부터 관심 없는 일은 기억 속에 그리 남지 않았다.

그것이 있었다는 사실은 기억하지만, 거기에 부차적으로 따라오는 감회 같은 것은 전혀 느껴지지 않았다.

정신을 차리고 보니 연회가 끝나고 검은색과 파란색 의상을 입은 두 비가 황제에게서 각자의 색을 나타내는 장미꽃을 하사받고 있었다.

둘 다 주위에서 들리는 목소리로 미루어 볼 때 굉장한 미녀인 것 같지만 라칸은 잘 알 수가 없었다.

자신에게 얼굴의 아름다움이나 추함은 큰 상관이 없으니 말이다.

그나저나 너무 지루하다.

안 온 건가.

도대체 무엇 때문에 도발을 했는데.

할 수 없으니 평소와 마찬가지로 엉뚱한 상대를 괴롭히기로 했다. 분풀이 정도는 해야지.

주위를 둘러보니 아직도 많은 사람들이 남아 있었다.

사람이 많은 곳은 불편하다.

인파 속에 있으면 사람들의 얼굴이 장기 알로밖에 보이지 않는다.

남녀 구별은 된다. 하지만 남자는 검은 돌, 여자는 하얀 돌이고 거기에 대충 **눈 코 입**을 그려 놓은 걸로 보일 뿐이다.

얼굴을 잘 아는 군부 인간들이라 해도, 장기판의 말로 변환시켜 보는 게 최선이다.

가장 많은 사람은 졸병인 보步, 계급이 올라갈수록 향차香車, 계마桂馬로 올라간다.

군사가 하는 일은 간단하다. 말을 제자리에 배치하면 된다. 적재적소에 말을 두기만 해도 대부분의 전투에서는 이길 수 있다.

어려운 일은 아니다. 하지만 그것만 하면 라칸의 일은 끝난다. 아무리 자신이 무능하다 해도 일 배당만 잘 시켜 주면 주위에서 알아서 일을 끝내 준다.

라칸은 자신의 일을 그런 거라고 생각하고 있었다.

천녀 같은 미소를 가졌다며 모든 사람들에게 칭송받는 사내가 있지만, 라칸의 눈으로는 그것도 잘 알 수가 없었다.

그저 나리긴成リ銀*을 거느린 금장金將을 찾아내기만 하면 된다.

그런 식으로 사람을 구분하는 데에는 익숙해졌다.

그나저나 오늘은 평소보다 훨씬 눈이 아프다.

빨간색이 눈을 찌른다. 모든 사람의 손끝에 새빨간 물이 들어 있다.

요즘 궁녀들의 유행은 손톱물이라는 모양이다.

머릿속에 떠오르는 붉은 손톱은 저렇게 천박하고 야단스러운 빨간색이 아니었다.

희미하게 물든 빨강.

봉선화鳳仙花의 붉은색이었다.

그리운 기녀의 이름이 문득 떠오르는 가운데, 시선 끝에 몸집 작은 궁녀의 모습이 보였다.

조그맣고 볼품없지만 만만찮고 당찬, 괭이밥 같은 소녀였다.

텅 빈 초점 없는 눈이 이쪽을 보고 있었다.

궁녀는 라칸이 자신의 시선을 알아차리자 따라오라는 듯 등을 휙 돌렸다.

모란 화원 건너편, 작은 정자에 장기판이 놓여 있었다. 장기판 위에는 오동나무 상자가 있었고, 속에는 말라비틀어진 장미

가 마치 시체처럼 누워 있었다.

"상대해 주실 수 있을까요?"

소녀가 장기 말을 집어 들며 뻣뻣한 목소리로 물었다.

곁에는 금장과 나리긴도 서 있었다.

거절할 이유가 없다.

귀여운 딸의 부탁이라면야.

라칸은 히죽 웃었다.

○ ● ○

도대체 뭘 하고 싶은 걸까.

진시는 웬만하면 그냥 돌아가 달라는 마오마오의 말을 무시하고 이곳에 있었다. 마오마오는 진심으로 싫은 눈치였지만 한마디도 하지 말고 끼어들지 말아 달라는 조건을 받아들이자 아무 말도 하지 않았다.

군사님을 불러들인 마오마오는 장기 말을 하나하나 늘어놓았다.

그 얼굴에 감정이란 손톱만큼도 없었다. 평소의 무표정한 얼굴이 그나마 더 인간적으로 느껴질 정도였다. 때때로 손등을 긁곤 하던데, 벌레에 물리기라도 한 걸까.

"선공, 후공은 어떻게 하지?"

라칸의 외알 안경 안쪽 가느다란 눈이 진심으로 기뻐하는 빛을 띠고 있다는 게 느껴졌다. 그렇게나 집착했으니 당연한 일이리라.

"그 전에 규칙과 내기에 무엇을 걸 것인지를 정하시지 않겠습니까?"

마오마오가 제안했다.

"이거 얘기가 빠르군."

진시가 마오마오 뒤에서 장기판을 넘겨다보았다.

라칸이 기분 나쁘게 웃고 있긴 했지만 질 수는 없다. 마오마오는 그것을 흘려보내듯 미소로 답했다.

변칙 없이 5회전. 즉, 3승을 먼저 하는 쪽이 우승이다.

진시로서는 도무지 이해할 수가 없었다. 군사님은 장기에서 진 적이 없기로 유명하다. 유희의 선택 자체가 틀렸다.

마오마오는 도대체 무슨 생각을 하는 걸까.

가오슌도 같은 의견인 듯, 미간의 주름이 한층 더 깊어졌다.

"무슨 말이 필요하지? 비차飛車? 아니면 각角?"

라칸이 물었다.

"아무것도 필요치 않습니다."

일부러 제안해 준 일인데도 마오마오는 받아들이지 않았다. 고분고분 받아들이는 게 나을 텐데, 하고 진시는 생각했다.

"그럼 내가 이기면 우리 집 아이가 되는 걸로 하지."

진시는 그 제안에 이의를 제기하려 했지만 뒤에서 가오슌이 말렸다. 절대 끼어들지 않겠다는 약속을 했으니 말이다.

"고용되어 있는 몸이니 기간이 끝난 뒤로 해 주시지요."

"고용?"

여우 같은 눈이 물끄러미 이쪽을 바라보았다.

진시는 여전히 웃고 있었지만, 얼굴이 굳어지려는 것을 꾹 참아야만 했다.

"정말로 고용이 되어 있는 것이야?"

라칸이 확인하듯 물었다.

"네, 서류에는 그렇게 기재되어 있습니다."

그 말대로였다. **마오마오가** 본 서류에는 그렇게 적혀 있었다.

하지만 서명을 한 사람은 보호자를 대신한 녹청관 할멈이었다. 마오마오의 양부인 듯했던 남자가 들고 있던 붓을 **빼앗아** 갔던 것이다.

"그렇다면 다행이지만, 그럼 그쪽 조건은 어떻게 할 텐가?"

라칸이 의아한 표정을 지으면서도 말했다.

"그럼 저는…."

마오마오는 그렇게 말하며 눈을 감았다.

"녹청관 기녀를 한 명 낙적해 주시지 않겠습니까?"

"…무슨 말을 하려는가 했더니."

라칸이 턱을 문질렀다.

마오마오는 여전히 무표정한 얼굴이었다.

"녹청관 할멈이 슬슬 나이가 찬 기녀를 정리하고 싶어 하고 있어서요. 누구인지는 말씀드리지 않겠지만."

"그렇게 나오겠다 이거지."

라칸은 왠지 모르게 어처구니없는 표정을 짓다가 히죽 웃었다.

"그걸로 좋다면 받아들일 수밖에 없지. 하지만 정말 그걸로 충분한가?"

마오마오는 서늘한 눈으로 라칸을 바라보았다.

"그리고 규칙을 두 가지 추가할 수 있을까요?"

"마음대로 하도록 해."

"그렇다면…."

마오마오는 가오슌에게 미리 부탁해서 얻어 놓았던 술병 두 개를 꺼냈다.

그리고 다섯 개의 술잔에 균등하게 따랐다. 냄새로 미루어 볼 때 독한 증류주인 모양이었다.

마오마오는 소맷자락 속에서 약봉지를 꺼내 펼쳐서 사르르 떨어지는 가루를 술잔에 넣었다. 약을 넣은 잔은 모두 세 개였고, 전부 똑같은 약이 들어갔다. 마오마오는 술잔을 기울여 그것들을 잘 섞은 뒤 재빨리 다섯 개의 술잔의 위치를 바꿔치기했다. 뭐가 뭔지 구분할 수 없게 되었다.

"승부가 한 번 날 때마다 이긴 사람이 이 중에서 하나를 골라

진 사람에게 마시게 합니다. 굳이 전부 마실 필요는 없고, 그냥 한 모금만 마셔도 상관없습니다."

어째서일까, 굉장히 나쁜 예감이 들었다.

진시는 마오마오의 뒤에서 살짝 나와 옆으로 가 보았다.

무표정했던 마오마오의 얼굴에 약간의 홍조가 떠오른 것 같았다. 즐거운 듯 표정이 살짝 누그러져 있었다.

이런 표정을 지을 때는 정해져 있다.

아까 넣은 가루가 대체 무엇인지 묻고 싶었지만 도저히 물을 수가 없었다.

그런 스스로가 답답했다.

"방금 넣은 가루는 뭐였지?"

진시 대신 라칸이 물었다.

"약입니다. 조금이라면 괜찮지만, 세 잔을 마시면 맹독이 됩니다."

이상한 소녀는 미소를 지으며 천연덕스럽게 말했다.

그리고.

"그 어떤 이유가 있어도 시합을 포기하는 순간 패배가 되는 것으로 부탁드립니다. 그 두 가지를 규칙으로 하겠습니다."

약이 든 잔을 빙글빙글 흔들며 마오마오가 말했다.

그 손은 붉게 물들어 있었고, 왼손 새끼손가락이 일그러져 있었다.

라칸은 그 손끝을 빤히 바라보았다.

독한 생각을 해 냈군, 하고 진시는 생각하는 수밖에 없었다.

세 잔을 마시지 않으면 문제가 없다고는 하나 그래도 함부로 입에 넣고 싶은 건 아닐 텐데.

상대를 동요시키기 위해서일까.

하기야 평범한 사람이었다면 겁을 먹고 움츠러들었을지도 모른다.

그러나 상대는 기인이라 불리는 군사님이 아니던가. 단순한 도발로 마음을 흐트러뜨릴 수 있는 상대는 아닐 터.

예상대로 마오마오는 2연패를 했다.

어느 정도 실력이 있는 줄 알았더니, 그냥 규칙만 간신히 알고 있을 뿐 실전 경험은 전혀 없는 모양이었다.

벌써 두 잔의 술을 남김없이 마셔 버린 후였다. 그것도 대단히 맛있다는 듯.

도대체 무슨 생각을 하는지 알 수가 없었다.

3회전은 지금 막 시작된 참이었지만 결과는 뻔했다.

진시는 마오마오가 세 잔째의 술을 마셨을 때 독을 이기지 못하고 쓰러질 가능성에 대해 생각해 보았다.

맨 처음 독을 마실 확률은 다섯 개 중 세 개. 다음으로 또다시 독을 마실 확률은 네 개 중 두 개. 마지막으로는 세 개 중 하나.

즉, 열에 하나의 가능성으로 마오마오는 맹독을 먹게 된다.

솔직히 말하면 마오마오의 경우 독을 먹어 봤자 큰 문제도 없을 것 같다는 생각이 드는 게 무섭다.

라칸이 그 일에 대해서 어디까지 알고 있는지는 모르지만.

그나저나 내기에 졌을 때의 일을 생각하기 위해 진시가 가오순과 얼굴을 마주 보고 있는데,

"왕수王手입니다."

하는 목소리가 들렸다.

라칸이 아니라 마오마오의 목소리였다.

가오순과 얼굴을 마주 보고 다시 장기판을 쳐다보니, 왕장王將이 금金에 막 잡히려 하는 찰나였다.

대단히 어설픈 흐름이긴 했지만 그래도 왕장이 도망갈 길은 없었다.

"내가 졌군."

라칸은 양손을 들어 패배를 선언했다.

"아무리 봐주셨다 해도 승리는 승리입니다."

마오마오가 확인하듯 말했다.

"그래. 설마하니 딸이 권하는 독을 먹게 될 줄이야."

방금 전 두 잔의 술을 마시고도 마오마오의 표정은 변하지 않았다. 술을 마셨는데도 약을 먹은 건지 안 먹은 건지 알 수가 없다.

라칸은 익살스러운 표정을 지으며 무표정한 딸을 마주 보았다.

"아까 그 약은 맛이 나는 것이냐?"

"약이 들어간 잔은 모두 짠맛이 강하니, 한 모금 마시면 맛이 다르다는 사실을 알 수 있을 것입니다."

"그렇다면 알겠다. 어느 것을 골라 줄 것이냐?"

"원하는 대로 드시지요."

그렇다. 라칸은 두 판까지는 져 줄 수 있다. 지금 앞에 있는 잔 중 하나라도 짠맛이 난다면 마오마오에게는 해가 가지 않았다는 사실을 알 수 있다. 확률이라는 점은 변함이 없지만 어쨌든 확실한 방법이긴 하다.

역시 빈틈없는 사내다.

라칸은 한가운데 잔을 집어 들고 마셨다.

"짜군."

진시는 고개를 푹 숙였다.

이제 다음 대국에서 마오마오가 이길 일은 없을 것이다.

다음에는 어떻게 해야 하나 진시가 생각하고 있는데….

"게다가 뜨거운걸."

그 목소리에 진시가 고개를 드니 라칸의 얼굴이 벌겋게 물들어 있었다. 게다가 어지러운 듯 고개를 흔들고 있다.

그리고 점점 핏기가 사라지더니, 새파랗게 변해서는 힘없이 쓰러지고 말았다.

가오슌이 달려가 라칸을 안아 올렸다.

"이게 어떻게 된 일이야? 하나 마시는 걸로는 문제없는 약이 라면서?"

아무리 미운 상대라고는 해도 정말로 독을 마시게 하다니. 진시는 질책하지 않을 수가 없었다.

"네, 약입니다."

마오마오는 진심으로 귀찮다는 듯 말했다. 그리고 옆에 놓아두었던 물 주전자를 들고 라칸과 가오슌에게로 다가갔다.

눈꺼풀을 억지로 벌려 라칸이 혼수상태에 빠진 건 아니라는 사실을 확인한 뒤, 마오마오는 물 주전자 주둥이를 라칸의 입에 억지로 처넣고 콸콸 물을 부어 넣었다. 매우 난폭한 처치 방법이었다.

"진시 님."

가오슌이 난감한 표정을 짓고 있었다.

"취한 모양입니다."

"술은 모든 약들 가운데 으뜸이죠. 거기에 흡수를 빠르게 해주는 소금과 설탕을 섞어서 아주 조금 넣었을 뿐입니다."

마오마오는 일단 해 두긴 해야겠다는 듯, 썩 의욕 없는 태도로 쓰러진 라칸을 돌봤다.

그래도 약사라는 직업상 어쩔 수 없이 하는 모양이었다.

"이 사람은 술을 못하거든요."

마오마오의 한마디에 진시는 겨우 노림수를 알아차렸다. 그러고 보니 라칸은 항상 과일 음료를 마시곤 했다. 술을 마시는 모습은 본 적이 없다.

"자, 그럼⋯."

마오마오는 머리를 긁적이며 진시 쪽을 쳐다보았다.

"빨리 이 남자를 데려다가 기루의 꽃을 고르게끔 해 주십시오."

담담한 마오마오의 말에 진시는 "알았다." 하고 맞장구를 치는 수밖에 없었다.

20화 : 봉선화와 괭이밥

오래된 기억이 되살아났다.

무수한 흑백의 광경들 속에서 그것만이 옅은 붉은색으로 물들어 있었다. 타인의 시야보다 조금 알아보기 힘든 자신의 시야 속에서 그것만큼은 선명하게 빛나고 있었다.

바둑돌을 쥐고 장기 말을 움직이는 손끝에 붉게 물든 손톱이 또렷이 보였다.

군더더기 없고, 수를 두는 데 망설임이 없는 그 태도에는 모든 사람들이 다 양손을 들고 물러났다. 그 모습을 재미없다는 듯 바라보는 거만한 여자, 그것이 펑시엔鳳仙이라는 기녀였다.

인간관계상 기루에 갈 일이 생겼지만 솔직히 별로 내키진 않았다. 자신은 술도 못 마시고, 얼후나 연무에도 별 관심이 없었다. 아무리 아름답게 차려입은 기녀도 자신의 눈에는 하얀 바둑돌로밖에 보이지 않는다.

옛날부터 그랬다.

사람 얼굴을 도통 구분하기가 힘들었다. 그래도 지금은 많이 나아진 셈이다.

어머니와 유모를 착각하기도 했고, 남녀를 구별하지도 못했다.

이래서는 아무짝에도 쓸모가 없을 거라며 아버지는 젊은 정부의 집에만 들락거렸다.

어머니는 자신의 얼굴도 구별하지 못하는 자식에게는 신경도 쓰지 않고 정부만 찾아다니는 남편을 어떻게든 되찾으려 애썼다.

그리하여 명가의 장남으로 태어났으면서도 방치된 채 살아왔던 건 오히려 행운이었다.

공부 삼아 배웠던 장기와 바둑에 푹 빠져 살았고, 타인의 소문에 귀를 기울이곤 했으며 때로는 작은 장난을 치기도 했다.

궁정에 파란 장미를 피웠던 것도 숙부에게서 이야기를 듣고 시험 삼아 한 번 해 본 일이었다.

요령은 없지만 훌륭한 인재였던 숙부만큼은 자신을 이해해 주었다.

숙부는 얼굴이 아니라 목소리와 행동거지, 체격으로 사람을 기억하라고 가르쳤다. 가까운 사람은 장기 말에 빗대면 기억하기 쉬웠다. 그러는 사이 관심이 없는 사람은 바둑돌로, 조금씩 친해진 사람은 장기 말로 얼굴을 기억하게 되었다.

숙부가 용왕龍王 말로 보였을 때 라칸은 역시 이 사람은 우수한 인재라고 재확인할 수 있었다.

놀이의 연장이었던 장기와 바둑으로 자신의 재능을 발휘하게 될 것이라고는 생각지도 못했다.

집안 덕분에 무예에는 재능이 손톱만큼도 없는데도 느닷없이 군부에서 장長을 맡게 된 건 행운이었다. 자신이 약해도 부하들을 꼼꼼히 굴리면 덕을 볼 수 있다. 사람이 말이 되는 장기라고 생각하면 그 무엇보다 재미있는 놀이인 셈이었다.

놀이에서도 일에서도 무패 기록이 이어지는 가운데, 심술궂은 동료가 추진하는 바람에 소문의 기녀와 바둑 대결을 하게 되었다. 기루의 백전무패 펑시엔 대 군부의 백전무패 라칸.

그 누가 이겨도 구경꾼들은 재미있어할 것이다.

어차피 우물 안 개구리에 불과하다.

그런 생각을 한 자신에게 한 방 먹이기라도 하듯 펑시엔은 멋지게 승리했다. 하얀 돌을 쥐고 있었는데도, 후공이었는데도, 두 진지 사이의 차이는 압도적이었다. 우아한 빛깔로 손톱물을 들인 손가락은 훌륭하게 자신의 콧잔등을 후려갈겨 코를 납작하게 만들었다.

패배한 게 도대체 얼마 만이었을까. 분하다기보다는, 사정없이 자신을 패배시킨 그 솜씨가 오히려 시원스럽게 느껴질 정도였다. 펑시엔은 라칸이 자신을 얕보고 있다는 걸 느꼈고 그것이 불쾌했던 모양이었다. 한마디도 하지 않았고, 동작 역시 쌀쌀맞은 것을 볼 때 알 수 있었다.

저도 모르게 배꼽을 잡고 웃음을 터뜨리고 말았다. 주위에서는 그 모습이 재미있다며 난리가 났다.

웃다가 눈물이 고인 눈으로 사정없는 기녀의 얼굴을 마주 보니, 늘 보이는 하얀 바둑돌이 아니라 불쾌해 보이는 여자 얼굴이 보였다. 이름 그대로 봉선화鳳仙花처럼 건드리면 톡 터질 듯, 사람을 주위에서 멀리하고 싶어 하는 눈빛이었다.

사람은 이런 얼굴을 하고 있었던가.

당연한 것을 처음으로 인식한 순간이었다.

펑시엔은 옆에 대기하고 있던 여동에게 귓속말을 했다. 여동은 부산스럽게 장기판을 가지고 왔다.

처음 얼굴을 마주하는 자리에서는 목소리도 들려주지 않았던 거만한 기녀는 말없이 다음 승부를 제안했다.

다음에는 지지 않을 것이다.

소매를 걷어 올리고 장기판 위에 말을 늘어놓았다.

펑시엔이라는 기녀는 그야말로 기녀의 긍지만을 단단히 굳혀 놓은 듯한 여자였다. 기루에서 태어난 탓인지도 모른다. 어머니는 없고, 자신을 낳아 준 여자는 있다고 들었다. 유곽에서 기녀는 어머니가 되지 못한다. 그래서 이렇게 돌려 말하는 모

양이다.

한없이 장기와 바둑만 두기를 반복하는 만남이 몇 년을 이어졌는지 모른다.

하지만 그 빈도는 점점 줄어들었다.

재능 있는 기녀는 어느 정도 인기를 얻으면 노출을 줄인다.

펑시엔 또한 그중 하나였다.

머리는 좋지만 너무 날카로운 대응은 손님들 사이에서도 호불호가 갈렸다. 그러나 일부 호사가들은 그 모습을 좋아하는 모양이었다.

정말이지 희한한 사람들이 다 있다.

가격을 잔뜩 올리는 바람에 석 달에 한 번 만나는 것도 벅찼다.

오랜만에 기루에 가니 펑시엔은 여전히 퉁명스러운 표정으로 손톱물을 들이고 있었다.

붉은 봉선화 꽃과 자잘한 풀이 쟁반 위에 쌓여 있었다.

이것이 무엇이냐고 물으니 기녀는 "괭이밥이에요." 하고 대답했다. 생약에도 사용되며 해독과 벌레 물린 곳에 잘 듣는다고 한다.

재미있게도 봉선화와 마찬가지로 숙성된 열매는 건드리면 씨앗이 톡 터져 날아간다고 했다.

다음에 시험 삼아 건드려 봐야겠다는 생각에 노란 꽃을 어루

만지고 있는데,

"다음엔 언제 오시렵니까?"

펑시엔이 물었다.

드문 일이었다. 항상 정해진 판촉 문구가 적힌 편지밖에 보내지 않던 여자였는데.

"또 석 달 후에."

"알겠습니다."

펑시엔은 여동을 불러 손톱물 들인 자리를 치우게 한 뒤, 장기 말을 늘어놓기 시작했다.

펑시엔의 낙적 이야기가 들린 게 마침 그 즈음이었다.

기녀 자체의 가치가 문제가 아니라 경쟁 붙은 사람들끼리 서로 상대가 마음에 들지 않는다면서 가격을 마구 올리고 있다고 했다.

무관으로서 출세하긴 했지만 이복남동생에게 후계자 자리를 빼앗긴 자신으로서는 도저히 낼 수 있는 금액이 아니었다.

어떻게 해야 좋을까.

문득 나쁜 생각이 머리를 스쳤으나, 금세 머릿속에서 지워 버렸다.

해서는 안 되는 일이었다.

석 달 만에 찾아간 기루에서는 바둑과 장기 두 개의 판을 나란히 늘어놓은 앞에 펑시엔이 앉아 있었다.

펑시엔은 입을 열자마자 제일 먼저 이렇게 말했다.

"가끔은 내기라도 하시지 않겠습니까?"

당신이 이기면 원하는 것을 드리겠습니다.

제가 이기면 원하는 것을 받아 가겠습니다.

"어느 쪽 판으로 할지 골라 주시지요."

자신은 장기 쪽이 더 유리하다.

하지만 앉은 곳은 바둑판 앞이었다.

펑시엔은 시합에 집중하고 싶다며 옆에 있던 여동을 내보냈다.

그 후 누가 이겼는지도 모르는 채, 정신을 차리고 보니 손을 맞잡고 있었다.

펑시엔은 달콤한 말 한마디 하지 않았다. 자신도 그런 말을 하는 성품은 아니었으니 어떻게 보면 비슷한 부류인 셈이었다.

하지만 펑시엔은 품에 안긴 채 '장기를 두고 싶다'고 중얼거렸다.

자신과 장기를 두고 싶은 모양이라고 생각했다.

불운했던 건 그 후의 일이었다.

사이가 좋았던 숙부가 실각했다. 여전히 요령 없는 사람이었다.

아버지는 집안에 먹칠을 했다며 분노를 퍼부었다.

집안까지 화가 미치진 않았지만 숙부의 영향을 많이 받은 큰아들이 미웠는지, 아버지는 잠시 집을 떠나 한동안 돌아오지 말라고 명했다.

무시할 수도 있었지만 그러면 뒷일이 귀찮아진다.

무관인 아버지는 부모인 동시에 상관이기도 했다.

반년쯤 후에 돌아오겠다고, 기루에 편지도 간신히 보냈다.

낙적 이야기가 파담이 되었다는 편지를 받은 직후의 일이었다.

한동안은 괜찮을 거라고 방심했었다.

설마 3년은 지난 후에야 겨우 돌아오게 될 거라고는 생각지도 못했다.

집에 돌아오니 먼지가 잔뜩 앉은 자기 방에는 편지가 산더미처럼 쌓여 있었다.

편지를 묶은 나뭇가지도 전부 말라비틀어진 데에서 세월이 느껴졌다.

그중 한 통, 어째서인지 뜯은 흔적이 있는 것에 시선이 갔다. 판에 박힌 익숙한 문구가 적혀 있었다. 하지만 그 편지 끝에 검붉은 무언가가 묻어 있었다.

그 옆에 주둥이를 반쯤 벌리고 있는 천 주머니 속을 들여다보았다. 그 속에도 검붉은 얼룩이 남아 있었다.

열어 보니 지저분한 종이에 싸인, 잔가지인지 흙덩이인지 모를 무언가가 두 개 들어 있었다. 하나는 너무나도 작아 손가락으로 집으면 뭉개질 것 같았다.

잔가지 끝에 무언가가 묻어 있어서 잘 들여다보다, 그제야 그것이 무엇인지 이해했다.

자신의 손에 열 개 붙어 있는 그것이라는 사실을 깨닫는 데 너무 오래 걸렸다.

손가락을 자르는 주술이 유행하고 있다는 이야기는 들은 적 있었다.

두 개의 잔가지를 다시 잘 싸서 천 주머니에 넣고 품에 집어넣은 뒤, 바로 말을 달려 유곽으로 향했다.

예전보다 명백히 쇠락한 단골 기루에는 온통 바둑돌들밖에 없었다. 그 봉선화 같은 여자는 보이지 않았고, 빗자루로 자신을 두들겨 패는 자가 할멈이라는 사실은 목소리로 알았다.

평시엔은 이제 없다. 할멈은 그 말만 했다.

단골이었던 커다란 가게 두 곳을 잃고 녹청관의 명성을 떨어뜨렸으며 스스로의 신용도 바닥에 처박힌 기녀는 이제 몰락하여 매일같이 손님을 받는 수밖에 없었다.

그런 여자의 말로가 어떤 것인지 정말 몰랐을까.

조금만 생각해 보면 알 수 있는 일이었다. 그러나 머릿속에 장기와 바둑밖에 없는 자신은 결코 도달하지 못하는 답이었다.

땅바닥에 엎드려 통곡하며 사람 눈도 신경 쓰지 않고 엉엉 운다 한들 시간은 되돌릴 수 없다.

모든 것은 생각이 짧고 경솔했던 자신의 탓이었다.

아직도 욱신거리는 머리를 부여잡고 라칸은 침상에서 일어났다.

낯익은 방이었다. 화려하지만 지나치게 유난스럽지 않은 향이 맴도는 방.

"눈을 뜨셨나요?"

부드러운 목소리가 들렸다. 하얀 바둑돌 같은 얼굴이 라칸 앞에 나타났다. 목소리를 통해 누구인지 알 수 있었다.

"메이메이, 왜 내가 여기에 와 있지?"

라칸은 녹청관 기녀 중 한 명에게 물었다. 옛날 펑시엔에게 딸린 여동이었던 기녀였다.

그때 곁에 있다가 물러나게 했던 여동도 메이메이가 아니었던가, 하는 생각이 문득 들었다. 가끔 어설픈 손놀림으로 바둑돌을 늘어놓곤 했기에 함께 놀아 준 일도 있었다. 제법 소질이 있다고 칭찬해 주면 항상 우물쭈물하곤 했다.

"어느 귀인의 부하라는 분이 데려다 놓고 가셨습니다. 그나저나 안색이 정말 엄청나시군요. 빨갛다기보단 파란데요."

녹청관에서 자신을 제대로 상대해 주는 건 이 기녀 하나뿐이다. 항상 자신이 찾아오면 메이메이의 방으로 안내되곤 했다.

"나도 이렇게 될 생각은 없었는데 말이야."

소녀가 너무 아무렇지도 않게 마시는 것을 보고 그렇게까지 독한 술일 거라고는 생각지도 않았는데.

라칸은 술의 종류를 알 수가 없었다.

한 모금만 마셨는데도 목구멍이 타들어 가는 듯 뜨거웠다.

옆에 물 주전자가 놓여 있었기에 라칸은 잔에 따르지도 않고, 바로 입을 대고 벌컥벌컥 마셨다.

그러다 입 안에 독한 쓴맛이 퍼지는 바람에 무심코 토할 뻔했다.

"이, 이게 뭐야!"

"마오마오가 만든 거라더군요."

메이메이는 웃고 있는지 소매로 입을 가리고 있었다.

숙취에서 깨는 약이긴 하겠지만 그 맛에서는 악의가 느껴졌다. 그러나 그래도 자꾸만 얼굴에 웃음이 나는 건 참을 수가 없었다.

물 주전자 옆에는 오동나무 상자가 놓여 있었다.

"이건…."

옛날, 장난의 전리품으로 편지와 함께 보낸 물건이었다. 안을 열어 보니 마른 장미 한 송이가 들어 있었다.

잘 말리면 이렇게 형태를 보존할 수 있다는 사실은 자신도 몰랐다.

괭이밥 같던 딸아이의 모습이 떠올랐다.

라칸은 그 후 녹청관의 문을 수도 없이 두드렸으나 매번 할멈에게 야단만 맞았다.

어린애 따위는 없으니 빨리 돌아가라며 빗자루로 두들겨 패곤 했다. 정말이지 무시무시한 할멈이었다.

뒤통수에서 피가 흐르는 걸 내버려 둔 채 나른한 기분으로 멍하니 앉아 있는데 옆에서 어린애 하나가 무언가를 잡아 뜯고 있었다.

건물 옆에 난 그 풀은 노란 꽃을 피웠던 것이 기억났다.

아이에게 무엇을 하고 있느냐고 물어보니 약으로 쓸 거라는 대답이 돌아왔다.

바둑돌 같아 보여야 할 그 얼굴이 어째서인지 무뚝뚝한 사람 얼굴로 보였다.

아이는 풀을 양손으로 움켜쥐고 뛰어갔다. 뛰어간 곳에는 노인처럼 비틀비틀 힘겹게 걷는 누군가가 있었다. 평소였다면 바둑돌로 보였을 그 얼굴이 장기 말로 보였다. 심지어 보나 계마가 아니라 중요한 말, 용왕 말이었다.

뜯어져 있던 한 통의 편지, 지저분한 천 주머니를 열어 본 게 누구인지 알 수 있었다.

후궁에서 추방된 뒤 소식이 끊겼다던 숙부 뤄먼이 그곳에 있었다.

괭이밥을 손에 들고 그 뒤를 병아리처럼 쫄랑쫄랑 따라가던 아이는 '마오마오'라는 이름으로 불렸더랬다.

라칸은 품에서 지저분한 천 주머니를 꺼냈다. 항상 가지고 다녔던 탓에 많이 낡고 해진 상태였다.

그 속에는 잔가지 같은 것 두 개가 종이에 싸인 채 들어 있었다.

장기판에 말을 두는 마오마오의 손길은 어설펐다. 장기에 익숙지 않다는 이유도 있었겠지만, 또 하나의 이유는 왼손으로 두었기 때문이었다.

붉게 물든 손끝들 중 새끼손가락만이 일그러져 있었다.

원망을 받는 것도 당연한 일이다.

그럴 만한 일을 했으니 말이다.

그래도 곁에 두고 싶었다.

바둑돌과 장기 말에만 둘러싸인 삶은 이제 지긋지긋했다.

그래서 힘을 길렀다. 아버지에게서 가주 자리를 빼앗고, 이복남동생을 밀어내고, 조카를 양자로 들였다.

할멈과 열심히 교섭하여, 10년을 들여 배상금으로 두 배에 가까운 금액을 꾸준히 지불했다.

겨우 방에 들여보내 주게 된 게 그 무렵이었던 것 같다. 자연스럽게 그 역할은 메이메이가 맡아 주었다. 옛날 박보장기*를 가르쳐 줬던 일 때문에 마음을 써 주는 모양이었다.

남은 딸과 함께 살아가고 싶다는 단 하나의 소망을 이루기 위해 라칸은 지금까지 그 모든 일들을 해 왔다.

하지만 안타깝게도 사람의 감정을 읽는 데 재주가 없었던 라칸은 매번 역효과가 나는 행동만 저지르곤 했다.

라칸은 천 주머니를 꺼냈다.

이번에는 포기하자. 이번에는.

하지만 끈질기기로 유명한 라칸이 완전히 포기한 건 아니었다.

게다가 무엇보다 딸의 곁에 있는 사내가 마음에 들지 않는다.

너무 가까이 다가가는 게 눈에 거슬렸다. 시합 도중 세 번이나 딸의 어깨에 손을 얹었다. 그럴 때마다 딸이 밀쳐 내는 건 속이 시원했지만.

그나저나 이제 분풀이로 뭘 어떻게 해야 하나.

라칸은 물 주전자를 집어 들고 쓰디쓴 약을 꿀꺽꿀꺽 삼키며 생각했다.

설령 아무리 맛이 없다 해도 딸이 직접 만든 약임은 틀림없었다.

한동안은 꽃에 날아드는 벌레를 쳐내는 데에만 집중해야겠다.

라칸이 그런 생각을 하고 있는데 요란한 소리를 내며 문이 쾅

※박보장기 : 묘수풀이.

열렸다.

"이제야 눈을 떴나 보지?"

주름이 진 바둑돌이 들어왔다. 목소리를 통해 녹청관 할멈이라는 사실을 알 수 있었다.

"그건 그렇고 우리 기녀를 낙적해 가려고 한다며? 은 일, 이천으로 살 수는 없다는 건 알고 있을 게야."

여전히 수전노였다. 라칸은 욱신거리는 머리를 꾹 누르며 쓴웃음을 지었다. 그리고 멋으로 쓰고 다니던 외알 안경을 오른쪽 눈에 걸쳤다.

"일만으로 부족하면 이만이든 삼만이든 내겠네. 물론 십만쯤 가면 좀 힘들겠지만."

라칸은 속으로 혀를 찼다. 솔직히 라칸의 입장에서도 그리 싼 금액은 아니었다. 한동안은 다양한 부업을 하고 있는 조카를 괴롭히는 수밖에 없을 것 같았다.

"그렇구먼. 그럼 빨리 이쪽으로 오시게. 맘에 드는 아이를 골라 갈 수 있게끔 해 줄 테니."

할멈이 시키는 대로 라칸은 기루의 넓은 마루로 나갔다. 화려한 옷을 입은 바둑돌들이 우글우글 늘어서 있었다. 그 속에 은근슬쩍 메이메이도 섞여 있었다.

"저런, 세 아가씨 중 하나를 골라 가도 되는 건가?"

"맘에 드는 아이를 골라 가라고 했을 텐데. 물론 그만큼 듬뿍 받아 내긴 하겠지만."

라칸의 질문에 할멈은 마치 침을 퉤 뱉는 듯 말했다.

하나를 골라 가라고 해도 라칸으로서는 난감할 뿐이었다. 아무리 잘 차려 입어도 라칸의 눈에는 바둑돌로밖에 보이지 않는다.

여자들의 웃음소리가 들렸다. 향기로운 냄새도 났다. 색색의 의상들은 라칸의 눈에 너무 눈부셨다.

하지만 그게 전부였다.

거기까지일 뿐이었다.

라칸의 심금을 울리는 사람은 없었다.

그러나 고르라고 시켰으니 고르긴 해야 한다. 사 버리고 나면 어떻게든 된다. 데리고 살 정도의 돈은 있고, 그게 싫다면 돈을 주고 마음대로 살라고 하면 된다. 그러면 되는 일이다.

'그렇다면….'

라칸은 메이메이 쪽으로 향했다.

메이메이가 라칸에게 신경을 써 주는 건 죄책감 때문일까. 그때 자신이 자리를 벗어나지 않았다면 지금 같은 상황이 되지는 않았을지도 모르니 말이다.

그런 메이메이의 마음에 보답하며 살아가는 것도 좋지 않을까 하는 생각이 들었다.

"라칸 님."

그러자 메이메이가 작은 소리로 웃었다.

"제게도 기녀로서의 긍지가 있습니다. 만일 정말로 저를 원하신다면 제게는 아무런 망설임도 없습니다."

메이메이는 창 쪽으로 향했다. 그리고 중앙 정원에 면한 커다란 창을 열었다. 창에 쳐져 있던 발이 펄럭이고, 꽃잎들이 실내로 쏟아져 들어왔다.

"하지만 선택하실 거라면 확실하게 골라 주시지요."

"메이메이, 마음대로 창문을 열면 안 돼!"

할멈이 야단을 치며 창을 닫으려 했다. 그러나….

문득 귓가에 어떤 소리가 스쳤다.

기녀들의 웃음소리가 아니었다. 어설프기 짝이 없는 목소리로 어린애처럼 동요를 부르는 소리가 들려왔다.

라칸의 눈이 커졌다.

"왜 그러시나?"

할멈이 의아한 표정을 지었다.

라칸은 장식 창으로 밖을 내다보았다.

노랫소리가 띄엄띄엄 들려왔다.

"뭘 하는 게야!"

할멈이 다급히 라칸의 손을 잡으려 했다.

하지만 이미 늦었다.

라칸은 창을 뛰쳐나가 땅을 박차고 달려갔다. 아무 생각도 없이, 그저 노랫소리가 나는 방향으로.

평소 운동을 하지 않은 일을 오늘처럼 후회한 적이 없었다. 다리가 휘청거렸지만 그래도 정신없이 달렸다.

기루를 여러 번 찾아왔지만 한 번도 가 본 적 없는 구역이었다. 이윽고 라칸은 본채에서 떨어진, 창고 같은 장소에 도착했다.

노래는 그곳에서 들려오고 있었다.

라칸은 날뛰는 심장 위를 꾹 누르며 문을 열었다. 독특한 약 냄새가 풍겼다.

그곳에는 비쩍 마른 여자가 누워 있었다. 윤기 없는 머리는 아무렇게나 뻗쳐 있었고, 시든 나뭇가지 같은 손이 가슴 위에 놓여 있었다. 병색이 완연한 여자였다.

그 왼손 약지는 기묘하게도 사라지고 없었다.

라칸은 망연자실했다.

정신을 차리고 보니 뺨으로 무언가가 흘러내리고 있었다.

"무얼 하고 있어! 여긴 환자 방이야."

할멈이 다급히 뛰어 들어왔다. 그리고 라칸의 손을 잡고 방에서 끌어내려 했다.

라칸은 꼼짝도 하지 않고 눈앞의 비쩍 마른 환자만을 바라보았다.

"빨리 나오란 말이야. 그리고 저쪽에 가서 어서 기녀를 골라가."

"그래, 골라야지."

라칸은 흐르는 눈물을 닦지도 않은 채 천천히 무릎을 꿇었다. 여자는 라칸의 존재를 알아차리지 못했는지 그저 웃으면서 동요만 불렀다.

거만한 태도도 사람을 무시하는 눈빛도 이제는 없었다. 앳된 어린애 같은 마음으로 돌아간 여자만이 있을 뿐이었다.

바싹 야윈 병자. 하지만 라칸의 눈에는 그 누구보다 아름다운 여자로 보였다.

"할멈, 이 여자로 부탁하네."

"그게 무슨 말도 안 되는 소리야? 방으로 돌아가서 고르라니까."

"아무나 좋으니 골라 가라고 한 건 할멈이었네. 이 여자도 기녀일 터."

라칸은 할멈에게 그렇게 말하며 문득 품속을 뒤졌다. 그리고 묵직한 주머니 하나를 꺼내 여자의 손바닥 위에 놓아 주었다. 여자는 자신에게 주어진 주머니에 흥미를 가진 듯 어색한 손놀림으로 주머니 속에 든 것을 꺼냈다. 떨리는 손에는 바둑돌이 쥐여져 있었다.

여자의 얼굴에 살짝 붉은 기운이 도는 듯했다. 착각일까.

라칸은 싱긋 웃었다.

"나는 이 기녀를 낙적해 가겠어. 돈은 얼마든지 내지. 십만이

든 이십만이든 다 낼 생각이야.”

라칸이 딱 잘라 말하자 할멈은 그 이상 아무 말도 하지 않았다.

할멈의 뒤에는 메이메이가 서 있었다. 메이메이는 옷자락을 질질 끌며 안으로 들어와 병든 여자 앞에 앉아 여자의 마른 손을 잡았다.

“언니, 처음부터 솔직했으면 좋았을 텐데. 왜 더 빨리….”

메이메이는 울고 있는 듯했다. 오열하는 소리가 들렸다.

“내가 기대하기 전에 끝냈다면 좋았을 텐데….”

라칸은 메이메이가 통곡하는 이유를 알 수가 없었다.

라칸은 그저 바둑돌을 즐거운 얼굴로 바라보는 여자만 응시하고 있을 뿐이었다.

봉선화처럼 아름다운 여자를….

○ ● ○

‘엄청 피곤하네.’

역시 익숙지 않은 사람을 상대하는 일은 많이 지친다고 마오마오는 새삼 생각했다.

술에 잔뜩 취해 버린, 그 여우 눈 사내를 수면실에 데려다 놓고 비틀비틀 돌아가는 길이었다.

진시와 가오슌은 다른 볼일이 있었기 때문에 다른 관리와 함께 가기로 했다. 지난번 초무침 사건 때 함께 갔던 관리였다.

이름은 바센이라고 했다. 벌써 몇 번을 만났는데도 이름이 잘 생각나지 않아, 겨우겨우 이름을 떠올렸다.

이 남자는 무뚝뚝하지만 일은 확실하게 하니 편하다. 상대에게 대화할 생각이 없다면 마오마오도 억지로 이야기를 맞춰 줄 필요가 없기 때문이다.

역시 서로 맞물리지가 않는다. 세상에는 도저히 받아들이지 못하는 무언가가 있다고, 새삼 이 남자를 만났을 때 마오마오는 생각했다.

설령 상대에게 악의가 없다 해도 말이다.

비틀비틀 걸어가던 중 마오마오는 한 무리의 사람들을 마주쳤다. 궁녀가 커다란 양산을 들고 있는 가운데, 그 무리의 중심에는 화려한 의상을 입은 러우란 비가 있었다.

"……."

옆에서 혀 차는 소리가 들리나 했더니 바센이 실눈을 뜨고 그 집단을 쳐다보고 있었다. 왠지 불쾌해 보이는 얼굴이었다.

무슨 일인가 가만히 지켜보고 있자니 그 너머에 통통한 체격의 관리가 서 있었다. 양옆에 부관으로 보이는 남자들을 거느리고, 그 뒤에도 몇 명이 더 따르고 있었다.

러우란 비는 통통한 관리를 보더니 부채로 입가를 가리며 친근하게 말을 걸었다.

주위에 시녀들도 있는데 저렇게 친근하게 말을 걸어도 되는 건가 생각했지만,

"뱃속 시키면 부녀 같으니."

암울하기 짝이 없는 혼잣말이 들렸기에 마오마오는 납득할 수 있었다. 저게 바로 후궁에 딸을 꾸역꾸역 억지로 집어넣은 러우란 비의 부친이었던 모양이다.

소문에 의하면 선제 시대부터 있었던 중신이며, 실력주의자인 지금의 황제 입장으로서는 눈엣가시 같은 존재라고 들은 적 있었다.

그건 그렇다 치고 마오마오는 바센을 쳐다보았다.

아무리 목소리가 들리는 곳에 마오마오밖에 없었다고는 하나 고관을 험담하는 건 좀 참아 줬으면 싶다. 만일 누가 들었다가는 마오마오와의 대화 중에 그런 말이 튀어나왔다고 오해할 수도 있으니 말이다.

'아직 풋내기였네.'

마오마오는 자신과 그리 나이 차이가 나지도 않아 보이는 젊은 청년을 보며 생각했다.

오늘 밤은 후궁으로 돌아가지 않고 바로 진시의 거처로 가기로 되어 있었다.

"난 당연히 원망하고 있는 줄 알았는데."

먼저 돌아온 진시가 기다리고 있었다.

진시는 팔짱을 끼며 조심스럽게 입을 열었다.

마오마오는 스이렌이 가져다준 죽을 먹고 있었다. 먹으면서
이야기를 하는 것은 예의에 어긋난 짓이지만 수정궁에서 쏙 빠
진 영양을 되찾는 게 우선이었다. 잠시 못 본 사이 비쩍 말라
버린 마오마오를 보고 스이렌은 죽뿐만 아니라 차례차례 다양
한 요리를 만들어 주었다.

이곳 또한 비취궁과 마찬가지로 시녀 일에 딱히 제한을 두지
않는다.

"원망은 하지 않습니다. 제 입장에서도 잘 임신시켜 준 덕분
에 지금 이 자리에 있는 셈이니까요."

"임신⋯."

다르게 말할 방법은 없었을까. 진시는 어처구니없는 표정으
로 마오마오를 쳐다보았다.

'아니, 난 뭐.'

사실이니 어쩔 수 없는 일이다.

"무엇을 상상하고 계신지는 모르겠지만 기녀의 합의가 없으
면 아이를 임신시킬 수는 없습니다."

기녀는 모두 피임약 또는 낙태약을 꾸준히 복용하고 있다. 설
령 아이가 들어섰다 해도 초기라면 떼어 버릴 방법은 얼마든지

있다.

아이를 낳았다는 건 기녀에게 그럴 의사가 있었기 때문이다.

"오히려 시기를 노렸다고 볼 수도 있지요."

여자는 피가 흐르는 주기를 읽으면 아이가 들어서기 쉬운 날짜를 어느 정도 예측할 수 있다.

기녀라면 편지를 보내, 상대가 방문할 날을 자신의 사정에 맞춘 날짜로 바꾸는 일이 가능하다.

"군사님이 말이야?"

진시는 스이렌이 가져다준 간식을 먹으며 물었다.

"여자란 교활한 생물입니다."

그러므로 그 날짜가 빗겨 갔다는 건 그야말로 정신을 잃을 정도로 홀렸다는 소리다.

스스로를 상처 입히는 일조차 망설이지 않을 만큼. 그뿐만이 아니라….

얼마 전 꾸었던 꿈.

그것은 정말로 일어난 일이었다.

마오마오를 낳은 기녀는 자신의 것만으로는 모자라, 갓난아기의 새끼손가락까지 함께 넣어 편지를 보냈다.

기루에서는 아무도 마오마오에게 아이를 낳은 기녀 이야기를 하지 않았다. 할멈이 함구령을 내렸으리라는 사실은 마오마오도 알고 있다.

하지만 그런 건 주위 눈치와 약간의 호기심을 통해 얼마든지 새어 나올 수 있는 이야기다.

녹청관이 몰락하기 시작한 원인이 마오마오에게 있다는 이야기.

바둑과 장기를 좋아하는 괴짜가 아버지라는 이야기.

이기적인 기녀의 책임이라는 이야기.

그리고 이젠 죽었다고들 하는 기녀가 도대체 누구인지에 대한 이야기.

코가 없는 것이 부끄러워 마음이 완전히 망가져 버릴 때까지 마오마오를 멀리하던 여자가 누구인지도.

이 멍청하기 짝이 없는 남자에게는 그런 여자보다 훨씬 나은 기녀가 있었을 것이다. 그 기녀를 빨리 낙적해서 데려갔어야 했다. 그랬으면 될 것을.

"진시 님, 그 남자가 집무실 이외의 곳에서 말을 건 적은 없었죠?"

진시는 마오마오의 질문에 고개를 갸웃거렸다.

"그러고 보니 없었던 것 같네."

복도 같은 곳에서 라칸과 마주쳤을 때, 라칸은 의외로 크게 시비를 걸지 않고 그냥 고개만 숙이고 지나가곤 했다. 항상 집요하게 말을 거는 것은 집무실에 눌러앉아 있을 때뿐이었다.

"사람의 얼굴을 제대로 알아보지 못하는 사람이 간혹 있는데,

그 남자가 그랬습니다."

마오마오는 아버지에게서 들은 이야기를 떠올렸다. 마오마오는 그런 게 정말 있긴 한 건가, 하고 솔직히 반신반의했지만 그 남자가 그렇다고 한다면 왠지 납득이 갈 것 같은 기분이었다.

"알아보지 못한다고? 그게 무슨 소리야?"

"네, 어떻게 된 영문인지 통 알아보질 못한다는군요. 눈과 입의 형태 하나하나는 알아보지만 그것을 하나로 인식하지 못하고, 모든 사람들이 다 같은 얼굴로 보인다고 합니다."

아버지는 감상에 젖은 얼굴로 말하곤 했다. 그 녀석도 불쌍한 아이라고.

그 때문에 줄곧 괴로워하고 있었다고.

그래도 아버지 역시 아버지 나름대로 마음에 맺힌 바가 있었는지, 할멈이 그 남자를 빗자루로 두들겨 패 쫓아내는 것을 말리진 않았다. 나쁜 짓은 나쁜 짓이었다는 사실을 알고 있기 때문이었다.

"어째서인지 저와 제 양부만은 누구인지 확실히 분별이 되는 것 같았습니다. 그 기묘한 집착도 거기서 비롯된 모양입니다."

어느 날 돌연 나타난 기묘한 남자는 느닷없이 자신을 끌고 가려 했다.

할멈이 쫓아와 빗자루로 두들겨 패는 바람에 피투성이가 되었던 남자의 모습은, 어린 마오마오에게 공포를 불러일으켰다.

피범벅이 된 얼굴로 히죽히죽 웃으면서 비틀비틀 손을 내밀고 있으면 그 누구라도 무서워하지 않을 수 없을 것이다.

남자는 그 후로 여러 번 나타나, 예상밖의 일을 저지르고는 피투성이가 되어 돌아가곤 했다. 그래서 마오마오는 점점 웬만한 일에는 놀라지 않는 성격이 되어 갔다.

남자는 내가 네 아버지라고 계속 주장했지만 마오마오에게 아버지는 지금의 아버지 단 한 명뿐이며 그 이상한 사람은 아버지가 아니다. 역할로 따져 봤을 때도 그냥 씨받이 말에 불과할 뿐이다.

아버지인 뤄먼을 제쳐 두고 그 사람이 아버지가 되려 하다니.

그런 건 말도 안 된다. 마오마오에게도 절대 양보할 수 없는 부분이 있었다.

기루 사람들은 피해를 입었고, 마오마오를 낳은 여자는 이제 없다고 가르침을 받았다. 설령 살아 있다 해도 마오마오에게는 상관없는 일이다. 이미 마오마오는 아버지 뤄먼의 딸이다. 이것은 그 무엇보다 행복한 일이라고 마오마오는 생각했다.

그 남자만의 책임은 아니다.

오히려 그 점에서는 감사하고 있다.

무엇보다 자신을 낳아 준 여자에 대한 어머니로서의 기억은 없다. 무시무시한 악마의 모습으로 기억하고 있을 뿐이다.

좀 싫긴 하지만 원망은 없다.

그것이 마오마오가 갖고 있는 라칸에 대한 감정이었다.

불편한 느낌은 있어도 진심으로 싫어하는 건 아니었기에, 다소 도가 지나친 대응을 할 때도 있긴 하지만.

용서하고 자시고로 따지면 마오마오보다 라칸을 더욱 원망하는 인간도 있고 말이다.

'할멈도 이젠 슬슬 용서했을 거야.'

그 사내는 장미를 넣은 상자 속에 들어 있던 편지를 알아차렸을까. 그것이 바로 마오마오가 씨받이 말에게 해 줄 수 있는 최대한의 양보였다.

알아차리지 못했다면 그것으로 족하다. 그냥 성격 좋은 기녀 언니를 낙적해서 데려가면 그만이다. 그러는 게 더 행복하리라.

"그런 것치고는 노골적으로 싫어하는 태도를 보이지 않았던가?"

"진시 님은 아직 그 남자에 대해 잘 모르시는군요."

마오마오가 중사 자리에 쳐들어가려 했을 때 도와준 사람이 바로 라칸이었다. 아마도 무슨 일이 일어날 것 같다는 낌새를 차리고 온 모양이었다. 마오마오가 그 자리에 남겨진 상황과 증거를 긁어모아 매사를 예측하는 데 반해, 그 남자는 그런 번거로운 짓을 하지 않는다. 왠지 모르게 수상쩍은 것 같다 싶으면 감으로 판단한다. 그리고 그것이 빗나가는 일은 거의 없었다.

"혹시 그 남자가 자꾸 자극하는 바람에 조사하게 된 일이 있지 않나요?"

마오마오의 질문에 진시는 입을 다물었다. 문득 나지막이 "그 거 말인가…." 하고 중얼거리는 걸 보니 있는 모양이었다. 리하 쿠가 스이레이에 대해 조사하는 일이 빨랐던 것도, 형부가 신속 하게 움직였던 것도 다 그 남자의 안배였음이 분명하다.

하지만 그 남자는 게으름뱅이이기 때문에 주위를 이용할지언 정 스스로 움직이는 일은 없었다. 만일 당사자가 눈에 띄는 움 직임을 보인다면 어땠을까.

'지금쯤 죽은 사람을 되살리는 묘약이 손에 들어왔을지도 몰 라….'

안타깝고 아깝기 짝이 없는 일이었다.

그 남자는 자신이 얼마나 축복받은 재능을 갖고 태어났는지 잘 모른다. 아버지가 마냥 칭찬하던 그 재능을 지닌 사람은 온 나라를 다 뒤져 봤자 몇 명 나오지 않을 것이다. 마오마오는 자 신의 감정이 질투라는 사실을 잘 알고 있었다.

"아군으로 삼을 수는 없겠지만, 적으로 돌리지는 않는 편이 좋을 겁니다."

마오마오는 내뱉듯 말했다. 게다가….

마오마오는 왼손을 들어 자신의 새끼손가락 끝을 보았다.

"진시 님, 알고 계시나요?"

"뭘 말이야?"

"손가락 끝부분은 잘라도 계속 납니다."

"…식사 중에 꼭 해야 할 말이었어?"

드물게도 진시가 실눈으로 쳐다보았다. 평소와 반대 입장이 된 셈이다.

"그럼 한 가지만 더 말씀드리죠."

"뭐지?"

"그 외알 안경이 '아빠라고 부르렴'이라고 한다면 어떻게 하시겠습니까?"

진시는 한순간 동작을 멈추었다. 드물게도 불쾌한 표정이 얼굴을 뚫고 튀어나왔다. 스이렌이 입가를 손으로 가리고 "어머나." 하면서 그 모습을 지켜보았다.

"안경을 박살내야지."

"그렇지요."

진시는 마오마오의 말을 겨우 이해했는지, "아버지란 참 힘들겠군." 하고 혼자 중얼거렸다.

옆에 대기하고 있던 가오슌이 어째서인지 애상 어린 분위기를 뿜어내고 있었다.

무슨 일이 있었던 걸까.

"왜 그러시죠?"

마오마오가 묻자 가오슌은 천장을 올려다보았다.

"아뇨, 세상에는 자기가 좋아서 일부러 자식에게 미움을 받는 아버지는 없다고 생각하셨으면 합니다."

가오슌의 목소리에는 절절한 감정이 배어 있었다.

'난 모르겠다.'

마오마오는 일단 수저를 들고 남은 죽을 깨끗이 퍼먹기로 했
다.

종 장

후궁으로 돌아온 지 며칠이 흘렀다.

메이메이에게서 편지와 짐이 도착했다.

누가 누구에게 낙적이 되어 갔는지에 대한 이야기가 적혀 있었다. 오다가 비라도 맞았는지 편지에는 군데군데 젖어서 번진 글자가 보였다.

작은 고리짝에 들어 있던 짐 속에는 아름다운 천이 있었다. 축하 자리에서 기녀가 사용하는 물건이었다.

마오마오는 고리짝 뚜껑을 닫으려다가 생각을 고쳐먹었다. 그리고 좁은 자기 방 안에 있는 옷장으로 손을 뻗어, 제일 깊은 곳에 보관하고 있던 물건을 찾기 시작했다.

멀리 보이는 유곽은 환하게 불이 켜져 있었다. 평소보다 훨씬 화려해 보이는 것 같다고 마오마오는 생각했다.

후궁 외벽 너머로 보이는 유곽은 반짝반짝 빛이 났다.

짤랑짤랑 방울 소리가 나고, 소맷자락에 긴 천을 단 기녀들이 춤을 추고 있을 것이다. 화려한 의상을 입고 천을 흔들며 꽃을 뿌리면서.

유곽의 꽃이 단 한 사람만을 위한 꽃이 되었을 때, 다른 꽃들은 그 꽃을 배웅하기 위한 춤을 춘다. 낙적은 축제다. 술과 산해진미가 차려지고, 모든 사람이 노래를 부르며 춤을 춘다.

밤에도 연회가 이어지고 유곽은 잠들지 않는 밤의 성이 된다.

마오마오는 낮에 받은 천을 어깨에 걸치고 손끝으로 그 끄트머리를 집어 들었다.

왼다리에는 아직 상처가 남아 있고 완전히 다 낫진 않았지만 아마 괜찮을 것이다. 마오마오는 상의를 벗고 입술에 살짝 연지를 발랐다. 메이메이에게서 받은 연지였다.

'농담 같네.'

마오마오는 작년에 하사된 후요 공주를 떠올렸다. 지금쯤 소꿉친구였던 무관과 행복하게 살면서 후궁에서 보냈던 시간은 다 잊어버렸을까. 아니면 매일 밤 이곳에서 춤을 추던 일을 가끔 떠올리곤 할까.

그리고 마오마오는 그런 후요 공주와 똑같은 일을 했다. 언니들이 쥐여 준 단 한 벌의 좋은 옷을 입고, 기억 속 한구석에 묻혀 있던 무용의 첫 걸음을 내디뎠다. 입술에는 메이메이 언니가 준 연지를 발랐다. 소맷자락에는 방울 장식이 달려 있어서 움직일 때마다 딸랑딸랑 소리가 났다.

긴 치마에는 작은 돌이 여러 개 꿰매어져 있어, 마오마오가 한 바퀴 빙 돌 때마다 치맛자락이 둥글게 퍼졌다. 치마가 원을 그리고, 어깨의 긴 천이 호를 그렸다. 펼쳐진 소맷자락이 바람을 가른다.

항상 묶고 다니던 머리를 풀고, 대신 장미 한 송이를 귀에 꽂았다. 파랗게 물든 작은 장미였다.

어깨천이 춤추고, 치마가 춤추고, 소매가 춤추고, 머리카락이 춤춘다.

'생각보다 많이 잊어버리진 않았네.'

할멈에게 억지로 배웠던 무용은 생각보다 마오마오의 머릿속에 제법 남아 있었다.

어깨천이 하늘로 날아오르던 그 순간이었다.

"……."

"……."

뜻밖에도 달갑잖은 자와 눈이 마주쳤다. 그리고 마오마오는 치맛자락을 밟았다.

꼴사납게도 바닥에 얼굴을 들이박는 바람에 이마를 움켜쥐고 데굴데굴 구르려는데 몸 갈 곳이 없었다. 외벽 밖으로 떨어질 뻔한 것을 간신히 아무거나 붙잡고, 상대가 끌어올려 주었다.

"뭐, 뭐 하는 거야?"

생각지도 못한 방문객이 숨을 헉헉 몰아쉬며 말했다. 뒤로 묶어 내린 머리카락이 다 풀어져 있었다.

"제가 묻고 싶은 말씀입니다, 진시 님."

마오마오가 옷을 툭툭 털며 말했다.

"왜 이런 곳에 계시는 거죠?"

"……."

진시는 어이없는 표정을 지었다.

왠지 모르겠지만 끌어올려 준 후에도 계속 마오마오의 손목을 잡고 있는 상태였다.

"또 이상한 여자가 외벽으로 기어 올라가고 있다는 보고를 받았으면 나도 나와 볼 수밖에 없지 않겠어?"

'남의 눈에 안 띄게 조심해서 올라온 줄 알았는데…. 뭐, 들키는 것도 당연하지.'

마오마오는 새삼 생각했다.

그나저나 위병들은 아직도 유령 소문을 믿고 있는 게 아닐까.

"참 손이 많이 가는구나."

진시가 마오마오의 머리 위로 손을 얹었다.

"일부러 진시 님이 굳이 나오지 않으셔도, 다른 자를 보내면 되는 게 아닙니까."

마오마오가 살며시 고개를 흔들어 그 손을 피했다.

"친절한 위병이 네 얼굴을 알고 있어서 이쪽으로 이야기를 전해 준 거다."

마오마오는 자신의 얼굴을 만졌다.

"너는 조용히 움직이는 것 같아도 주위에는 그렇게 안 보인다는 사실을 명심해 둬."

"알겠습니다."

참 번거롭네, 하면서 마오마오는 얼굴을 긁적거렸다.

"그럼 이번에는 네 차례다. 뭘 하고 있는 거지?"

"…유곽에서는 기녀가 낙적이 되어 나가게 되면 춤을 춥니다. 그 의상을 보내 달라고 부탁하여 오늘 받았습니다."

사실은 의상을 보내 준 기녀를 배웅해 주고 싶었다. 춤 배우기를 어려워했던 마오마오를 포기하지 않고 끝까지 가르쳐 준 사람이 바로 메이메이였다. 메이메이는 "내가 나갈 때는 네가 춤을 춰 줘야 해." 하고 몇 번이나 말했는지 모른다.

진시는 그런 마오마오의 얼굴을 물끄러미 바라보았다.

"왜 그러시죠?"

"아니, 너도 춤을 출 줄 아는구나 싶어서."

"기본적인 교양의 하나로 혹독한 가르침을 받았습니다. 손님에게 보일 만한 수준은 아니지만요."

그래도 낙적 축하 때 춤 출 인원을 맞추기 위해 불려갈 때가 있었다. 마오마오가 그 이야기를 하자 진시는 멀리 보이는 유곽

쪽으로 시선을 주었다.

"밖에서 소문이 파다하더구나. 그 괴짜가 기녀를 낙적해서 데려왔다고."

"그렇겠지요."

"게다가 휴가 신청도 냈어. 열흘은 쉴 생각인가 보던데."

"정말 민폐네요."

그리고 내일부터는 더한 소문이 퍼질 것이다. 꽃값을 얼마 냈는지는 모르지만 그 얼간이가 하는 짓을 봐서는 아마 웬만한 기녀들이 낙적할 때와는 비교도 안 되리라. 메이메이의 편지에 의하면 사흘 낮 사흘 밤이 아니라 이레 낮 이레 밤 연회를 벌인다고 했다.

녹청관의 세 아가씨 말고 또 그런 기녀가 있었던 건가, 하는 소문이 나겠지.

'메이메이 언니로 해 둘 것이지.'

병에 걸린 그 여자는 앞으로 살 날이 그리 많지 않을 것이다. 옛 기억도 없고 그저 어린 소녀처럼 노래를 부르고 바둑돌을 늘어놓는 일밖에 하지도 못한다.

할멈이 계속 감춰 두고 있었던 그 여자를, 그 남자는 찾아냈다.

'찾지 못했어야 했는데.'

그랬다면 착한 메이메이 언니는 분명 평생 헌신하며 살아갔을 것이다. 아직도 아름답고 교양도 넘치는 메이메이는 좋은 아내가 될 수 있었을 것이다.

'그 언니도 취향이 특이한 사람이니까 말이야.'

할멈이 끔찍하게 싫어하는 그 남자를 맨 처음 자기 방에 들여보내 준 사람도 메이메이였다. 처음에는 계속 마오마오 뒤만 쫓아다니는 이상한 사람을 보고는 할 수 없다며 들여보내 준 것이었는지도 모른다.

남자는 방에 들어와도 별다른 일을 하는 건 아니고, 그저 마오마오와 마오마오를 낳은 여자에 대한 이야기만 물어볼 뿐이었다.

때때로 장기판을 마주한 적도 있었지만 서로 대국을 벌이진 않았다. 그저 옛 대전 기억을 더듬어, 그것을 한없이 복기만 했다고 한다.

그것은 어디까지나 메이메이의 말일 뿐 실제 그 남자가 뭘 했는지는 모른다. 마오마오를 배려해서 그렇게 말해 준 것일 수도 있다.

딱히 아무래도 상관은 없다. 메이메이가 낙적이 되어 그 남자의 집에 가게 되더라도 마오마오는 기뻐하며 축복해 주었을 것이다. 성격이야 어쨌건 돈은 많은 사내다. 언니가 생활 면에서 고생할 일은 없을 것이다.

그런 착한 언니의 어디가 도대체 마음에 안 들었느냔 말이다.

"그나저나 도대체 누가 낙적이 된 거지?"

약속하는 모습을 보긴 했지만, 이렇게까지 야단스럽게 낙적이 이루어지리라고는 생각지 못한 모양이었다. 라칸의 엄청난 변모에 진시도 당황한 눈치였다.

"글쎄요, 누구일까요?"

"알고 있나?"

진시의 물음에 마오마오는 눈만 감았다.

"알고 있지?"

"그 어떤 미녀라도 진시 님 앞에서는 이길 수 없습니다."

"그건 대답이 아니잖아."

'이길 수 없다는 건 부정 안 하는군.'

진시뿐만 아니라 궁중, 아니 도성 전체가 난리가 났다. 낙적된 기녀는 화려하게 치장을 했겠지만 그래도 밖으로 나올 일은 없다.

그저 소문만이 무럭무럭 자라난다. 그 괴짜의 마음을 사로잡은 미녀는 도대체 누구냐면서.

'할멈의 계획대로네.'

한동안 녹청관의 소문은 끊이지 않을 것이다. 흥미를 느낀 관료들이 기루의 문을 두드릴지도 모른다.

오랜만에 춤을 춘 탓인지 온몸이 뜨거웠다. 특히 다리가 욱신거리는 느낌이 들었기에 아래를 내려다보니 치맛자락이 벌겋게 물들어 있었다.

"앗!"

마오마오가 소리를 지르며 치맛자락을 걷어 올렸다.

"뭐, 뭐 하는 거야?"

진시의 목소리가 높아졌다.

마오마오는 왼다리를 내려다보고는 얼굴이 일그러졌다. 뜨끈 뜨끈 느껴지던 열기가 뒤늦게 통증이 되어 쏟아졌다. 약 실험 때문에 통증에 익숙한 마오마오는 아무래도 고통에 둔감한 면이 있다.

왼다리 상처가 잘 붙은 줄 알았더니, 방금 전 소동 때문에 또 벌어지고 말았다.

"아, 터졌네요."

"상처가 터졌잖아!"

"괜찮아요. 다시 꿰매면 됩니다."

마오마오는 벗어 던진 상의 속을 뒤져 소독용 주정*과 바늘과 실을 꺼냈다.

"왜 쓸데없이 그렇게 준비성이 좋은 거야!"

"무슨 일이 일어날지 모르니까요."

마오마오가 다리에 바늘을 찌르려 하는데 진시가 그것을 냉큼 빼앗았다.

....

※주정 : 알코올.

"진시 님은 못 꿰매십니다."

"여기서 꿰매지 말란 말이야!"

진시는 곧바로 마오마오를 안아 올려 겨드랑이에 꼈다. 그리고 사다리도 걸려 있지 않은 외벽을 스르륵 내려갔다.

마오마오는 혼이 쏙 빠지는 바람에 팔다리를 버둥거릴 틈도 없었다.

내려온 후에는 자신의 몸을 내려 줄 줄 알았더니 이번에는 안는 방법을 바꿨다.

"…왜 바꿔 안으시는 거죠?"

"그 자세는 조금 힘들어."

"그럼 내려 주세요."

"상처가 더 벌어질 거 아냐?"

진시는 입을 조금 삐죽거리며 말했다. 진시는 양손으로 마오마오를 안아 들고 있었다. 얼굴이 마주 보이는 위치라서 더 불편했다.

'도대체 왜….'

"누가 보면 어쩌려고 이러시죠?"

"누가 본다고 그래? 어두워서 잘 보이지도 않아. 게다가…."

진시는 마오마오가 떨어지지 않도록 살짝 던져 올려서 안는 팔을 바꿨다.

"이렇게 안는 것도 벌써 두 번째다."

'두 번째? 아….'

마오마오는 다리를 다쳤을 때의 일을 떠올렸다. 정신을 잃고 있었는데, 그때 자신을 안아서 날라다 준 게 진시라고 하면 또 납득이 간다.

이렇게 되면 그 수많은 사람들 앞에서 진시가 마오마오를 안고 뛰어갔다는 얘기가 되는데….

그런 것보다 중요한 일을 잊고 있었다. 계속 해야 할 말이었는데, 왜 지금껏 말하지 않았을까. 마오마오는 후회가 되었다.

마오마오는 장딴지에서 배어나는 피를 수건으로 꾹 눌러 막았다.

"진시 님, 이런 상황에서 죄송하지만 계속 말씀 못 드리고 있었던 일이 있었는데요."

"…갑자기 왜 그래?"

진시가 조금 당황한 얼굴로 마오마오에게 물었다.

"네, 꼭 말씀드려야만 하는 일이라서요."

"…그럼 빨리 말해 줘."

진시는 아까보다 걷는 속도를 살짝 늦추며 말했다.

"그럼…."

마오마오는 진시의 얼굴을 빤히 쳐다보았다.

"우황 주세요."

그 순간 진시의 머리가 마오마오의 머리 위로 떨어졌다. 쿵

소리가 나고 눈에 불꽃이 튀었다.

'왜 갑자기 박치기야?'

이 자식, 처음부터 먹이를 줄 생각이 없었던 거 아냐?

"설마 준비가 안 되어 있는 건가요?"

"무례한 소리는 빠뜨릴 줄을 모르는군."

마오마오가 의심 가득한 눈으로 쳐다보자 진시는 눈꼬리를 치켜 올리며 말했다.

표정이 계속해서 바뀌는 환관을 보며 마오마오는 참 어른스럽지 못한 사람이라고 생각했다.

하지만 이야기를 나누기에는 이러는 쪽이 편하다.

마오마오는 진시의 품 안에서 흔들리며 생각했다.

대륙 중앙에 위치한 어느 대국. 어디서 흘러나왔는지 그곳의 고귀한 귀인이 영약만을 긁어모은다는 소문이 났다.

진시의 집무실이 병문안 꽃으로 가득 차서 발 디딜 틈이 없다는 사실을 마오마오가 알게 된 건 오후 다과회 시간이었다. 마오마오는 복숭아 찐빵을 먹으며 "흐응…." 하고 무관심한 태도만 보였다.

약사의 혼잣말 2권 마침

약사의 혼잣말 [2]

2018년 12월 20일 초판 발행
2024년 4월 10일 3쇄 발행

저자	휴우가 나츠
일러스트	시노 토우코
옮긴이	김예진

발행인	정동훈
편집인	여영아
편집 팀장	황정아 김은실
편집	노혜림

발행처	(주)학산문화사
등록	1995년 7월 1일
등록번호	제3-632호
주소	서울특별시 동작구 상도로 282 학산빌딩
편집부	02-828-8838
영업부	02-828-8986

ISBN 979-11-348-1430-4 04830
ISBN 979-11-348-1428-1 (세트)

값 9,000원